Ophelia

AF139414

Monika Endres

Ophelia

Bibliografische Information der Deutschen Nationalbibliothek

Die Deutsche Nationalbibliothek verzeichnet diese Publikation in der Deutschen Nationalbibliografie; detaillierte bibliografische Daten sind im Internet über http://dnb.d-nb.de abrufbar.

© 2015 Monika Endres

Satz, Umschlaggestaltung, Herstellung und Verlag:
BoD - Books on Demand, Norderstedt
ISBN 978-3-7347-5895-9

Lassen Sie sich beglücken.

sternenhimmel

du
bringst mir
den himmel in mein herz
mit dir
springe ich
von stern zu stern
unsere liebe ist unzählbar
und unbegrenzt
wie die sterne am himmelszelt
sterne können sterben
aber unsere liebe
wird niemals vergehn

Mit einer zarten Bewegung schob Julia ihren Handschuh zurück und sah auf die Uhr. Sie hatte nicht mehr viel Zeit.

Ihre Absätze klapperten über das Pflaster wie das dumpfe Grollen eines Gewitters.

Sie verlangsamte ihr Tempo und öffnete das alte, verrostete Tor. Das Quietschen der Scharniere durchdrang die Stille wie ein verzweifelter Schrei.

Im Licht der aufgehenden Sonne funkelten die Tautropfen wie ein Teppich voller Edelsteine und erinnerten sie daran, wie gern ihre Mutter sich mit schönen Dingen umgeben hatte. Tränen stiegen ihr in die Augen.

Sie putzte sich die Nase, zupfte mit zittrigen Fingern das Laub vom Grab und stellte einen Strauß roter Nelken in die Vase.

Ihre Gedanken bebten wie die Äste im Wind.
Mama, warum hast Du mich verlassen?
Sie begann zu weinen.

Madame Ophelia drückte die Schranktür ins Schloss. Weshalb musste die Geschichte immer an den spannenden Stellen enden? Wie es wohl morgen weitergehen würde?

Sie rüttelte am Türknauf. Dann presste sie ihr Ohr an das alte Holz. Aber alles war ruhig. Madame Ophelia wickelte die Bettdecke fest um ihren Körper und fiel in einen unruhigen Schlaf.

Ab und zu blieb sie stehen und sah sich um. Eine eigenartige Stimmung lag heute über der Landschaft!
Es war völlig ruhig.
War sie wirklich hier?
Julia trat auf Äste und wirbelte Laub auf, aber es war kein Geräusch zu hören. Nicht das geringste!
Da riss ein Windstoß ihre Arme auseinander, ihre Jacke blähte sich auf und sie erhob sich in die Luft. Sie gab sich diesem schwerelosen Zustand hin, spürte den Wind auf ihrem Gesicht und fühlte sich frei.
Wie auf Adlerschwingen wurde sie empor getragen. Mit ihren geschärften Augen erkannte Julia jede Einzelheit unter sich am Boden, das Mäuschen, das in sein Versteck huschte, die Rehe auf der Lichtung und die Bewegungen der Äste im Wind.
Nach wie vor war es still um sie herum und Julia wurde es leicht um ihr Herz. Sie hatte alles Bedrückende zurückgelassen. Die Gegenden ihrer Kindheit tauchten vor ihr auf und sie wusste, dass sie den Rest ihres Lebens dazu brauchen würde, die unendliche Weite der Vergangenheit zu durchqueren.
Während Julia auf die dunklen Reihen hoher Kiefern blickte, fühlte sie sich über alles erhaben, denn sie trug etwas in sich, das heller war als jede Dunkelheit.
Als die Sonne unterging und sich die Dämmerung über die Landschaft legte, war die Luft rein und kühl, bis schließlich alle Farbe vom Himmel gewichen war und die Nacht anbrach.

Gott Jahweh, ich bestaune den Himmel, das Werk deiner Hände, den Mond und die Sterne, die du geschaffen hast.
Die Bibel: Psalm 8, 4 (getreu hebräischer Originalschriften)

Julia flog immer höher und höher; niemals vorher fühlte sie sich so glücklich wie in diesen Stunden. Immer höher und höher, wenn das doch niemals wieder aufhören würde. Höher und höher, wie schön das war. Sie schwebte durch die Nacht und eine vollkommene Ruhe umgab sie.

Dann erkannte sie unter sich die Häuser ihrer Nachbarn. Die Dachrinnen schimmerten kupfern im Mondlicht.

In der nächsten Sekunde schmiegte sie sich an Charles Brust, der im Schlaf seinen Arm um sie gelegt hatte. Wie zärtlich seine Berührung war!

Lächelnd schlief sie wieder ein.

Julia ahnte nichts von den schrecklichen Ereignissen, die sich schon auf den Weg gemacht hatten.

Wie trist dieser Abend war! Julia stand am Fenster und starrte hinaus in den Garten. Gedankenverloren strich sie eine Haarsträhne aus der Stirn und versuchte vergeblich das Zittern ihrer Hände zu verbergen. Sie verschränkte die Finger ineinander und berührte das glatte Holz des Fensterrahmens.

Sie konnte nicht die Welt retten!

Und verantwortlich für das Leben anderer war sie erst recht nicht.

Was bildete sie sich nur ein!

Sie empfand Charles Blicke wie Stiche im Rücken und drehte sich um. Julia erschrak vor seinem eiskalten Blick.

Der ganze Raum war wieder mit dieser stummen Verachtung erfüllt. Julia schluckte schwer. Langsam aber sicher löschte dieses Gefühl jede andere Empfindung in ihr aus. Dabei müsste sie ihren Mann doch lieben! In guten wie in schlechten Tagen.

Sie setzte sich an den Kamin. Außer dem Knacken der Holzscheite und dem Knistern der Flammen war es still.

Charles schaute sie unverwandt an.

Er konnte warten!

Niemand wusste etwas von den furchtbaren Dingen, die geschehen würden.

Auch Charles nicht.

Die aufgeheizte Luft ballte sich unter der Zimmerdecke zusammen.

„Sieh sie nur an."

„Als ob sie schon tot wären."

Julia saß still da. Sie schloss die Augen und atmete tief ein. Wie behaglich diese Wärme war. Sie konnte sich ein wenig entspannen und seufzte leise. *Wenn sich doch auch ihr Herz*

12

erwärmen ließe! Sie fühlte den kalten Hauch, der ihr daraus entgegen schlug. Dicke Eisschichten schienen die Vorhöfe ihres Herzens zu bedecken. Eine dunkle Vorahnung befiel Julia. Sie fröstelte.

Auch Charles blickte zum Kamin. Die Flammen züngelten wie grausige Fratzen auf ihn zu und fauchten ihn an.

Irritiert ließ er die Zeitung sinken und sah wieder seine Frau an. Sein Blick schien eine Ewigkeit lang auf ihr zu liegen.

„Meinst du nicht, dass es an der Zeit ist, Lisa ins Bett zu bringen?"

Sein Tadel war für sie wie ein Schlag ins Gesicht. Mit einem fast unmerklichen Blick auf die Uhr stand sie auf.

„Ich wollte gerade nach ihr sehen."

Julia wunderte sich über das sanfte Timbre ihrer Stimme und lächelte beim Hinausgehen ihrem Mann zu. Wie Julia es hasste, in seiner Gegenwart diese Maske zu tragen.

Sie waren jetzt neun Jahre miteinander verheiratet. Von Anfang an stand für sie fest, dass sie Kinder haben wollten, aber Julia wurde nicht schwanger. Sie hatte deswegen verschiedene Ärzte aufgesucht und viele belastende Untersuchungen über sich ergehen lassen. Später ließ sich auch Charles testen. Viel später! Erst als feststand, dass es nur noch an ihm liegen konnte.

Monat für Monat hieß es abwarten. Aber Julia nahm alle Mühen klaglos auf sich. Versprachen sie ihr doch die Erfüllung ihres Kinderwunsches. *Es muss, es muss, es muss!*

Doch alles schien vergeblich zu sein!

Weshalb geschah ihr das? Stimmungsschwankungen quälten sie.

Charles hingegen machte die Erniedrigung zu schaffen und der Gedanke, dass er vielleicht niemals Großvater werden würde. Wenn sie an Spielplätzen vorbeigingen oder durch die Kinderabteilung im Kaufhaus, wurden sie von den gegenseitigen, unausgesprochenen Vorwürfen begleitet. Charles wollte jedes Mal schnell weitergehen, während Julia stehen blieb und sich umsah.

Er fuhr sie dann immer an:

„Jetzt geh schon weiter! Du kannst eh keins kriegen."

Weshalb nur war er so rücksichtslos?

Julia reagierte genervt:

„Du weißt genau, dass es nicht meine Schuld ist!"

Dabei dachte sie: *Ich wünschte, ich hätte dich nie kennen gelernt.*

Eines Tages saß sein Nachbar mit ihm beim Urologen. Schnell bekam der mit, weshalb Charles da war. Dies belastete ihn noch zusätzlich. Noch dazu war die Frau des Mannes als äußerst redselig bekannt, vor allem, wenn es um die Geheimnisse anderer ging, und sobald Charles irgendwohin kam und die Leute ihre Köpfe zusammensteckten, stand für ihn fest, dass über ihn geredet wurde.

Jeder Einkauf in dem kleinen Lebensmittelgeschäft in seiner Straße wurde für Charles von da an zu einem Spießrutenlauf.

Er konnte sich nicht mehr als Mann fühlen. Seine Ängste machten sich selbständig.

Julia hielt ihn bestimmt für einen Versager. Manchmal sah sie ihn mit einem Ausdruck auf dem Gesicht an, den er nicht deuten konnte.

Charles wurde wütend.

14

Vielleicht wünschte sie sich jemand anderes an ihrer Seite.

Vielleicht betrog sie ihn!

Obwohl Charles mehr und mehr von einem vernichtenden Zorn erfüllt wurde, lächelte auch er Julia an.

Hoffentlich hörte das bald auf! Er würde noch verrückt werden. Die Gedanken drehten sich in seinem Kopf. Jeden Tag und jede Nacht!

Seine Frau aber war der Meinung, keine vollwertige Partnerin für ihren Mann zu sein. Warum war es ihr versagt, Mutter zu werden? Die Verzweiflung darüber bescherte ihr in mancher Nacht schlaflose Stunden und die Hoffnungslosigkeit lag wie ein dunkler Schatten auf ihrem Gesicht.

Sogar über eine Adoption hatten sie nachgedacht. Aber würden sie ein fremdes Kind wie ihr eigenes lieben können? Julia hatte sich ihrem Mann gegenüber alles vom Herzen geredet. Die Worte sprudelten nur so aus ihr heraus. Darunter war alles leer.

Nur Charles sagte nichts! Er verhielt sich merkwürdig. Dabei wünschte er sich doch auch sehnlichst ein Kind!

Julia verstand nichts mehr. Nicht das Schicksal. Nicht das Leben. Nicht ihren Mann. Was war denn nur mit ihm los? Er schien völlig unbeteiligt zu sein.

Großartig! Jetzt musste sie sich auch noch um ihn Gedanken machen.

Während dessen rannen ihnen die Tage und Wochen durch die Finger. Schließlich resignierten sie. Und vielleicht würde auch irgendwann dieses schmerzhafte Verlangen nachlassen.

Julia dachte oft an die Zeit zurück, als eine vielversprechende Zukunft vor ihr lag. Hatte sie sich in allem so getäuscht?

Kurz nach der Hochzeit waren sie in das Haus eingezogen, in

dem sie gemeinsam mit ihren Schwiegereltern das Kinderzimmer eingerichtet hatte. Sie kauften Möbel aus unbehandeltem Holz und suchten gezielt nach zeitlosem Mobiliar. Den Schreibtisch und die Regale nutzte Lisa sogar heute noch.

Julia besorgte eine gelbe Tapete mit kleinen Bären, weil es auch dann sonnig sein sollte, wenn der Regen ans Fenster trommelte. Es gab sogar den passenden Stoff zu den Bordüren der Tapete und Julia nähte daraus die Wickelauflage und die Vorhänge.

Zu dieser Zeit waren sie und ihr Mann sehr glücklich gewesen. Oder etwa nicht?

Nachts stand Julia oft auf und setzte sich auf den Stuhl neben der Wickelkommode. Die Auflage schien sie anzustarren.

Die Decke war mit Sternen beklebt, die in der Dunkelheit ein sanftes grünes Leuchten abgaben. Still blickte sie nach oben und dachte an das Gedicht *sternenhimmel*. Ihr war zum Weinen zumute.

Vor den Fenstern tanzten graue Gestalten.

Sie sah sich um. An der Wand stand das Kinderbett und ein Schrank aus Buchenholz. Sie konnte dessen Weichheit spüren, wenn sie mit der Hand den Konturen des Möbels folgte. Julia nahm die Spieluhr und zog an der Schnur. Leise sang sie mit.

Guten Abend, gut Nacht, mit Rosen bedacht,
mit Näglein besteckt, schlupf unter die Deck.

Ihre Stimme begann zu zittern.

Morgen früh, wenn Gott will, wirst du wieder geweckt.

Die letzten Worte waren nur noch ein Flüstern:

Morgen früh, wenn Gott will, wirst du wieder geweckt.

16

Bei dem Gedanken, wie das Baby ihr die Ärmchen entgegen streckte, konnte sie die Tränen nicht länger zurück halten.

Was hatten sie und ihr Mann nicht alles unternommen! Julias Blick wanderte zu dem Regal mit den Spielsachen, auf dem auch einige Teddybären aus ihrer eigenen Kindheit saßen.

Zuerst versuchten sie auf natürlichem Weg schwanger zu werden. Ernsthafte Zweifel kamen ihnen nach ungefähr zwei Jahren. Dann begannen die Untersuchungen und Behandlungen. Jeder einzelne Monat schrie sie immer aufs Neue an: *Und wieder hat es nicht geklappt!*

Als sie endgültig die Hoffnung aufgeben wollten, wies ein Bekannter auf eine neue Behandlungsmethode hin. Und wirklich! Nach kurzer Zeit wurde Julia schwanger!

Aber Charles schien sich nicht so recht darüber zu freuen. Etwas schien schon damals nicht mit ihm zu stimmen. Doch Julia schenkte dem keine Beachtung. Sie war zu sehr mit sich selbst beschäftigt.

Auch das Geschlecht ihres ungeborenen Kindes wollten sie nicht wissen. Julia war bereits im siebten Monat, als sie neutrale Babysachen kaufte. Manchmal nahm sie zu Hause die Kinderschuhe und kleinen Westen in die Hand, die sie gestrickt und gehäkelt hatte.

Als ihr Kind schließlich auf der Welt war, war es für Julia selbstverständlich, die Wiege in das Schlafzimmer zu stellen. So konnte sie ihre Tochter herausnehmen und stillen, sobald sie unruhig wurde.

Als Lisa später die Windpocken hatte, überraschte Julia sie mit einem besonderen Kuscheltier. Julia nannte den Teddy mit den dunklen Knopfaugen *Herr Otto*, und Lisa nahm ihn über viele

Jahre zum Einschlafen. Später dann saß Herr Otto im Regal und wachte über ihr, wenn sie schlief, oder auf dem Schreibtisch und sah ihr bei den Hausaufgaben zu.

Wenn Julia ihre Tochter ins Bett gebracht hatte, las sie ihr Geschichten vor, die sich am nächsten Tag fortsetzten, und Lisa war immer schon gespannt, wie es dann weitergehen würde.

Gemeinsam brachten Julia und Charles Fotos der ersten Minuten im Leben ihrer Tochter im Kinderzimmer an. Die Bilder waren in edlen Holzrahmen mit wertvollen Passepartouts eingefasst.

Einmal kauften sie eine Rutsche aus dem selben Holz wie der Schrank. Charles baute darunter mit vielen Decken und Kissen eine Höhle für Lisa.

Sie konnte stundenlang selbstvergessen spielen; mit einem Zoo, den vielen Tieren, Häusern und Blumen. Auch einen Reiterhof hatte sie geschenkt bekommen. Begeistert kämmte und frisierte sie die langen Pferdemähnen.

Ebenso hatte Lisa von Anfang an eine Vorliebe für Bücher. Bereits im Kinderwagen schaute sie solche mit festen Seiten an, später dann gemeinsam mit ihrer Mutter Zeichnungen über das Leben in der Stadt. Lisa staunte. Was es da alles zu entdecken gab!

Sie machten daraus ein Spiel. Zuerst musste Lisa den Fischverkäufer auf dem Marktplatz finden, was ihr nach einigem Suchen auch gelang, dann war Julia an der Reihe und hielt nach der Gemüsefrau Ausschau.

Einmal nähte Julia ein Kasperletheater und schenkte es Lisa zu Ostern. Jeder, der zu Besuch kam, brachte eine andere Figur dafür mit. Dieser Brauch wurde auch noch zu anderen

Gelegenheiten fortgesetzt.

An manchen Abenden, wenn sie alleine war, rührte Julia gedankenverloren in ihrer Kaffeetasse und dachte an die unzähligen, vergeblichen Bemühungen zurück, schwanger zu werden. Eine lange Zeit voll hoffnungsloser Tage lag hinter ihr. Jede einzelne Stunde hatte sie spöttisch lächelnd angesehen, bevor sie sich vor ihr ausbreitete. Die Minuten ergaben keinen aus seidigen Fasern gewobenen Teppich, sondern ein Kettenhemd mit ineinander vernieteten Metallringen.

Machten diese Erfahrungen die Spannungen zwischen ihnen spürbar?

Waren die gegenseitigen stillen Vorwürfe und heimlichen Schuldzuweisungen am Ende doch bemerkt worden?

Aber natürlich hast du recht, Charles. So wie immer! dachte Julia bitter. Hatte sie sich wirklich in längst vergangenen Tagen für diesen hartherzigen Egoisten entschieden?

Sie wusste es nicht mehr.

Nachdem seine Frau das Wohnzimmer verlassen hatte, blätterte Charles die Zeitung auf. Ein heimlicher Beobachter sah einen Mann vor sich, der in das Geschriebene vertieft war, aber Charles blieb mit seinen Gedanken nicht bei den gedruckten Worten. Er dachte an seine Frau.

Warte nur, Du Flittchen. Ich werde Dir schon noch zeigen, wer ich bin!

Er bewegte sich wie ein eingesperrtes Tier von Fenster zu Fenster, schaute durch alle Scheiben und nahm doch nichts von dem wahr, was er sah.

Denn er dachte an sein Versprechen: *Bis dass der Tod uns scheidet.*

Es bekam eine neue Bedeutung für ihn.

Julia holte aus der Küche Gläser, Teller und Schüsseln, Besteck, Servietten, Salz- und Pfefferstreuer und deckte den Tisch. Ihre glockenhelle Stimme erfüllte den Raum. *Lisa, Schätzchen, Essen ist fertig.*

Charles ließ sie keine Sekunde aus den Augen!

Julia unterdrückte einen Seufzer. Als ob sie es nicht bemerken würde! Aber sie verhielt sich so, als sei alles in schönster Ordnung. Sie war es leid. Doch es würde immer so weitergehen. Von allein würde sich nichts ändern.

Julia drehte den Blumenstrauß noch ein wenig nach links. Etwas ließ sie aufblicken. Sie ahnte plötzlich, was der Blütenduft in Charles Kopf anrichtete. Gleich würde es wieder losgehen! Ihr Mann konnte grundlos einen Streit anfangen.

Schnell nahm sie den Strauß vom Wohnzimmertisch. Während sie damit in die Küche ging, sah sie das Gebinde mit den gesprenkelten Stiefmütterchenblüten, den ringsherum eingedrehten, zarten Wicken und blauen Vergißmeinnicht bedauernd an. Ihre Augen füllten sich mit Tränen, als ihr Blick auf das rosafarbene Organzaband fiel, mit dem die Blumen liebevoll zusammengehalten wurden.

Als sie den Strauß in eine Aussparung des Küchenschrankes schieben wollte, fielen Blüten des Vergißmeinnicht zu Boden.

Julia hob ihn noch einmal hoch und tauchte ihr Gesicht tief in dieses Meer aus Schönheit ein, um seinen Wohlgeruch fest in sich einzuschließen, denn so duftete das Leben.

Als sie ihn wieder zurückstellte, brachen einige der Wickenstengel ab. Julia sammelte sie vom Boden auf und warf sie in den Abfalleimer.

Sie starrte kurz auf den Unrat, dann drehte sie sich um.

Die Blumen hätten es verdient, an einer Stelle präsentiert zu werden, die ihre Pracht hervorhob. Stattdessen standen sie nun hinein gepresst in einer Öffnung dieses Möbels und damit an einem Platz, der dafür weder vorgesehen war, noch ihnen genügend Raum zur Entfaltung bot.

Julia ging wieder zurück. In die Enge. Die starren Strukturen. Das Unveränderliche. Und obwohl sie neben Charles am Tisch saß, war Julia innerlich meilenweit von ihm entfernt.

Schweigend aßen sie weiter.

„Mama, kann ich noch ein Brot haben?"

Julia reichte Lisa den Brotkorb: „Aber natürlich, mein Schatz."

Ob ihr Mann wohl auch noch etwas möchte?

Sie ärgerte sich darüber, dass er sich niemals äußerte. Als ob sie Gedanken lesen könnte! Julia warf ihm heimliche Blicke zu und konnte sehen, wie sehr er unter seiner Schwermut litt, diesem Gefühl der Erschöpfung und der Angst vor Entscheidungen.

Seinetwegen plagten sie Schuldgefühle, obwohl ihr deren Sinnlosigkeit bewusst war. Erstens wusste Charles nichts von der Last, die sie für ihn trug, und zweitens half sie ihm damit in keiner Weise.

Resigniert strich Julia eine Haarsträhne hinter ihr Ohr. Ebenfalls eine sinnlose Bewegung.

Selbst in der Gesellschaft anderer Menschen fühlte Charles sich allein. Am meisten litt er unter seiner ständigen Antriebslosigkeit, die seine großen und kleinen Pläne in einen gewaltigen Schrank einsperrte, dessen stabiles Schloss er aus eigener Kraft nicht öffnen konnte. Wenn Charles vor der verschlossenen Tür kauerte, dann hörte er sie nach ihm rufen.

An diesem Zustand würde sich niemals mehr etwas ändern. Wie sollte es auch! Eine bittere Hoffnungslosigkeit umgab ihn. Dunkel war es und dunkel blieb es! Nichts konnte ihn aus seinen Depressionen befreien, die ihn einhüllten und sein Herz unberührbar machten.

Vielleicht sollte er noch einmal einen Arzt aufsuchen. Ja, das wäre sicherlich am besten für ihn. Aber auch dieses Vorhaben kam zuerst in den massiven Schrank, wo es auf dem großen Stapel verrotten würde.

Und so verging Charles immer mehr.

Ein Faden nach dem anderen wurde aus dem Webteppich seines Lebens heraus gezogen. War dieser einst prächtig, einmalig und wunderschön anzuschauen, so wurde er nun immer löchriger und gab ihm keinen Halt mehr.

Wieder durchflutete ihn ein braun gefärbter Strom. Er war gefangen von den Wassermassen, die immer höher stiegen und bereits seine Brust umspielten. Charles keuchte vor Angst. Die Beklemmungen wurden unerträglich. Zu seiner Rettung würde er jeden Strohhalm ergreifen. Das redete er sich jedenfalls ein. Doch auch er käme in den Schrank zu seinen großartigen Plänen.

Charles regte sich nicht.

Er saß mit seiner Familie beim Abendessen und wusste, dass es ihm gutgehen müsste; aber er hatte vergessen, wie es sich anfühlte.

Die Stille nahm immer mehr Raum ein. Ihre Tochter schien als einzige nicht davon bedrückt zu sein. Sie plapperte ohne Unterbrechung unbeschwert vor sich hin und hatte viel über ihr kleines Leben zu berichten. Sie erzählte von ihrem Teddybären.

Lisa liebte Herrn Otto mit der ganzen Kraft ihres jungen Herzens.

Dann trank sie einen Schluck Wasser und stellte das Glas auf den Tisch zurück.

Dabei achtete sie genau darauf, es auf dem richtigen Platz abzusetzen. Sonst würde es ihrem Papa schlecht gehen, und daran wollte sie nicht schuld sein.

„Mama?"

Lisa erhielt keine Antwort und rutschte auf ihrem Stuhl hin und her.

„Mama, kann ich dich was fragen?"

Julia saß schweigend mit gesenktem Kopf da.

„Mama!"

Endlich schaute Julia auf. Wie traurig sie war! Lisa musste dafür sorgen, dass es ihrer Mutter besser ging! Also lief sie zu ihr hinüber und drückte sich an sie. Aber nur ein bisschen. Nicht so sehr, dass Papa eifersüchtig werden könnte.

Lisa bedachte alles.

„Mama, kannst du für Herrn Otto einen Schal stricken? Du bist bestimmt ganz schnell damit fertig und Herr Otto würde sich sehr darüber freuen."

Julia strich ihrer Tochter über das Haar und versuchte, sie anzulächeln. Aber es gelang ihr nicht.

„Ja, mein Schatz, ich mache einen Schal für Herrn Otto. Ich habe noch eine große Tüte mit Wolle in allen Farben. Du kannst dir später eine davon aussuchen."

Als sie Lisa einen Kuss auf das Haar drückte, legte Charles sein Besteck so ruckartig auf dem Tisch ab, dass es auf der polierten Platte klapperte. Lisa zuckte zusammen und blickte zu Boden.

Sie hätte besser aufpassen müssen! Lisa ging zu ihrem Platz zurück.

Julia sah ihr nach. Vielleicht wäre es für ihre Tochter am besten, wenn sie eine Zeit lang bei Yvonne wohnen würde. Nur so lange, bis Charles und sie ihre Probleme gelöst hätten. Sie nahm sich vor, ihre Schwester darauf anzusprechen. Lisa stocherte auf ihrem Teller herum. Dabei gab es ihr Lieblingsessen, Kartoffeln mit Frikadellen und Erbsen. Zaghaft sprach sie weiter:

„Ich habe ja schon meinen eigenen Schal um Herrn Ottos Hals gelegt, aber er ist zu groß und Herr Otto wäre fast erstickt."

Übergangslos gelangte Lisa mit ihrer Erzählung im Kindergarten an. Sie fand zu ihrer kindlichen Fröhlichkeit zurück und erzählte munter ohne Strich und Komma weiter.

Unvermittelt musste Julia lächeln. Ihre Tochter hatte für eine kurze Zeit die schwarzen Wolken über ihrem Herzen weggeschoben.

Auch Charles schien aus der ihn umgebenden, brüllenden Dunkelheit herausgezogen zu werden. Etwas aus einer früheren Zeit regte sich in seinem Herzen und er erinnerte sich an seine Liebe zu Julia. Doch als er seine Frau ansah, stand ihm wieder ihr Erfolg vor Augen und er fiel in den Sumpf der Depression zurück. Wie von einem Sog wurde er nach unten gezogen. Es blieb nichts von ihm zurück.

Sein Bestreben, die Freiheit zurück zu erlangen, hatte er inzwischen aufgegeben. Statt dessen umschlang ihn ein schwarzes Ungetüm.

Als er seine Liebe zu Julia entdeckt hatte, ging er jeden Tag über blühende Wiesen. Rosenbüsche säumten seinen Weg, deren Äste die prächtigsten Blüten hervor brachten und mit ihrem Duft jeden umspielten, der daran vorbei ging.

Damals umschmeichelte ihn das Sonnenlicht und zeigte ihm den Weg, der sich lohnte. Es schien ihm Ewigkeiten her zu sein.

Inzwischen umkleidete ihn die Dunkelheit wie eine zweite Haut und er musste in Verzweiflung und Einsamkeit umhergehen.

Eine immerwährende Monotonie umgab ihn. Ein Tag war wie der andere. Sein Leben war für ihn zu einem Gefängnis geworden.

Er war in einem Kerker eingesperrt und es gab für ihn keine Aussicht darauf, jemals wieder das Tageslicht zu sehen.

Julia tupfte sich mit der Serviette über den Mund und stand auf.

Oh Gott, wie er es hasste. Alleine die Eleganz ihrer Bewegungen bedrängte ihn und stachelte seine Wut weiter an.

„Charles, ich bringe Lisa ins Bett."

Er starrte vor sich hin.

Resigniert wandte sich Julia an ihre Tochter.

„Lisa, mein Schatz, gib Papi einen Kuss und lass uns dann schleunigst zu Herrn Otto gehen. Bestimmt wartet er schon sehnsüchtig auf dich."

„Gut, Mami."

Charles drückte seine Tochter an sich.

„Schlaf gut, mein Schätzchen, und träum süß."

Er fühlte nichts dabei.

Verdammt noch mal, er müsste doch etwas spüren, irgendetwas!

Julia seufzte.

Wieder so ein Abend!

Ein Tag nach dem anderen verging in tödlicher Langeweile. Nicht nur sie selbst schien erstarrt zu sein, sondern auch die

26

Zeit.

Julia fühlte sich erschöpft. Ihre Gedanken drehten sich im Kreis. *Ich möchte weg von ihm. Aber ich kann einfach nicht! Denn wer sollte sich denn dann um ihn kümmern?* Auch für die Sprachlosigkeit bei jeder gemeinsamen Mahlzeit fühlte sie sich verantwortlich.

So sehr Julia sich gegen dieses Gefühl der Verantwortung für das Leben ihres Mannes wehrte, blieb sie ihm doch hilflos ausgeliefert.

Wenn sie abends durch den Park lief, brannten manchmal Tränen in ihren Augen. Dann sah sie weder die Heckenrosen am Wegesrand noch hörte sie den Gesang der Vögel der sie an besseren Tagen fröhlich machte.

Die kleinen Rosen gaben sich die größte Mühe, Julia aufzumuntern. Die Farbe der Blüten sprudelte durch das einfallende Abendlicht wie in einer Fontäne klaren Wassers in den Himmel und ergoss sich als glänzende Gischt über sie.

Normalerweise würde Julia stehenbleiben, die Blüten betrachten und sich über diese Schönheit freuen, die Jahr für Jahr neu erblühte.

Doch an diesem Tag bewegte sie nur ein Gedanke. Er ließ sie nicht mehr los und breitete sich wie ein alles verschlingendes Ungetüm aus.

Sie konnte nicht mehr! Vor Jahren hatte sie die Verantwortung für Charles ohne größere Schwierigkeiten auf ihre schmalen Schultern genommen. Aber inzwischen war sie ihr zu schwer geworden.

Zur gleichen Zeit nahm Charles zu Hause im Wohnzimmer erneut die Zeitung zur Hand. Er versuchte, dahinter den Zorn in

seinen Augen zu verbergen, der jeden Abend neu aufflammte.
Denn im Gegensatz zu Julia war für ihn nichts einfach. Nicht das
Atmen seiner Frau, wenn sie nachts neben ihm schlief, und
nicht die Misserfolge mit seinen Bildern.

Charles war zornig auf sein Leben, das sich darüber zu freuen
schien, dass er seinem Ziel nicht näherkam. Er würde alles
dafür geben. Wirklich alles! Aber es blieb unerreichbar für ihn.

Er würde noch verrückt werden! Das gäbe einen guten Titel für
die Tageszeitung. *Künstler verfiel dem Wahnsinn.* So etwas
wollten die Leute doch lesen.

Die Kunst machte es ihm aber auch wirklich nicht einfach!

Bei jedem neuen Pinselstrich, den er auf die Leinwand
aufbrachte, lachte sie ihn hämisch an.

Sie flüsterte ihm zu: „Du mühst dich umsonst! Es ist einfach
nichts wert, was Du tust. So sehr Du dich auch anstrengst, es
wird niemals gut genug sein, denn ein Nichts bist Du und ein
Nichts bleibst Du."

Je länger er dieser Stimme ausgesetzt war, umso größer wurde
der Zorn auf seine Frau.

Als er vorhin beim Abendessen seiner Tochter zuhörte, wurde
plötzlich der schwarze Schleier seiner Depression durchlässig
und sein Kunststudium kam ihm in den Sinn.

Das Leben erschien ihm damals glanzvoll und bunt. Das war zu
einer Zeit, als ihm alles leicht fiel, ob es nun die Vorlesungen an
der Uni waren oder die Bewältigung des Lehrstoffes. Zudem
hatte Charles von seinem Großvater ein kleines Vermögen
geerbt, das ihm manche Freiheit schenkte. So konnte er in
seiner freien Zeit Galerien und Ausstellungen besuchen und in
den Ferien die großen Museen bereisen, um von den alten

Meistern zu lernen. Er wollte so viel wie möglich über diese große, wunderbare Kunst erfahren.

Charles stand auf der Sonnenseite des Lebens. Aber obwohl er ein vom Glück verwöhnter junger Mann war, blieb trotz allem eine unerfüllte Sehnsucht in ihm zurück.

Inzwischen war sein Herz finster geworden. Eine große Dunkelheit war ungefragt in ihm eingezogen und hatte sich von Raum zu Raum ausgebreitet.

Wehmütig dachte Charles noch einmal an die unbeschwerte Zeit seiner Jugend zurück. Wie einfach sein Leben früher war! Es hatte noch nichts von der Schwere und den Belastungen an sich, die er jetzt mit sich herumtragen musste. Ganz im Gegenteil! Die Welt war nicht groß genug für ihn. Er konnte alles erreichen, was er sich vornahm! Oder doch nicht? Vielleicht war das schon immer die große Lüge seines Lebens? Hatte er sich damals gut gefühlt? Er wusste es nicht mehr!

Weshalb war er der Welt gleichgültig geworden?

Was hatte er falsch gemacht?

Kunstgalerien in New York oder Florenz könnten seine Werke ausstellen, aber was tat er stattdessen? Er vergeudete sein Leben. Verschleuderte Tag um Tag, opferte Stunde um Stunde.

Zu dem Zorn in seinen Augen gesellte sich eine große Bitterkeit. Obwohl er seine ganze Enttäuschung an Julia ausließ, fühlte er sich deswegen nicht einmal schlecht, denn sie ertrug still jede seiner Gemeinheiten.

Er wusste nichts davon, dass die Schuldgefühle, die Julia ihm gegenüber empfand, sie verstummen ließen. Ihre Gegenwehr würde diese Empfindungen noch verstärken, und das könnte sie nicht ertragen. So blieb sie eine wehrlose Frau, die niemandem von dem erzählen konnte, was sie durchmachte und zu aller Hoffnungslosigkeit kam auch noch ein Gefühl der Einsamkeit dazu; die Empfindung, verlassen zu sein. Sie sah sich von allerlei Kreaturen umzingelt, gegen die sie sich permanent zur Wehr setzen musste. Sie sprangen in einem Moment auf sie zu, in dem sie es am wenigsten erwartete.

Julia drückte ihre Tochter an sich. Lisa hob den Kopf und sah sie an. Ihr Blick ging Julia mitten ins Herz. Als könnte Lisa mit ihren fünf Jahren sehen, was in ihr vorging.

Sie selbst konnte nicht mehr auf die Gefühle anderer achten. Ihr Inneres war zu Stein geworden und ließ keine Empfindung mehr zu. Es schützte sie damit vor dem Schmerz der unzähligen Demütigungen, mit denen Charles sie überhäufte.

Julia schüttelte die Kissen auf. „Mein Schätzchen, ich lese Dir noch etwas vor." Julia nahm das Märchenbuch vom Regal, setzte sich auf das Bett und ihre Tochter rutschte mit dem Teddy dicht neben sie.

Julia kannte Lisas Lieblingsmärchen, öffnete das Buch bei *Dornröschen* und begann zu lesen. Sie hatte die Geschichte noch nicht zu Ende gebracht, als sie beide so müde wurden, dass ihnen die Augen zufielen. Julia hielt das geöffnete Buch noch in der Hand und schlief tief und fest. Ihre gleichmäßigen Atemzüge vermischten sich mit denen von Lisa, die an ihre Seite gesunken war.

Herr Otto besah sich die Angelegenheit in aller Ruhe. Er hatte ja Zeit.

Es war nicht verwunderlich, dass der Teddy mit dem gütig wirkenden Stoffgesicht das Lieblingsspielzeug ihrer Tochter war. Auch Julia selbst hatte ihn schon einmal an sich gedrückt und gehofft, sich dadurch besser zu fühlen, bis sie ihn ernüchtert wieder zur Seite gelegt hatte.

Mein Gott Jahweh, was tue ich da eigentlich? Ist es wirklich schon so weit, dass ich bei dem Stofftier meiner Tochter Trost suche?

Die Antwort auf diese Frage müsste lauten: *Ja, denn ich habe keinen Menschen.*

Ihre Welt wurde durch Charles Willkür klein und begrenzt. Jeden Tag verlor sie einen weiteren Teil von dem freien Land in ihrer Seele. Bald schon würde sie eine Marionette sein, die keine eigenen Bedürfnisse mehr kannte. Ob Charles das erreichen wollte? Sollte sie werden wie er?

Doch Julia hatte sich ein kleines Stück Geborgenheit bewahrt. Sie hielt es gut versteckt, so dass kein anderer Mensch es jemals finden würde.

Bei jeder erneuten Verletzung floh sie in diese inneren Gegenden. Unendliche Weiten breiteten sich da vor ihr aus, in denen ihr Herz sich ungehindert bewegen konnte.

Julia verschloss sich immer mehr. Ihr äußeres Leben reduzierte sich auf das Notwendigste, bis sie schließlich funktionierte wie eine Maschine. Sie wäre bereits tausendfach an Charles Kränkungen zerbrochen, wenn sie nicht dieses innere Land hätte, wo ihr nur Schönes widerfuhr, es kein Leid, kein Geschrei und keine Tränen gab.

Julia empfand dort die Realität einer schützenden Kraft und eines Friedens, der höher war als alle Vernunft.

Nachts, wenn alles schlief außer ihr, und sie mit Charles, diesem Ungeheuer, das Bett teilen musste, lag sie mit ausdruckslosen Augen da und starrte in die Dunkelheit. Wenn jemand die Finsternis mit seinem Blick durchdringen würde, dann könnte er sie lächeln sehen; obwohl ihre Persönlichkeit auf ein Minimum reduziert war.

Ja, Julia lächelte. Sie war geborgen in ihrer inneren Welt und der Sternenhimmel, der sich dort über ihr ausspannte, war mit nichts zu vergleichen, was sie jemals zuvor gesehen hatte. Zauberhafte Töne verstärkten seine Schönheit. Kompositionen von Rachmaninow weckten die Sehnsucht, Schwermut war bei Chopin zu finden, sie fühlte sich getragen bei Musik von Bach und fröhlich bei Mozart, dessen Musik wie frisch geöffneter Champagner perlte.

Plötzlich drehte Charles sich um und legte seinen Arm auf sie. Julia erstarrte bei dieser Berührung und ihre innere Welt geriet ins Wanken. Oh nein! Der Gedanke war für sie entsetzlich, dass ihre Zuflucht verschüttet wäre. Das durfte nicht geschehen!

Julia zwang sich dazu, ruhig zu atmen. Sie betrachtete Charles markantes Gesicht und erinnerte sich daran, dass er damals für sie ein charmanter Herzensbrecher war.

Ihr wurde übel, als sie ihren Irrtum erkannte.

Er hatte immer einen Drei-Tage-Bart getragen. Zum Spaß, wie er sagte. Dabei wusste er sehr genau, wie sexy er damit wirkte. Auch auf sie. Selbst jetzt noch! Sie sagte damals oft aus Spaß zu ihm: „Dein Messer ist wohl schon wieder stumpf geworden?"

Am Anfang war das Dunkle in ihm für sie nicht zu sehen. Erst als der Schrecken begann, war es in allen furchtbaren Nuancen erkennbar. Charles verbreitete ein undefinierbares Gefühl der Angst, das nicht zu greifen war. Im Lauf der Zeit wurde seine Nähe für Julia zur Bedrohung.

Und sie tat so, als wäre alles in schönster Ordnung.

Schließlich wand sie sich wie eine Katze aus Charles Umarmung, der Bettdecke und den Kissen heraus.

Der Dachboden war neben ihrer inneren Welt der einzige Ort, wo sie in der Aussichtslosigkeit ihres Lebens Trost fand. Es war dunkel da oben. Die einzige Lampe gab bereits seit langer Zeit kein Licht mehr. Ein vergessener Ort, der niemals genutzt wurde. Als ob es toter Raum wäre und verschwendeter Platz.

Sie tastete sich langsam in der Dunkelheit voran und hatte auch bald die alte Holzkiste erreicht, bei der sie die gestohlenen Minuten ihres Lebens verbrachte. Diese kurze, überaus kostbare Zeit.

Julia verbarg ihr Gesicht in den Händen und begann zu weinen. Die verdrängten Wahrheiten standen vor ihrer zerbrechlichen Persönlichkeit. Mit dem weichen Stoff ihres Nachthemdes wischte sie die Tränen weg.

Sie wusste selbst am besten, wie absurd das alles für einen Außenstehenden klingen musste. Denn er sah nur die glückliche kleine Familie, das schöne Haus mit dem großen Garten, den Künstler und die erfolgreiche Frau. Ein Leben wie aus dem Bilderbuch, ein Märchen eben.

Doch der Schmerz in ihrem Herzen und das Gefühl der Hoffnungslosigkeit konnten durch nichts mehr gesteigert werden. Und das Schlimmste daran war, dass sie niemandem davon erzählen konnte.

Ihr Leben war wie eine verlassene Welt, in der eine fahle Sonne am Himmel stand.

Erst als Julia an ihre Tochter dachte; konnte sie zu weinen

aufhören und wischte mit dem weichen Stoff über ihr Gesicht. Die Schreckgestalten wichen zurück und Julia konnte durchatmen.

Sie liebte Lisa, doch sich selbst schien sie nichts wert zu sein. Weshalb sonst ließ sie es zu, dass ihr das Leben genommen wurde? Nur wenig davon gehörte ihr noch selbst, so wie diese heimlichen Minuten hier oben.

Nun setzte sie sich auf den Boden. Es spielte keine Rolle, dass ihr Nachthemd schmutzig wurde. Nichts schien mehr wichtig zu sein. Das Leben tötete in ihr nach und nach alle Empfindungen ab. Sie war in einem Panzer eingeschlossen, der alles von ihr fernhielt.

Wieder liefen Tränen über ihr Gesicht. Sie vermischten sich mit dem Staub, der dick die Bodenbretter überzog. Ihr wurde erneut ihre Einsamkeit bewusst und ein großer Schmerz darüber befiel sie, der sie wieder ein Stück weiter nach unten drückte. Und doch gab es in ihrem Herzen einen Rest der Liebe zum Leben, der verhinderte, dass sie endgültig am Boden liegen blieb.

Mondlicht fiel durch das kleine Dachfenster herein. Julia senkte den Blick. Die Muster im Staub hatten sich verändert. Sie blinzelte.

Die Tränen glitzerten wie Raureif, den man sah, wenn man im Spätherbst frühmorgens das Haus verließ.

Julia stand langsam auf. Sie konnte die Kraft einer Majestät fühlen, die hier gegenwärtig war. Noch niemals hatte sie etwas Schöneres gesehen. Es drang in ihr Innerstes ein, wie das Flirren der Geigen zu Beginn von *La Traviata*.

Sie löste ihren Blick vom Boden. Der Dachstuhl, die Mauern, alle vernagelten Fenster und die verschlossene Tür waren verschwunden und mit ihnen alles, was ihr Leben begrenzte. Mit jedem Stern, der am Himmel neu erstrahlte, erhöhte sich die Geborgenheit, die sie empfand.

Da berührte Charles Hand ihre Hüfte.

Sie hatte alles nur geträumt.

Leuchtende Schwingen umschlangen Julia. Sie schimmerten in allen Farben und fühlten sich wie Seide auf ihrer Haut an. Die Flügel entrollten sich und schwebten nach oben.

Sie sah ihnen nach.

Für einen Moment wurde ihr schwarz vor Augen und sie verspürte einen Ruck, der sie auf einen Bahnsteig versetzte.

Überall standen Disteln, die von Efeu umschlungen waren und sich den Reisenden entgegen streckten. Ob sie wohl auch ferne Städte besuchen wollten? Oder das Meer? Sie könnten im Garten eines Hauses am Strand stehen und die Geschichten hören, die von den Wellen in den Sand geworfen wurden. Aber ihre Sehnsucht würde unerfüllt bleiben.

Eine Frau stand neben ihr. Julia spürte die große Ungeduld, mit der sie auf die Einfahrt der nächsten Bahn wartete.

Der ankommende Zug drosselte seine Geschwindigkeit. Die Frau presste die Hände gegen das Herz und aus ihrem Mund drang ein leises Stöhnen. Sie konnte keine einzige Sekunde mehr warten.

Schon öffneten sich die Türen und eine namenlose Menge strömte an ihr vorbei. Hastende Menschen, die nichts bedeuteten. Denn sie wartete auf ihren Geliebten, der versprochen hatte, zu ihr zu kommen.

Ihre vollen Lippen öffneten sich flehentlich. Wie jemand aus einer lange vergangenen Zeit stand ihre schlanke Gestalt da und suchte mit Blicken den Bahnsteig ab. Schließlich blieb nur sie allein zurück. Die leichte Weste war ihr von der Schulter gerutscht. Die Frau schob sie wieder nach oben und zog sie etwas mehr vor der Brust zusammen, denn es wehte ein kalter Wind.

Sie trug einen neuen, aus den Garnen der Verlorenheit gewebten Mantel, doch obwohl er schwer war, wärmte er sie nicht.

Der Abend kündigte sich an und immer noch stand sie verlassen da. Ihre Sehnsucht schlug um in Angst und Verzweiflung.

Wenn ihm nun etwas zugestoßen war?

Die Frau fühlte sich hilflos, was sollte sie nur tun? Ein leichter Zweifel fiel auf ihr Herz, doch sie verscheuchte ihn sofort wieder. Sie wusste genau, dass ihr Geliebter sein Wort halten würde.

Die Frau setzte sich auf eine Bank.

So saß sie still da und wartete auf die nächste Bahn, die übernächste und die danach. Mit jedem abfahrenden Zug wurde sie mehr und mehr zu einer stummen Figur. Es fand ein Anhalten des Lebens statt, das keine Erfüllung mit sich brachte, sondern sie einsam zurück ließ. Keiner würde kommen und sie in die Arme schließen, niemand sie erlösen. Sie war der Kälte und der Dunkelheit schutzlos ausgeliefert und ihr inneres Leben verging Stück um Stück.

Nichts blieb davon übrig.

Julia empfand wie sie.

Es war dunkel.

Außen wie innen.

Jede Nacht musste Charles seine inneren Landschaften durchwandern. Es war ein Zustand, der kein Ende zu nehmen schien. Alles war verhangen wie mit schwerem, blutgetränktem Samt. Genau so wie seine Frau war auch Charles unberührbar geworden.

Regungslos lebten sie nebeneinander her.

Jeder blieb für sich allein.

Unaufhörlich watete Charles durch diesen Morast aus furchtbaren Gedanken und verzweifelter Hoffnungslosigkeit und neben ihm lag seine Frau, die ruhig atmete. Sie wagte es, zu schlafen!

Wer wusste, von wem sie träumte!

Wie so oft in letzter Zeit ergriff ihn dieser hässliche Zorn. Sein Handeln wurde von etwas bestimmt, auf das er früher verächtlich herabgesehen hatte.

Er war schon lange kein freier Mann mehr!

Kopfschüttelnd dachte er an den liebenswerten Chaoten, der er damals war. Charles wurde die Erinnerung daran einfach nicht los! Er wünschte sich nichts mehr, als dass sie von dem dunklen Morast in seiner Seele verschluckt würde.

Heute Nacht breitete sich eine Steinwüste vor ihm aus. Er spürte instinktiv, dass er nicht alleine hier war! Charles blickte sich vorsichtig um und entdeckte Julia.

Er sah ihr fragendes Gesicht.

Wo war sie nur?

Was war geschehen?

Julia bewegte sich unsicher vorwärts. Sie war barfuß, um

schneller voran zu kommen. Die Angst trieb sie an, und obwohl sie sich an den scharfen Steinkanten verletzt hatte, setzte sie unaufhörlich einen Fuß vor den anderen.

Ein fahler Mond stand am Himmel.

Sie durfte auf keinen Fall stehenbleiben, damit das Schreckliche, das hinter ihr her war, sie nicht packen konnte.

Julia wagte es nicht, ihr Tempo zu verringern.

Denn dann würde sie ihm gehören.

Julia hörte es schon schadenfroh lachen. Die ganze Zeit über konnte sie spüren, dass es da war und nur darauf wartete, dass sie stürzte und so ihre Flucht beendet wurde. Es kannte keine Eile, denn was sie auch tat und wie sehr sie sich auch mühte, sie würde ihm doch nicht entkommen.

Selbst als Julia gestrauchelt war, hämmerte es *weiter, weiter, weiter* in ihrem Kopf und sie stand mit schmerzverzerrtem Gesicht auf. Taumelnd bewegte sie sich durch diese Wüste voran, die sich schier unendlich vor ihr ausbreitete.

Wenn sie sich nur an etwas erinnern könnte!

Aber sie wusste einfach nicht, was geschehen war. Sie stolperte über Steine hinweg vorwärts. Ihr Rock war verrutscht, der Saum daran herunter gerissen und der Stoff verdreckt. Die Bluse hing ihr in Fetzen am Körper und die Schuhe hatte sie irgendwann ausgezogen.

Während sie versuchte, dem Schrecklichen zu entkommen, tauchten verworrene Bilder vor ihrem inneren Auge auf.

Sie sah sich im großen Tagungsraum der Firma. Alle starrten sie an. Und über ihr kreisten die schwarzen Vögel der Unbarmherzigkeit und versuchten, sich auf ihrem Kopf nieder zu lassen. Doch etwas schützte Julia vor ihnen. Aber sie konnte es nicht erkennen.

Was war dann geschehen?

Die Bilder verblassten und es pochte in ihren Schläfen.

Sie musste weiter, denn das Furchtbare hinter ihr war schon wieder ganz nahe.

Wo könnte denn diese Steinwüste sein?

Sie war doch auf Erden, oder?

Und das große, mit Eiter und Galle angefüllte Gewässer begann sich zu regen. Das größte Sammelbecken, das die Geschichte der Welt jemals hervorgebracht hatte. Es lag verborgen an einem fremden Ort und das von Menschen hervor gebrachte Böse floss hinein. Jeder trug etwas dazu bei. Einer mehr, ein anderer weniger.

Die Verwesung unzähliger, in Kriegen gestorbener Körper und die Opfer von Gewalt, die in den eigenen vier Wänden geschah.

Da war der liebevolle Ehemann und Vater, den eine Kleinigkeit derart außer Kontrolle geraten ließ, dass er die Hand gegen sein Kind erhob. Aber die Schläge trafen seine Frau, die sich vor ihr Kind stellte, um es zu schützen, und das als Folge dieser Barbarei zu einem depressiven Erwachsenen heranwuchs, der keinen Halt im Leben fand und dem alles sinnlos erschien.

Oder die Gefallenen in den Kriegen seit Beginn der Welt. Führte man alle namentlich auf, so würden die Bücher darüber die Wände vieler Bibliotheken bedecken.

Ozeane entstanden, die gefüllt waren mit den Tränen der Unglücklichen und Zurückgebliebenen, die das Liebste verloren hatten. Es waren Meere, welche die ganze Welt überzogen und die mit Verzweiflung gesättigt waren.

Das Furchtbare brachte ein Ungeheuer hervor, das sich aus der

Tiefe heraus auf die Menschen zubewegte, um ihren Schmerz zu vergrößern. Das seit Jahrmillionen stille Gewässer begann zu sprudeln und in einem einzigen Augenblick erhob sich daraus die Kreatur.

In diesem Moment sprangen die Blütenköpfe der Kakteen auf.

Ein schaler Geschmack hatte sich in ihrem Mund ausgebreitet. Angewidert sah sie auf den Wecker. Wie spät es wohl war? Das kleine Fenster im Badezimmer war ein schwarzes Loch in der Wand. Es musste noch mitten in der Nacht sein. Julia machte das Licht an, ging zum Waschbecken und spülte sich den Mund aus. Sie stockte in der Bewegung. Julia starrte in den Spiegel und tastete zögernd über ihr Gesicht. Was war denn nur geschehen?

Sie rieb sich mit einem feuchten Handtuch ab.

Immer und immer wieder.

Während sie die verlaufene Wimperntusche und den verschmierten Lippenstift entfernte, sah sie ihre geschundenen Füße und die Reste von getrocknetem Blut auf der Haut. Die Erinnerung durchfuhr sie wie ein Blitz. Julia wusste wieder, dass sie durch eine Steinwüste geirrt war und fühlte aufs Neue die Angst, die sie dort empfunden hatte. Fassungslos setzte sie sich auf den Hocker neben der Badewanne. Sie musste nachdenken.

Was war denn plötzlich mit ihrem geordneten Leben los? Julia konnte keinen klaren Gedanken fassen. Die Erinnerung rang mit dem Bewusstsein. Sie lieferten sich einen erbitterten Kampf.

„Bleib, wo Du bist! Wage es nicht, hier herauf zu kommen."

„Aber Du siehst doch selbst, wie verzweifelt Julia ist. Lass mich ihr helfen! Dir geschieht doch nichts dabei."

Das Bewusstsein schrie laut auf.

„Nein!"

Es schlug mit aller Macht solange auf die Erinnerung ein, bis diese ohnmächtig wieder in den Sumpf des Unterbewussten stürzte und schaute neugierig zu, wie sie von der dunklen

Masse verschluckt wurde.

„So, das wäre geschafft. Sie wird ja hoffentlich nicht so dumm sein und nochmals zurück kommen."

Währenddessen irrte Julia hilflos durch das Haus. Öffnete die Türen und sah in alle Räume. Sie wusste einfach nicht, was sie tun sollte. Julia hatte keine Ahnung, was passiert war.

Sie musste sich unbedingt beruhigen!

Schnell hatte sie die schmale Stiege erreicht. Aber die Tür zum Dachboden war mit Brettern vernagelt. Julia sprang die letzten Stufen hinauf und rüttelte an dem Holz.

Schluchzend sank sie auf die Knie.

Oh nein, bitte nicht!

Da schimmerte es durch den Schleier ihrer Tränen hindurch und Julia hob den Kopf. Die Tür vor ihr, die Wände und jede einzelne Treppenstufe waren wie mit geschmolzenem Gold überzogen.

Sie wischte sich die Tränen aus dem Gesicht. In diesem Moment wusste sie, dass keine verschlossene Tür, nichts auf der ganzen Welt, sie von der Macht trennen würde, die sie beim Anblick des Sternenhimmels gespürt hatte. Diese Kraft umkleidete sie wie ein Mantel aus dem feinsten Kaschmir und nie hatte sie eine größere Wohltat erlebt, als bei dem Tragen dieses Kleidungsstückes.

Julia ging über die goldenen Stufen zurück in ihr Leben und der warme Glanz begleitete sie. Aber sie war nicht mehr die Frau, die verzweifelt hierher kam und am Ende ihrer Kraft war.

Vorsichtig öffnete sie die Tür zum Schlafzimmer.

Das Mondlicht umschmeichelte Julias zarten Körper. Ein leiser Windhauch kam durch die angelehnte Tür und strich über ihre Stirn.

Wie gut das tat. Julia atmete tief ein.

Es war ein Wind wie damals am See, als Schilf das Ufer säumte und Ahornbäume am Weg standen, die sie mit ihrem Schatten vor der stechenden Sonne schützten. Durch die tiefhängenden Äste glitzerte die Wasseroberfläche, als wären Diamanten darüber gestreut.

Ihr wurde so leicht um das Herz, dass sie wie ein Schmetterling die schimmernden Flügel ausbreiten und von den schützenden Bäumen weg fliegen könnte.

Immer weiter und weiter auf den See hinaus.

Sie setzte sich unter einen Baum, lehnte sich zurück und hing ihren Gedanken nach. Manchmal wünschte sie sich das. Einfach davon fliegen zu können. Keine Verpflichtungen mehr haben, keine Termine, keinen Druck. Nur das eigene Gewicht tragen müssen. Nichts weiter. Keine Verantwortung für das Leben anderer an sich reißen müssen.

Julias Miene verfinsterte sich. Gerade sie fühlte sich immer verantwortlich für andere, insbesondere für Charles.

Sie seufzte.

Der Schmetterling war nur noch ein kleiner Punkt an einem sonnigen Tag.

Sie legte ihre Hände an den Baum.

War nicht alles ein einziger Kreislauf?

Charles starrte hinaus in den Regen.

Er hasste düstere Herbstabende wie diesen, die ein Vorbote auf kalte und früh dunkel werdende Wintertage waren. Schon bald würden nur noch Eisblumen blühen. Er seufzte.

Charles war es müde. Immerzu kreisten diese Gedanken in seinem Kopf.

Er konzentrierte sich wieder auf seine Arbeit. Neben ihm auf einem kleinen Tisch standen verschiedene Pinsel, Tuben und Gläser bereit. Schon bald herrschte auf der Leinwand das gleiche Chaos wie in seinem Inneren.

Es machte Charles wütend, dass er nichts Anständiges zu Papier brachte. Wo blieb denn nur seine Begabung, wo seine Phantasie? Nichts war mehr davon übrig, alles hatte ihm dieses Monster Julia genommen. Wenn sie jetzt vor ihm stehen würde, könnte er sie mit bloßen Händen erwürgen.

Doch Julia war nicht hier bei ihm.

Charles sprang derart unbeherrscht auf, dass sein Stuhl umkippte. Er griff zum Weinglas und trank es bis auf einen Rest in großen Schlucken aus. Dann warf er es auf die Zeichnung. Die Rotweinspritzer sahen aus wie Blut. Mit einem wilden Aufschrei stürzte Charles sich auf die Leinwand und zerriss sie in kleine Fetzen. Bei jedem Stück, das er mit seinen Händen abtrennte, dachte er *Julia, Julia*. Charles schrie laut auf.

Er nahm ein neues Glas aus dem Schrank und schenkte es voll. Mit eiskaltem Blick schwenkte er es in der Hand.

Gedankenverloren ging Charles zum Fenster. Aus dem Park zogen feine Nebelschwaden heran.

Für Charles wurden sie zu einem Brautschleier für eine Frauenleiche am Fluss. Sie war genau so alleine wie er. Keiner

sah sie da liegen. Niemand hatte ihr Verschwinden bemerkt.
Was mochte sie für ein Mensch gewesen sein?
Ob wohl auch sein eigenes Ende einmal so aussehen würde?
Er starrte weiter zum Park. Der Nebel schien auch ihn selbst zu erreichen.
Die Erinnerung an die tote Frau würde im Nichts versinken.
Das Wasser umspielte sanft den Körper, als wollte es ihn damit trösten, denn die Maden nagten bereits an ihm und auch Würmer hatten sich zu diesem Festmahl auf den Weg gemacht. Das Ungeziefer fraß sich durch das tote Fleisch. Etwas musste sterben, damit anderes leben konnte. Und so wurde die Leiche ganz allmählich zernagt und die Knochen zerfielen zu Staub.
Charles fragte sich, was eigentlich mit ihm los war.
Er zwang sich dazu, seinen Blick vom Fenster abzuwenden und kehrte zu den Farben und Pinseln zurück. Charles stellte das Glas ab und holte eine neue Leinwand.
Er empfand für dieses Zimmer fast so etwas wie Zärtlichkeit, denn immer, wenn seine Gedanken zu schwer wurden, konnte er sich hierher zurück ziehen.
Sanft ließ Charles seine Finger über die schmale Kommode gleiten und betrachtete die Drucke von Monet. „Claude Monet", bewundernd sprach Charles diesen Namen aus, während er die Seerosenbilder betrachtete und die atmosphärische Stimmung spüren konnte.
Wie das wechselnde Licht der Natur von einem Augenblick zum nächsten ein anderes Aussehen verlieh, brachte Claude Monet ein und dieselbe Landschaft in immer neuen, gefühlvollen Variationen auf die Leinwand.
Früher fand Charles die prachtvollen Kolorierungen

beeindruckend. Damals, als es auch in ihm selbst bunt war. Inzwischen waren selbst die Farben der Drucke verblasst und mit einer feinen Staubschicht überzogen.

Er musste schmerzhaft erfahren, dass nichts blieb, wie es war.

Charles öffnete die Schranktür und vor ihm standen in verschiedenen Größen die Leinwände nebeneinander. Ein Lächeln überzog die Gesichter, als sie ihn sahen, denn sie freuten sich darauf, von ihm aus dem dunklen Verlies befreit und mit Farben bemalt zu werden. Jede rief ihm zu: „Erwähle mich, bitte, erwähle mich."

Charles nahm eine von ihnen aus dem Schrank, den er gleich wieder verschloss. Den traurigen Ausdruck auf den Gesichtern der Zurückgebliebenen sah er nicht.

Er stellte die Leinwand auf die Staffelei und betrachtete sie stumm. Jungfräulich sah sie aus. Gänzlich unberührt. Charles starrte auf die helle Fläche, als hoffte er, von ihr aufgesogen und von allem Schmutz gereinigt, wieder ausgespien zu werden.

Noch einmal von vorne anfangen können; wenn das nur möglich wäre!

Charles versuchte, seinen Gedanken etwas von der Schwere zu nehmen, aber je mehr er sich darum bemühte, umso stärker breitete sie sich in ihm aus.

Unzählige Male stand er bereits vor der Mauer, die sein Inneres einschloss. Immer wieder tastete er sie ab. Immer wieder! Aber niemals konnte er auch nur die kleinste Lücke in diesem vollkommenen Geflecht aus Steinen und Mörtel entdecken. Eine nie zuvor verspürte Kälte kroch in ihm hoch.

Mit klammen Fingern suchte Charles vergeblich nach einem Ausweg. Warum sollte es diesmal auch anders sein? Resigniert setzte er sich auf den Boden, umfing seine Knie mit den Armen und sah zu Boden

Mein Gott! dachte Charles. *Oh, mein Gott Jahweh!*

Diese Worte waren Ausdruck seiner tiefen Verzweiflung und Hoffnungslosigkeit, denn obwohl er damit jemanden ansprach, so erwartete er doch keine Antwort.

Was ist nur aus mir geworden?

Charles war allein gelassen in diesem furchtbaren Zustand. Ein armseliger Mensch ohne einen Funken Hoffnung. Er fing an zu weinen. Ein Schluchzen schüttelte seinen Körper.

Richtig schlimm stand es um ihn, seit Julia sich erfolgreich um eine Führungsposition in der Firma bewarb. Von da an hatte ihn die Depression noch stärker im Griff als vorher.

Nein, Charles war nicht stolz auf Julia; er konnte es nicht sein, da ihn die Tatsache, dass sie es weiter gebracht hatte als er, zunehmend wütender machte und sie zum Ziel seiner Anfeindungen wurde. Je mehr sie beruflich vorankam, umso stärker festigte sich in ihm seine Boshaftigkeit ihr gegenüber.

Julia wusste von den Depressionen, die ihn quälten und entschuldigte damit seine Ungerechtigkeit, die er ihr gegenüber an den Tag legte. Sie sah ihm sein verletzendes Handeln nach, denn unterschwellig hatte sie das Gefühl, daran schuld zu sein.

Dieses Bewusstsein fesselte Julia an Charles und sie kannte nichts, das im Stande wäre, diese Bindung zu durchtrennen. So lebte sie in dem Wissen, ihn niemals verlassen zu können und war zu einer Gefangenen geworden. Denn Charles kontrollierte jeden ihrer Schritte und legte eine Eifersucht an den Tag, der Julia hilflos gegenüber stand.

Dabei gab sie ihm doch niemals einen Grund dazu!

Oder?

Charles starrte wieder zum Park. Da sah er Julia. Sie war schon ein gutes Stück vom Haus entfernt, aber er konnte noch erkennen, wie ihre im Nacken zusammen gebundenen Haare bei jedem Schritt auf und ab wippten.

Sein Blick fiel auf das Glas Wein in seiner Hand und er drehte es leicht hin und her. Charles hatte sich einen Merlot eingeschenkt. Er hob den Becher vor sein Gesicht und betrachtete ihn genau.

Er musterte die Leiche am Fluss diesmal aus der Nähe. Die Tote lag auf dem Bauch und nur der Oberkörper ragte in das Wasser hinein. Aus einer Wunde an der Schulter trat Blut aus, das weg gewaschen und dabei hellrot wurde.

Durch den Schein der fröhlichen, verrückten Tiffanylampe, die von der Decke hing und lustig drauf los leuchtete, als würde sie sich über etwas freuen, bekam das Blut in dem Glas in seiner Hand den gleichen Farbton.

Charles tauchte einen Finger hinein, zog ihn wieder heraus und hielt ihn nach oben. Es gefiel ihm, dass der Rotwein eine Blutspur hinterließ. Wie hypnotisiert näherte er ihr sein Gesicht und leckte genussvoll darüber.

Sie schmeckte wie Merlot, doch in seiner inneren Welt verwandelte sie sich in Blut. Julias Blut.

Welch ein Genuss!

Mit federnden Schritten lief Julia durch den Park. Sie fühlte sich sicher, denn was sollte ihr hier schon geschehen?

Bald wäre sie wieder daheim.

Daheim!

Verbitterung machte sich auf ihrem Gesicht breit.

Früher freute sie sich darauf, nach Hause zu kommen. Es war warm und behaglich, frisch gebrühter Tee stand bereit und ihr Mann begrüßte sie mit einem zärtlichen Kuss. Wie schön war es damals, heim zu kommen. Es war lange her.

Julia erkannte ihre furchtbare Lage und stöhnte gequält auf.

Sie wusste nicht, ob sie sich jemals hoffnungsloser gefühlt hatte, als in diesem einen Augenblick.

Julia hatte ihre Hoffnung schon vor langer Zeit zu Grabe getragen. Ab und zu besuchte sie die Ruhestätte und versuchte vergeblich, sich an die Verstorbene zu erinnern. Dann legte Julia eine Blume der Traurigkeit neben das schlichte Holzkreuz.

Sie war in ihrem Leben gefangen wie in einem Zug mit verschlossenen Türen. Selbst wenn sie mit aller Kraft an ihnen rüttelte, so konnte Julia sie doch nicht öffnen.

Der Dampfzug klapperte und schepperte während der Fahrt. Die Schienenstücke waren durch Laschen verbunden und bei jedem Spalt gab es ein rasch aufeinander folgendes, dumpfes *wumm-wumm-wumm*.

Die Fahrt zog sich bereits über Stunden hin und führte an kleinen, malerisch gelegenen Dörfern, Wäldern und einem See vorbei. Er lag eingebettet in der hügeligen Landschaft. Eine Schafherde weidete auf einer angrenzenden Wiese. Als sie das friedliche Bild betrachtete, musste sie an ihre Schulzeit denken.

Sie lächelte. Was einem so alles durch den Kopf ging.

Wie schüchtern sie damals war! Manchmal rief der Lehrer sie nach vorne und sie musste einen Text aufsagen. Dann zitterten ihr die Knie, sie bekam feuchte Hände und auch die Stimme wollte ihr nicht so recht gehorchen.

Julia strich sich eine Haarsträhne aus der Stirn.

Einmal war es ein Psalm, den sie sogar heute noch kannte.

Ein Psalm Davids.

Gott Jahweh ist mein Hirte, mir wird nichts mangeln. Er weidet mich auf einer grünen Aue und führet mich zum frischen Wasser. Er erquicket meine Seele; er führet mich auf rechter Straße um seines Namens willen. Und ob ich schon wanderte im finstern Tal, fürchte ich kein Unglück; denn du bist bei mir, dein Stecken und Stab trösten mich. Du bereitest vor mir einen Tisch im Angesicht meiner Feinde. Du salbest mein Haupt mit Öl und schenkest mir voll ein.

Gutes und Barmherzigkeit werden mir folgen mein Leben lang, und ich werde bleiben im Hause Gott Jahwehs immerdar.

Die Bibel: Psalm 23 (getreu hebräischer Originalschriften)

Das wünschte sie sich auch für ihr Leben. Grüne, saftige Wiesen und den Zugang zu frischem Wasser. Aber ihr waren dürre Gegenden und versiegte Quellen vorbehalten. Sie zog eine Augenbraue nach oben und legte die Stirn in Falten.

Inzwischen nahm sie weder das Klappern der Fenster und Türen noch das *tsch tsch tsch* der Lok mehr wahr. Julia saß auf der ungepolsterten, mit braunem Kunstleder bezogenen Sitzbank, rutschte hin und her und spürte jede einzelne

Sitzfeder. Es war wie bei dem Sofa von Oma, auf dem sie als Kind herum gesprungen war.

Jetzt musste der Zug eine Steigung überwinden und verlangsamte seine Geschwindigkeit. Es hieß nicht umsonst: *Das Blumenpflücken während der Fahrt ist erlaubt.*

Julia stand auf. Sie versuchte, den Hebel zum Öffnen der Tür ganz nach unten durch zu drücken, aber es gelang ihr nicht. Ihre Hände zitterten. Sie hatte keine Kraft mehr.

Während dessen rollte der Zug auf den Gleisen entlang, die ihm seine Richtung vorgaben und keine Abweichung zuließen. Dieser Zustand einer nicht enden wollenden Monotonie wurde mehr und mehr zur Normalität. Die Fahrgäste eigneten sich eine Gedankenlosigkeit an, die sie vor den Ansprüchen ihrer Mitmenschen schützte und außer gebrochenen Herzen und erlebten Enttäuschungen nichts zurückließ.

Ihr inwendiges Paradies kam Julia in den Sinn und wie dort alle Landstriche von dem hellen Sonnenlicht erfüllt waren. Selbst wenn kein Tropfen Regen fiel, stand ein mächtiger Regenbogen am Himmel. Ein leuchtendes Zeichen der Zuversicht für jeden Menschen.

Aber für sie war es dafür zu spät.

Julia beschleunigte ihre Schritte.

Charles sah ihr hinterher. Es wurde langsam zu seiner Gewohnheit, Julia zu beobachten. Seine erfolgreiche Frau! Er ahnte nicht, dass Julia sich oft allein und verlassen fühlte.

Schließlich wurde sie von der Dunkelheit verschluckt. Mit jedem Schritt entfernte sie sich weiter von ihm. Eine immer größere Strecke schnitt sie von dem Haus ab, das Sicherheit für sie bedeutete. Sie verschwand in der Finsternis. Eine wehrlose, einsame Frau.

Charles stützte sich am Fensterrahmen ab. Er beugte seinen Kopf so weit nach vorne, dass seine Stirn die Scheibe berührte.

Pass nur auf, dass dir nichts geschieht in diesem dunklen Park!

Mit jedem Schritt, den sie von ihm weg ging, wuchs sein Wunsch, dass ihr jemand begegnete, der mit einem Blick erfassen würde, dass sie alleine unterwegs war und genau wusste, dass keiner außer ihr noch so spät durch den Park ging.

Der Fremde senkte den Blick und taxierte die Frau, die sich ihm näherte. Es wäre ein leichtes für ihn, sie zu überwältigen.

Charles schloss die Augen.

Ja, er konnte es fühlen, wie die Hände des Fremden sie packten. Sollte sie doch schreien, so viel sie wollte. Es würde ihr niemand zur Hilfe kommen!

Der Mann atmete schwer vor Erregung und sie vor Angst.

Aber Julia wehrte sich nicht.

Nein! Nein! Nein! hämmerten die Schreie in ihrem Kopf. Als würde Charles sie berühren. Auch ihm konnte sie nicht entkommen. Er war der Fremde in ihrem Bett, der jede Nacht zur Bestie wurde und über sie herfiel. Je weniger Sterne die Nacht erhellten, umso mehr quälte er sie. Ihr Schmerz schien für ihn der einzige Ausweg aus seiner Nacht zu sein.

Am Anfang stöhnte sie noch, doch sie hatte damit aufgehört.

Alles war anders geworden.

Auch Charles hatte sich geändert. Er wollte sich nicht länger die Hände an ihr schmutzig machen. Es müsste jemanden geben, der das für ihn übernehmen würde.

Hoffentlich begegnete er ihm bald. Denn jeder Tag mit Julia steigerte sein Verlangen, ihr weh zu tun.

Es wurde zu seinem größten Wunsch.

Zitternd drückte Julia auf den Lichtschalter. Das Bett neben ihr war leer. Es war wieder eine der Nächte, die Charles auf der kleinen Couch in seinem Atelier verbrachte. Er trank in letzter Zeit zu viel.

Sie vergewisserte sich, dass die Fenster verschlossen waren und ihr Atem beruhigte sich. Ihre Augen wanderten durch das Schlafzimmer, streiften den Rosenstrauß auf der Kommode und die Bilder an der Wand. Selbst vom Bett aus erkannte sie die Fotos in den schweren, gediegenen Holzrahmen.

Julia fragte sich, ob diese Schnappschüsse wirklich ihr Leben zeigten.

Sie schien glücklich gewesen zu sein.

Auf einem Foto saß sie neben Charles. Ihr Mann winkte lachend in die Kamera.

Tief zog sich die Falte der Bitterkeit in ihre Mundwinkel.

Ihr Leben erschien Julia wie diese Aufnahmen in den hölzernen Rahmen. Es war umgeben von einer starren Einfassung und sie konnte sich nicht daraus befreien.

Als Julias Blick bei dem Regal neben der Tür ankam, suchte sie mit ihren Füßen nach den Hausschuhen, die sie gestern Abend achtlos unter ihr Bett geschoben hatte, und ging zu dem Gestell, dass die lange nicht mehr in die Hand genommenen Bücher trug.

Sie sah sich die Reihen zu Papier gebrachter Kostbarkeiten an. Es waren unter anderem Werke von Goethe, Kant, Schiller, Lichtenberg und Casanova. Die Titel lasen sich wie Tage ihres Lebens: *Die Leiden des jungen Werther*, *Verlorene Illusionen*, *Die toten Seelen*, *Krieg und Frieden*, *Die Dämonen*, *Auf der Suche nach der verlorenen Zeit* und *Der alte Mann und das*

Meer.

Besonders liebte Julia ein kleines Büchlein mit Versen, aus dem Charles ihr oft vorgelesen hatte. Sie nahm es in die Hand und blätterte darin.

Ihr Lieblingsgedicht hieß *Sternenhimmel*, und sie konnte es seinerzeit nicht oft genug hören:

> *du*
> *bringst mir*
> *den himmel in mein herz*
> *mit dir*
> *springe ich*
> *von stern zu stern*
> *unsere liebe ist unzählbar*
> *und unbegrenzt*
> *wie die sterne am himmelszelt*
> *sterne können sterben*
> *aber unsere liebe*
> *wird niemals vergehn*

Doch jetzt waren die Texte vergessen, so wie sie nicht mehr wusste, wie sich Liebe anfühlte. Sie dachte an die Zeit zurück, als die Bücher nicht stumm im Regal standen, sondern lebendige Geschichten erzählten, die dem ins Herz flossen, der sie las.

Verlorene Gegenden einer Zeit wurden ihr bewusst, in der sie und Charles nebeneinander im Bett gelegen und gelesen hatten. Während ein lauer Sommerwind durch das Fenster hereinkam und mit ihm der Duft von getrocknetem Heu, entstanden in ihnen die prächtigsten Landschaften und sie waren sich auf wundersame Weise nahe. Sobald es zu dunkel zum Lesen wurde, legten sie die Bücher beiseite.

Dann waren sie einfach nur still und sahen sich an. Julias Augen glänzten wie die Sterne am Himmel. Charles zog sie an sich und küsste sie.

Was war nur geschehen?

Wer hatte den Paradiesvogel des Glücks vertrieben?

Welche unbekannte, furchtbare Macht hatte sie gestreift und die Liebe füreinander weggerissen?

Julia wusste, dass diese Gedanken zu nichts führten und sie nur um den Schlaf brachten. Sie musste morgen ausgeruht in der Firma erscheinen, denn es würde ein anstrengender Tag werden.

Sie ahnte nicht, dass die Gestalten der vergangenen Stunden bereit standen, um sie erneut aufzusuchen. Ihr fehlte die Erinnerung an den letzten Traum, in dem sie wie von Furien gehetzt um ihr Leben gelaufen war. Julia wusste nichts mehr von ihrer verzweifelten Suche nach einem Versteck, um sich vor diesen schrecklichen Kreaturen zu verbergen. Tief in ihr schlummerte die Furcht vor den Wesen, die im Traum bei ihr gewesen waren, und dass der Schrecken sich fortsetzen würde.

Doch welche Steigerung sollte noch möglich sein?

Schon bald träumte Julia. Sie sah sich bei der Besprechung in der Firma. Die Teilnehmer an der Präsentation waren vollzählig im Konferenzraum erschienen und sahen sie erwartungsvoll an. Julia sah alles genau vor sich. Sie konnte sogar die Etiketten der Saft- und Wasserflaschen lesen.

Am Kopfende des Tisches saß der Geschäftsführer und neben

ihm seine Mitarbeiter. Sie war die einzige Frau unter den Führungskräften. Und nun stellte sie das Ergebnis ihrer Arbeit der letzten Monate vor.

Wie ein Schaf unter Wölfen, schoss es ihr durch den Kopf.

Über den Erfolg des Entwurfes wurde bei dieser Präsentation entschieden. Julia hatte sich gut vorbereitet und vertraute auf die Überzeugungskraft ihrer Argumente.

Da spürte sie den kalten Nebel der Missgunst. Ihre Miene wurde ernst. Sie war nicht darauf gefasst, wie hart der Schlag unter die Gürtellinie ihrer Kollegen gewesen sein musste.

Nun hatten sie dazusitzen und das über sich ergehen zu lassen, was diese sogenannte Projektverantwortliche von sich gab.

Was bildete sie sich nur ein?

Was dachte sie, wer sie war?

Dabei ließen die Kollegen völlig außer Acht, dass Julia sich diese Position erarbeitet hatte und auf Grund ihres Wissens und ihrer Erfahrung damit betraut wurde.

Dabei gäbe es eine andere Stellung, die noch viel besser zu ihr passen würde!

Diese üblen Gedanken vereinten sich zu einer bedrohlichen Situation und eine leichte Nervosität befiel Julia. Sie ließ sich kurz von ihren Ausführungen ablenken. Mit einem einzigen Blick erfasste sie ihre Kollegen. Einige lockerten die Krawattenknoten. Herr Kneifhannes fixierte sie mit einem starren Blick. Er drehte einen Stift zwischen den Fingern und stieß ihn in kurzen Abständen auf den Tisch. Es gab jedes Mal einen kurzen, durchdringenden Ton. *Tack, tack, tack.*

Trotz ihrer Professionalität ließ Julia sich irritieren.

Sie dachte an all die Abende, die sie hier im Büro verbracht

58

hatte in dem Bestreben, ihr Projekt zu einem guten Abschluss zu führen. Ihre Sicherheit kehrte zurück und sie stand auf.

Julia straffte die Schultern und setzte ihre Ausführungen fort. Sie war nicht so weit gekommen, um jetzt aufzugeben. Nicht so kurz vor dem Ziel.

Ihre Kollegen mussten ihr zuhören. Sie hatten keine andere Wahl.

Jetzt zog ein anderer die interessierten Blicke auf sich. Herr Müller bog eine Büroklammer auseinander und formte aus dem geknickten Draht eine Figur.

Julia war nahe daran, den Mut zu verlieren.

Das Ganze entwickelte sich zu einem Fiasko.

Oh, Julia; du ahnst ja nicht, was dir noch bevor steht!

Herr Scharrdenhuf saß ihr am Tisch mit verschränkten Armen gegenüber und betrachtete die Deckenverkleidung. Jeder konnte ihm seine Gedanken ansehen. *Hoffentlich ist sie mit ihrem Vortrag bald fertig!*

Es wurde nicht auf die Worte geachtet, die kunstvoll und schillernd ihren Mund verließen. Im Gegenteil! Ohne Erbarmen wurden sie tot geschlagen, während ihre Kollegen still dasaßen. Sie hörten zu, weil es ihre Pflicht war und sie sich gezwungen sahen, vor ihrem Chef ein gutes Bild abzugeben. Aber an Julias Ausführungen waren sie nicht interessiert.

Bildete sie sich das nur ein, oder wurde es in dem Raum immer wärmer? Julia blickte zu ihrem Chef, auf dessen Stirn sich erste feine Schweißtropfen bildeten. Er drückte den Knopf der Sprechanlage und bat seine Sekretärin um frische Getränke.

Diese Dame führte das aus, was andere ihr sagten. Ihr legte sicherlich niemand Steine in den Weg!

Aber eine solche Tätigkeit wäre nichts für Julia. Sie liebte es, sich mit allen Sinnen auf ein neues Projekt zu stürzen und alles zu geben, was sie hatte, um es zu einem guten Abschluss zu führen.

Als sie sich bewusst machte, wie sehr ihr die aktuelle Arbeit im Lauf der Zeit ans Herz gewachsen war, bekam sie eine neue Blickrichtung und konnte sich über die Ablehnung ihrer Kollegen erheben. Derart beflügelt konzentrierte sie sich jetzt völlig auf den Geschäftsführer.

Sie brauchte die Herren Vogelstrauß, Kneifhannes, Müller und Scharrdenhuf nicht, die doch nur wie dumme Jungen dasaßen und ihr den Erfolg nicht gönnten. Die alte Bestimmtheit kehrte zu ihr zurück.

Aber trotzdem war in ihrem Gesicht die Hoffnung auf Zustimmung erkennbar, und die Kollegen fühlten bereits einen Triumph in sich aufsteigen.

Währenddessen stand Julia weiter in ihrem schicken, dunkelblauen Kostüm mit der weißen Bluse und den hübsch hochgesteckten Haaren da und trug mit klarer Stimme ihre Argumente vor. Doch noch während Julia sprach, musste sie erkennen, dass ihre Mitarbeiter dem Projekt, so wie sie es geplant hatte, niemals zustimmen würden. Und sollte es noch so gut sein.

Da verwandelten sich Julias Kollegen in die Kreaturen, die in ihnen schlummerten. Es war ein furchtbarer Schrecken gegenwärtig, der Julia erstarren ließ.

Die Kreaturen kreisten sie ein und sprangen mit der Absicht auf sie zu, nicht nur ihre Arbeit zu zerreißen, sondern auch sie selbst.

Julia erwachte schweißgebadet.

Es war sein Bett.

Sein Schlafzimmer.

Sein Haus.

Seine Stadt.

Aber es fühlte sich fremd an.

Widerstrebend öffnete Charles die Augen.

Diese Nacht schien dunkler zu sein als andere Nächte.

Verwundert setzte er sich auf und rieb mit den Händen über sein Gesicht. Als er das Licht anmachen wollte, griff er ins Leere.

In diesem Augenblick wurde ihm unheimlich zumute.

Charles legte seine Hand auf die Bettdecke und zog sie erschrocken wieder zurück, denn alles war feucht. Er schwang seine Füße aus dem Bett und tastete vergeblich nach den Hausschuhen. Natürlich! Es musste ja so sein.

Der Boden schien mit schlüpfrigem Gras bedeckt zu sein.

Wenn er doch nur etwas sehen könnte!

Und er schien nicht allein zu sein.

„Hallo!"

„Ist da jemand?"

Niemand antwortete ihm. Aber er fühlte, dass Hände aus dem Dunkel heraus ragten, nach ihm griffen, zurück wichen und sich erneut nach ihm ausstreckten. Charles Kehle wurde eng. Er schlug in Panik um sich und schrie laut auf vor Entsetzen.

„Was wollt ihr von mir?"

„Lasst mich in Ruhe!"

„Ich habe euch doch nichts getan!

Zitternd ließ er sich zu Boden fallen. Vielleicht konnte er sich unter dem Bett verstecken. Er wagte kaum zu atmen, presste seine Hände vors Gesicht und fühlte sich armselig.

Charles würde sogar beten, aber er konnte sich doch nicht an jemanden wenden, den er sein ganzes Leben lang nicht beachtet hatte.

Und doch bekam er eine Antwort auf seine unausgesprochene Bitte. Etwas steckte in seiner Schlafanzugjacke.

Charles drehte sich auf die Seite, nestelte im Dunkeln an dem Reißverschluss und zog schließlich staunend ein Feuerzeug aus der Brusttasche. Er drehte an dem Rädchen, damit es über den Zündstein rieb. Der entstandene Funke entzündete die Flamme. Nachdem sie sich gereckt und herzhaft gegähnt hatte, stand sie still und schön vor ihm und blickte ihn vorwurfsvoll an. Doch Charles war sich keiner Schuld bewusst.

So wie immer! dachte die Flamme.

„Hallo. Weshalb liegst du hier am Boden? Und warum hast du kein Licht angemacht?"

Als ob er eine andere Wahl hätte! Charles wurde wütend. Am liebsten würde er die kleine Flamme auslöschen, aber er brauchte sie noch.

Und so sagte er leise mit gepresster Stimme: „Ich muss mich verstecken, denn sie suchen nach mir."

Die Flamme mit dem zarten Gesicht kräuselte die Oberlippe und flüsterte ebenfalls. „Wer sucht nach dir?"

Als Charles antworten wollte, zuckte er zusammen.

„Da! Hörst du das?"

Erneut drückte er das Gesicht fest in seine Hände, als könnte er dadurch seine ganze Gestalt verbergen.

Die Flamme erlosch.

Klar und deutlich drangen Kinderstimmen an seine Ohren. Sie riefen im Chor *Dicker, fetter Charles; dicker, fetter Charles,* und vermischten sich zu einem hämisch klingenden Singsang: *Dicker, fetter Charles.* Er presste die Hände auf seine Ohren und fragte sich, warum sie zu ihm zurück gekommen waren? Weshalb jetzt?

Dicker, fetter Charles. Unmerklich wandelten sich die Töne in etwas, das nicht länger von unverständigen, dummen Kindern ausging. Charles fing an, es zu begreifen und in seinem Kopf tanzten die Buchstaben umeinander her, bis sie sich schließlich zu einem Wort zusammen fanden: Kreatur.

Er wusste jetzt auch, worauf er lag. Dieses glitschige Gras war Seetang, der alles überzog, ein gefräßiges Ungeheuer, das hier die allerbesten Bedingungen vorfand, um sich immer weiter auszubreiten. Dieses Monstrum war das Zeichen dafür, dass die Kreaturen die Bühne der Welt betreten hatten.

In diesem Augenblick erkannte er die Wahrheit.

Charles spürte die Kälte in allen Knochen. Kreaturen hatten ein versteinertes Herz, das von nichts angerührt wurde und sie fühlten selbst dann nichts, wenn sie von einem Land hörten, über dem die Sonne wie eine Glut lag, es in dürre Gebiete verwandelte und die letzte Hoffnung verbrannte.

Auf erschreckende Weise wurde Charles klar, dass für Kreaturen nichts von Bedeutung war, außer ihrem eigenen Leben.

Sie bewohnten die unten liegenden, mit Seetang bewachsenen Flure, Schächte und Zimmer. Einsame Wesen, die keine Heimat hatten. Wenige waren bisher an der Oberfläche gewesen und hatten dort eine erstarrte Welt vorgefunden, in der eine fahle Sonne am Himmel stand.

Seitdem blieben sie in ihrer Welt mit den vertrauten Räumen.

Der Erdkreis machte ihnen Angst, denn ein kalter Hauch hüllte ihn ein und eine tödliche Stille lag über allen Dingen. Eine Folge von gelebtem Egoismus, der Charles Zeitalter geprägt hatte.

Jeder interessierte sich nur für seinen eigenen Erfolg. Die Bedürfnisse des Einzelnen standen über den Belangen der Gesellschaft. Oft auch seine eigenen.

Zu viele setzten im Alltagskampf unerlaubte Waffen ein, schlugen rücksichtslos um sich und gerieten außer Rand und Band, sobald sie Blut leckten.

Was um Himmels willen war bloß geschehen, dass Mitmenschlichkeit derart wertlos wurde?

Von seiner Mutter hatte er gelernt, dass Nächstenliebe eine Gesellschaft krönt und Egoismus sie zerstört. Seine Mama. Sie dachte immer zuerst an andere und niemals an sich. Für jeden hatte sie etwas übrig, nur bei sich selbst sparte sie. Charles schloss die Augen und sah ihr gütiges Gesicht vor sich.

Er hörte ihre Stimme.

„Charles, mein lieber Junge. Lass nur deinen Mut nicht sinken, denn dir wird kein Leid geschehen."

Ach, wenn seine Mutter doch nur hier wäre, aber ihr Gesicht verschwand und ihre Stimme verklang. Er kauerte wieder ganz allein in seinem Versteck. Lange konnte er nicht mehr in dieser Lage ausharren. Selbst die kleinste Bewegung fühlte sich an, als hätte jemand einen gewaltigen Ameisenhaufen über seinen Beinen ausgeschüttet, dessen Bewohner fröhlich hin und her spazierten.

Charles musste den engen Raum unter dem Bett verlassen. Vorsichtig schob er seinen Körper hervor und lehnte sich mit dem Rücken an den Bettpfosten.

Während er sich die Waden rieb und mit den Füßen auf den Boden stampfte, dachte er weiter über seine Mutter nach.

Sie versuchte ihm bereits als Kind zu erklären, dass die Mitglieder eines intakten Lebenshauses füreinander da waren. Die Starken kümmerten sich um die Schwächeren und stärkten auf diese Weise das ganze Gebilde.

„Alle stützen dann einander, verstehst du das, Charles?"

Nein, Charles war zu jung, um es zu verstehen, aber die Liebe seiner Mutter hüllte ihn ein und er konnte nicht genug von dem hören, was sie ihm erzählte.

Vielleicht ahnte er damals, dass sie eines Tages nicht mehr bei ihm sein würde. Aber auch wenn er schon lange kein Kind mehr war, begleiteten ihn ihre Worte, denn er bewahrte alles, was sie ihm gesagt hatte, in seinem Herzen.

Er wusste noch, wie sie ihn auf ihren Schoß zog und umarmte, an sich drückte und leicht hin und her wiegte. Er spürte die Vibration an seinem Ohr, wenn sie mit leiser Stimme ein Kinderlied summte, lachte dabei immerzu und zog seinen Kopf ein.

„Mein Sohn, wenn du auf andere achtest und nicht nur auf dich selbst, dann wird auch dir geholfen werden, wenn du in Schwierigkeiten bist. Es gibt dir eine Geborgenheit, die du auf dich allein gestellt nicht findest. Aber ich weiß, dass du das jetzt noch nicht begreifen kannst."

Und nun saß er hier an sein Bett gelehnt und fragte sich, wie weit er eigentlich in seinem Leben gekommen war. Die Antwort war ernüchternd! Sein Leben schnurrte auf die Größe eines Stecknadelkopfes zusammen. Und er saß mit verschränkten Armen hier in dieser Kälte.

66

Ach Mama, ob du früher schon wusstest, dass es so kommen würde? Dass die Menschlichkeit vergehen und Kreaturen die Bühne der Welt betreten würden?

Zuletzt verlor die Sonne ihren warmen Schein und stand als glanzlose Scheibe am Himmel. Sie hatte die Augen geschlossen, damit sie das Handeln der Menschen auf Erden nicht länger mit ansehen musste.

Denn die Herzlichkeit hatte die Welt verlassen. Sie hatte sich über allen Streit und Hass erhoben und schwebte seitdem fernab allen menschlichen Lebens in Sphären, wo das Licht niemals verlöschte. In Räumen, die erfüllt waren mit den schönsten Kompositionen, um der dort herrschenden Herrlichkeit die Ehre zu geben.

Für Charles schienen Begriffe wie Barmherzigkeit und Güte zu einer lange vergangenen Zeit zu gehören, an die er sich kaum noch erinnern konnte. Oder waren es gar Worte aus Fabeln, für die im wirklichen Leben kein Platz war?

Er spürte, wie sein Herz sich zusammenzog.

War das die Zukunft?

Charles sah die Bombe bereits fallen. Sie würde einschlagen und im Bruchteil einer Sekunde alles Leben zerstören.

Und was war mit ihm?

Wurde nicht auch er selbst mehr und mehr zur Kreatur? War er aus diesem Grund hierher gebracht worden?

Ein Schrecken breitete sich in ihm aus, der größer war als alles, was er jemals gefürchtet hatte.

Ob es mit diesem im Seetang versunkenen Reich auch so weit gekommen wäre, wenn die Kreaturen die wärmenden Strahlen der Sonne gespürt hätten, es um sie herum bunt gewesen wäre, sie über die prachtvollen Teppiche blühender Wiesen gehen und die Einzigartigkeit und leuchtende Schönheit eines jeden Geschöpfes hätten sehen können?

Alles in Charles schrie: *Nein, nein, nein.*

Aber Kreaturen hatten keine Träume. Sie waren zu einem Leben in der unteren Welt verdammt und blieben ignorant zu sich selbst und zu anderen. Niemals machten sie sich über irgendetwas Gedanken, denn was sollte das bringen?

Madame Ophelia zum Beispiel sah sich als die ungekrönte Königin des unteren Reiches. Keiner sollte es jemals versäumen, ihr mit Respekt und Ehrfurcht zu begegnen, sonst würde es ihm schlecht ergehen.

Mit dem Verhalten ihres Gemahls war Madame Ophelia sehr zufrieden. Sir Henry ging ständig auf leisen Sohlen hinter ihr her, so dass sie ihn kaum bemerkte. Er war einzig darauf bedacht, nicht aufzufallen und unter keinen Umständen jemanden zu stören. Den ganzen Tag über war er auf der Flucht und wurde immer ausgezehrter, bis zuletzt fast nichts mehr von ihm übrig war. Sir Henry verging mehr und mehr, ohne es selbst zu bemerken.

Madame Ophelia rümpfte die Nase. Lord Winston könnte sich ruhig einmal ein Beispiel an ihm nehmen, denn im Gegensatz zu Sir Henry war Lord Winston faul und träge und dachte nur an gutes Essen.

Es war das einzig Wichtige für ihn.

Mit zittrigen Fingern wählte Julia die Nummer ihrer Schwester. Sie musste mit ihr darüber sprechen, ob Lisa eine Zeit lang bei ihr wohnen könnte.

Es würde kein leichtes Gespräch werden, denn sie musste ihre Schwierigkeiten eingestehen. Vor ihrer Schwester, aber auch vor sich selbst. Und hatte nicht Yvonne selbst bei einem ihrer seltenen Besuche angedeutet, dass sie Lisa vorübergehend zu sich nehmen könnte?

Julia drückte den Hörer an ihr Ohr. Als ihre Schwester sich meldete, presste sie die Hand auf den Mund, um ein Schluchzen zu unterdrücken.

„Hallo, wer ist denn da?"

„Julia, bist du das?"

„Sag doch etwas!"

Julia konnte die Tränen nicht länger zurück halten.

„Was ist denn passiert?"

„Julia, so beruhige dich doch!"

„Was ist denn los?"

„Bitte sag doch ein Wort!"

Das Telefon stand im Flur. Yvonne streckte ein Bein aus und zog sich einen Stuhl heran. Sie war gerade im Schlafzimmer beim Bügeln, als es klingelte, und dachte kurz darüber nach, ob sie das Bügeleisen auch ausgeschaltet hatte.

Yvonne wusste, dass sie ihrer Schwester Zeit lassen musste, denn sie war sich sicher, dass der Anrufer nur Julia sein konnte.

Während Yvonne mit dem Hörer am Ohr da saß und ab und zu an das Bügeleisen dachte, erinnerte sie sich an die Zeit, die sie und Julia derart unbeschwert verbringen konnten, dass es ihr heute fast wie ein Märchen vorkam.

Julia nahm sich schon immer alles sehr zu Herzen und war ein mitfühlendes, warmherziges Mädchen. Yvonne war sogar manchmal darauf eifersüchtig, was aber nur dazu führte, dass sie sich noch rabiater verhielt als sonst.

Yvonnes Lieblingsmärchen hieß *Die Bremer Stadtmusikanten*. Sie konnte herzhaft darüber lachen, wie der Esel gemeinsam mit dem Hund, der Katze und dem Hahn ein entsetzliches Geschrei anstimmte, so dass die Räuber entsetzt in den Wald hinaus flohen. Yvonne konnte sich ausmalen, wie erschrocken sie waren, alles stehen ließen und die Flucht ergriffen.

Julia dagegen liebte die Geschichte von *Dornröschen*.

Ja, das passte zu ihr. Schon damals wartete sie auf einen Prinzen, der sie wach küssen würde.

Yvonne dagegen sah die Dinge so, wie sie wirklich waren. Sie blickte hinter die Fassade und wurde auf diese Weise vor manchen Enttäuschungen bewahrt.

Vielleicht sah ihre Schwester manches zu positiv, weil sie es eben so sehen wollte. Aber ab und zu stellte sich dann doch heraus, dass sie sich getäuscht hatte.

So wie mit Charles.

Yvonne mochte ihn schon damals nicht. Ständig hatte er ein gekünsteltes Gehabe an sich. Es musste ja so kommen, dass ihre Schwester sich mit diesem Mann einließ. Yvonne konnte seinerzeit schon sehen, wie es enden würde und dass Julia nicht glücklich mit ihm werden konnte. Sie erkannte, dass Charles ihrer Schwester nach und nach immer engere Grenzen zog, denen Julia sich fügte.

So war sie schon immer. Steckte lieber selbst zurück, nur um einem Streit aus dem Weg zu gehen. Es tat ihr leid, dass Julia

70

einfach nicht den Mut hatte, sich mit ihrem Mann auseinander zu setzen.

Aber es gab auch Zeiten in ihrem eigenen Leben, in denen sie ihre Schwester beneidet hatte. Dadurch waren die Besuche bei Julia seltener geworden und ihre Gespräche oberflächlicher. Wie es ihnen ging, war nicht mehr wichtig.

Und jetzt schluchzte Julia ins Telefon.

Yvonnes Herz krampfte sich vor Mitleid zusammen. Der Zorn auf Charles loderte in ihr.

„Was hat er dir angetan?"

„Julia, sag doch etwas."

Yvonne hielt die Ungewissheit nicht länger aus. Sie stand auf und trat unruhig von einem Fuß auf den anderen. Dabei presste sie den Hörer so heftig an ihr Ohr, als könnte sie Julia auf diese Weise näher sein. Mit den Fingern wickelte sie die Telefonschnur auf und ab. Immer wieder auf und ab.

Julia hatte zu schluchzen aufgehört und weinte wieder leise vor sich hin. Schließlich hörte Yvonne ihre erstickte Stimme. Sie flüsterte.

„Hallo, Schwesterherz."

So hatte Julia sie schon lange nicht mehr genannt. Eine warme Welle der Zuneigung schwappte über Yvonne hinweg.

„Ich halte es bald nicht mehr aus. Charles schnürt mir mein Leben ab."

„Geh doch einfach von ihm weg!" Yvonne lag es auf der Zunge. Aber sie sagte nichts. Sie hörte nur zu. Denn sie wusste von den Schuldgefühlen, die Julia Charles gegenüber empfand. Auch wenn sie diese für völlig unbegründet hielt.

„Es geht nicht um mich, ich rufe Dich wegen Lisa an."

Es folgte eine längere Pause.

„Sie ist sehr empfindsam. Und die Spannungen zwischen Charles und mir lassen sich nicht vor ihr verheimlichen. Lisa leidet. Sie übernimmt die Verantwortung und will immer wieder verhindern, dass wir Streit haben. Dafür tut sie alles. Verhält sich so, wie Charles es erwartet. Tut das, was ihm gefällt. Yvonne, wir nehmen dem Mädchen seine unbeschwerte Kindheit. Ist das nicht schrecklich?"

Julia fing wieder an zu weinen.

„Meine Süße, heul Dich aus. Sprich mit mir. Du kannst Dir alles von der Seele reden."

Meine Süße, so hatte auch sie Julia schon lange nicht mehr genannt.

Yvonne hörte ihrer Schwester weiter zu. Sie spürte die alte Vertrautheit zwischen ihnen zurück kehren.

Es war fast wie früher.

Madame Ophelia wälzte sich in ihrem Bett hin und her. Kleine Furien zogen ihr die Decke weg und machten sich über sie lustig.

Madame Ophelia stöhnte auf.

„Geht weg von mir, lasst mich endlich in Ruhe!"

Ein Hohngelächter antwortete ihr.

„Was habt ihr nur für einen Narren an mir gefressen? Ich langweile euch bestimmt zu Tode. Ihr wärt besser in der oberen Welt aufgehoben! Dort gibt es schillernde Persönlichkeiten, für die nur eines wichtig ist: Sie selbst. Wendet euch doch an sie! Sie erwarten euch, auch wenn sie es nicht wissen. Sie sind gelangweilt von ihrem Luxus und verschwenden die Einzigartigkeit der Dinge, indem sie sich kaufen können, was sie wollen. Um der Eintönigkeit ihres Daseins zu entfliehen, würden sie sogar euch in Kauf nehmen."

Das Gelächter verstummte. Die kleinen Furien wussten ganz genau, dass Madame Ophelia recht hatte. Schon seit einiger Zeit empfanden sie hier unten nichts als Tristesse. Vielleicht sollten sie sich die obere Welt doch einmal genauer ansehen. Und schon waren sie verschwunden.

Madame Ophelia atmete erleichtert aus. Das wäre geschafft! Sie dachte schon, dass auch diese Nacht nichts aus ihrem Schönheitsschlaf werden würde. Immer diese Störungen! Doch die sollten ja jetzt beseitigt sein. Zufrieden drehte sie sich noch einmal um und schlief wieder ein.

Sie träumte immer wieder den gleichen Traum. Dann befühlte sie ihr fein geschnittenes Gesicht und die seidig schimmernden Haare, spürte eine große Herzenswärme und wusste sich geliebt. Madame Ophelia lächelte. In ihren Träumen konnte sie alles sein, was sie wollte. Sogar dieses liebenswerte Mädchen.

Madame Ophelia mochte diesen Traum. Sie mochte ihn sehr. Doch sobald sie wach war, setzte sie rücksichtslos ihren Willen durch und scherte sich nichts um andere. Wozu sollte sie auch mit jemandem nachsichtig umgehen? Das war doch nur etwas für Schwächlinge. Sie hatte das nicht nötig.

Wenn Madame Ophelia nur wüsste, was ihr dadurch entging!

Auch *Zeit* blieb für Kreaturen ein abstrakter Begriff, ein Wort ohne jede Bedeutung.

Was sollten sie auch mit ihren Jahren anfangen?

Nur die Besuche der oberen Welt versprachen eine Abwechslung ihres eintönigen Daseins. Aber es gab da oben nichts zu entdecken. Nur kaum wahrnehmbare Schatten bevölkerten die Oberfläche.

Trotzdem verabredeten sich die Kreaturen regelmäßig zu diesen heimlichen Ausflügen.

Madame Ophelia durfte auf keinen Fall etwas davon erfahren. Denn sie würde zuerst toben und ihnen danach genüsslich den Kopf abreißen. Genau so und nicht anders würde es ihnen ergehen, das war sicher. Und so schlichen die starken Helden durch den Flur und versteckten sich hinter dem Seetang.

Wie sehr sie diese Heimlichtuerei hassten. Aber es blieb ihnen nichts anderes übrig, denn Madame Ophelia würde es niemals gestatten, dass sie den Durchgang benutzten. Geldo rollte mit den Augen. Sie alle kannten die Geschichte inzwischen auswendig, die Madame Ophelia immer wieder erzählte.

Wie sie als Kind jeden Tag durch die Flure gekrabbelt war. Was es da nicht alles zu entdecken gab! Am meisten faszinierte Madame Ophelia der Seetang, der bereits damals alles überwucherte. Erst gestern hatte sie ein Stück von ihm abgerissen und heute war die Stelle genauso verwachsen wie vorher.

Bekümmert dachte sie an das freigelegte Mauerwerk, wie es die Augen geöffnet und sie angesehen hatte. Ein Lächeln hatte das alte, brüchig gewordene Gebilde aus Steinen und Mörtel überzogen.

„Mein liebes Kind, ich danke dir, dass du mir für ein paar Stunden die Freiheit geschenkt hast."

Madame Ophelia konnte diese kurz bemessene Zeit nicht verstehen. Zudem fühlte sie sich von den Steinen auf eine Art und Weise angezogen, die ihr unerklärlich blieb. Später einmal würde sie erfahren, dass es sich dabei um Frieden handelte.

Viel später!

Die Steinfrau wandte sich erneut an sie.

„Mein Mädchen, das ist nicht schlimm für mich, so ist der Lauf der Welt. Es wechseln sich immer die schönen Zeiten mit den schweren ab, darüber musst du nicht traurig sein."

Die alte Dame hatte recht, aber auch das konnte Madame Ophelia damals noch nicht begreifen. Sie krabbelte weiter in den Flur hinein, der in der Dunkelheit endete. Dort bewegte sich der Seetang, als würde der Wind durch ihn hindurch streichen. Majestätisch schwangen die Wedel des Tangs leicht hin und her. Die Luft war erfüllt wie mit dem Flüstern tausender Stimmen.

„Komm nur näher, mein Kleines, und hab keine Angst. Wir zeigen dir unser Geheimnis. Unser ganzes Leben schon schaukeln wir hin und her, und noch niemals hat sich jemand darüber Gedanken gemacht."

Madame Ophelia kam dem Seetang so nahe, dass er über ihr

Gesicht streichen konnte. Die flüsternden Stimmen umgaben sie. So wie diese feuchten Wedel.

Und da sah sie den Übergang in die obere Welt, einen schmalen, mit Seetang verwachsenen Spalt.

Wenn auch seitdem viel Zeit vergangen war, ließ Madame Ophelia sich für diese sensationelle Entdeckung immer noch feiern. Es spielte für sie keine Rolle, ob die Komplimente ernst gemeint oder nur so dahin gesagt waren. Für Madame Ophelia war nur der Klang der Worte wichtig, der sich in ihr als wohlige Wärme ausbreitete.

Sie versuchte, so viele Begriffe mit diesem schönen Klang wie möglich einzufangen. Sie sollten nur ihr alleine gehören, denn sie gaben ihr das Gefühl, etwas Besonderes zu sein und rissen sie für eine kurze Zeit aus aller Gleichmäßigkeit heraus.

Was waren Sekunden, Minuten und Stunden?

Welchen Sinn hatte die Einteilung in Tage, Wochen, Monate und Jahre? Selbst der Wechsel der Jahreszeiten fiel nicht ins Gewicht.

Denn nichts änderte sich.

Nichts überraschte.

Die Wanduhren plagten sich damit, die verrosteten Zeiger weiter zu bewegen. Es blieb eine sinnlose Mühe.

An diesem Tag hatten sich die Kreaturen bewaffnet. Kischa hielt einen verbeulten Schöpflöffel in der Hand, Veilcho einen abgebrochenen Kochlöffel, Rosu einen alten Gemüsehobel und Geldo ein Reibeisen.

Der Schöpflöffel flüsterte:

„Jungs, könnt ihr etwas erkennen? Wohin schaffen uns diese Verrückten?"

Mit brüchiger Stimme antwortete ihm das Reibeisen, das Geldo fest umklammert hielt:

„Ich vermute, dass sie uns in die obere Welt bringen."

„Oh nein, nicht das schon wieder! Ihr wisst doch alle, wie hemmungslos sie dort immer mit uns um sich schlagen."

Miteinander stimmten sie ein Wehklagen an, wie es schlimmer nicht sein konnte, um gleich darauf zu verstummen, denn die Kreaturen hatten den Durchgang erreicht.

Mit wilder Entschlossenheit riss Echtno den Seetang auseinander und legte damit den Pfad in die obere Welt frei. Die frische Luft ergoss sich wie ein Gebirgsbach auf ihn. Echtno fühlte sich an einen fremden Ort versetzt, den Farben und Klänge durchzogen. Süße Düfte umgaben ihn. Er sah lila Veilchen, orangefarbene Rosenblüten und rosa Flieder.

Das Bild war so schnell vergangen, wie es gekommen war.

„Kommt, machen wir uns auf den Weg!"

Echtno hielt sich an einem Felsvorsprung fest, zog sich langsam nach oben und schaute zurück.

„Passt nur gut auf, das euch nichts passiert. Seid vorsichtig!"

Die anderen sahen ihm nach und drängten sich aneinander.

Keiner wollte als Letzter zurückbleiben.

Die Angst blieb ihr ständiger Begleiter auf den Streifzügen unter dem undefinierbaren Licht, das tagsüber von der fahlen Sonne und nachts von dem matten Schein des Mondes und der Sterne ausging.

Sie malten sich schon die waghalsigen Abenteuer aus, von denen sie den anderen bei ihrer Rückkehr erzählen würden.

Denen, die unten geblieben waren.

Denen, die nicht so viel Mut hatten.

Die Figuren ihrer Heldentaten würden am liebsten davonlaufen, wenn sie die Märchen von den mutigen Kämpfern anhören mussten, die sich alleine gegen eine Übermacht zur Wehr gesetzt und nicht nur ihre Feinde besiegt, sondern alles kurz und klein geschlagen hatten.

Darin glichen die Kreaturen Madame Ophelia, die sich für die Königin der Nacht und die Schönste in ihrem Universum hielt. Genauso wurden auch sie zu großen und mächtigen Helden, sobald sie zurückkehrten.

Es widerlegte auch niemand jemals eine dieser Geschichten. Sie wussten, dass sie in dieser Sache zusammenhalten mussten. Egal, was käme.

Und so bewegte sich ihr Leben unaufhörlich in den gleichen engen Bahnen weiter. Sie waren darin gefangen und mussten jeden Tag immer wieder auf das Gleiche handeln, Geschichten erfinden und auf der Hut sein, dass keiner die Wahrheit entdecken würde.

Doch wenn sich die starren Blicke der Zuhörer ins Nichts richteten, dann verstummten selbst Helden.

Lord Winston war ihnen heimlich gefolgt und beobachtete sie mit einem Hauch frischer Verärgerung. Ihn selbst hinderte seine Leibesfülle daran, den anderen in die obere Welt zu folgen. Er war schlicht gesagt zu dick, um sich durch diesen schmalen Spalt zu zwängen. Darüber war Lord Winston sehr verstimmt und er spielte mit dem Gedanken, Madame Ophelia von den heimlichen Ausflügen seiner Kameraden zu erzählen.

Zuerst vertrieb er sich die Zeit mit ihm beim Tennis und schlug ihn über das Netz einem erfundenen Gegner zu, dem er bedauerlicherweise haushoch überlegen war. Er wechselte auf den Golfplatz. Da gefiel es ihm gleich besser, denn dort konnte er seinen Vorteil ausspielen. Hochmütig blickte Lord Winston auf den kleinen Gedanken hinab und setzte den Golfschläger an.

Er stünde bestimmt gut vor Madame Ophelia da, wenn er ihr von derartigen Ungeheuerlichkeiten berichten würde. Dass er damit allerdings ein Verräter wäre, kam ihm nicht in den Sinn. Das gute Gefühl würde ihn für das entgangene Abenteuer entschädigen. Die Macht zu haben über das, was geschehen würde, befriedigte Lord Winston zutiefst.

Aber im Grunde sollte nichts zwischen ihm und seiner großen Leidenschaft stehen. Nichts konnte ihn davon abhalten, es immer und immer wieder zu tun. Essen war für Lord Winston ein überwältigendes Ereignis, dem er sich zu gern hingab. Am liebsten waren ihm hemmungslose Gelage, bei denen er seine Maßlosigkeit ausleben konnte.

Lord Winston arrangierte sich mit seinem Leben und die unglücklichen Stunden und Tage fielen nicht mehr so sehr ins Gewicht, so wie er sich auch damit abfinden musste, nicht mit den anderen an die Oberfläche gehen zu können. Er wartete, bis auch der letzte in dem schmalen Durchgang verschwunden war.

Jetzt saß er im Speisezimmer und schlug ungeduldig mit der Faust auf die knorrige Tischplatte.

„Wie lange dauert das denn noch? Es kann doch nicht so schwer sein, das Essen herein zu tragen!"

Er trommelte mit den Fingern auf das alte Holz. Seine Wut war ihm anzusehen. Das war gar nicht gut. Sir Henry versuchte, sich unauffällig zu entfernen.

Doch Lord Winston war auf der Hut.

„Du bleibst hier!", brüllte er und schlug mit der Faust dermaßen heftig auf den Tisch, dass Sir Henry noch bleicher wurde.

Er konnte erst aufatmen, als Schischa das Essen herein brachte.

Als sie ihm lächelnd die Suppe servierte, hörte Lord Winston beschämt damit auf, mit den Fingern auf die Tischplatte zu trommeln. Er wurde sogar etwas verlegen, so dass er die Hände vom Tisch nahm und in seinen Schoß legte. Lord Winston senkte den Kopf.

Sir Henry beobachtete ihn sehr verwundert und hörte staunend, wie Lord Winston *Danke* zu Schischa sagte, als ihn der gute Geruch des Essens umgab. Sie füllte seinen Teller und verließ den Raum.

Sir Henrys Blick richtete sich immer noch auf die Tür, durch die Schischa hinaus gegangen war. Er mochte dieses Mädchen, dem keine Arbeit zu viel war und das klaglos die Launen seiner Frau ertrug. Er seufzte. Mit Madame Ophelia war manchmal nicht gut Kirschen essen. Sir Henry konnte Lord Winston verstehen, der nur finstere Blicke für Schischa übrig hatte, denn für Kreaturen war es Tradition, niemals einen Menschen offen anzublicken.

Er hingegen hatte ihren freundlichen Blick erwidert, sich in seinem Stuhl zurück gelehnt und sie nachdenklich betrachtet.

Woher kam sie?

Gab es dort noch andere, die so waren wie sie?

Menschen!

Was war geschehen, dass sie ihre Welt, ihr Zuhause, verloren hatte?

Doch nun wandte sich auch Sir Henry dem Essen zu. Schischa hatte die Tür hinter sich zugezogen und rief lautlos aus der Tiefe ihres Herzens:

Oh, mein Gott Jahweh, bitte steh mir bei.

Währenddessen näherten sich die Kreaturen der Oberfläche. Vorsichtig zogen sie sich an den bröckelnden Gesteinswänden in die Höhe. Eine falsche Bewegung und alles konnte vorbei sein.

Kischa, Veilcho, Rosu und Geldo starrten nach oben zu Echtno, der ihnen schon ein gutes Stück voraus geklettert war. Für ihn schien nichts zu schwer zu sein.

Er war schon immer anders als sie. Auch wenn er als Kreatur lebte, so war er doch mitfühlend und seine Kameraden wussten, dass sie sich auf ihn verlassen konnten. Er würde sie niemals im Stich lassen und für jedes Problem eine Lösung finden. Diese Eigenschaften machten ihn in ihren Augen zu einem vertrauenswürdigen Anführer. Jetzt blieb er stehen und warf ihnen einen Blick zu, dabei legte er einen Finger auf seinen Mund.

Die Kreaturen verstanden, dass sie ruhig sein sollten.

Sie waren ja nicht dumm.

Zufrieden lächelten sie sich an.

Als Echtno sicher sein konnte, dass seine Kameraden keinen Laut von sich geben würden, streckte er die Arme über den Kopf und zog sich nach oben. Er spähte durch vertrocknete Zweige hindurch. Alles war ruhig. Nur Krähen flogen unter der fahlen Sonne am Himmel hin und her und zogen den Schlafenden nachts in die Räume seines Herzens, in denen sich die Ängste des Lebens angesammelt hatten.

Echtno riss den Blick von diesen grausamen Geschöpfen los und hielt Ausschau nach einem Versteck. Bald hatte er einen geeigneten Platz entdeckt, den sie erreichen konnten, ohne entdeckt zu werden. Die vertrockneten Zweige schienen ihnen den Weg dorthin zu zeigen und bäumten sich zu einem schützenden Spalier auf.

Echtno blickte nach unten und winkte seinen Kameraden zu. So leise wie möglich rief er: „Kommt nur herauf! Keine Angst, es kann euch nichts geschehen."

Während er wartete, dass die anderen durch den Schacht nach oben gestiegen waren, sah er sich aufmerksam um. Schließlich waren alle bei ihm.

„Durchzählen!"

Der direkt neben ihm liegende Geldo begann, und zitternd verließen die Buchstaben seinen Mund, um eine *Eins* zu bilden. Darauf folgte eine kaum hörbare *Zwei* von Kischa, und sie warteten auf die *Drei*. Doch es blieb still. Rosu stieß Veilcho an und flüsterte ihm zu: *Drei!*

Veilcho versuchte vergeblich, das Wort auszusprechen, denn die Angst schnürte ihm die Kehle zu. Rosu schrie ihn an: *Drei!* und warf ihm einen finsteren Blick zu. Da kam ein leises *Drei* aus Veilchos Mund.

Na also, es geht doch. Rosu war zufrieden, dass sein Wort Gewicht gezeigt hatte. Wenn es nach ihm ginge, könnten sie an dieser Stelle ihren Ausflug abbrechen und wieder nach unten zurückkehren.

Nachdem sie auch noch die *Vier* von Rosu gehört hatten, folgten sie Echtno, der sich bereits durch das Spalier der vertrockneten Zweige auf den Weg zu ihrem Versteck gemacht hatte.

Während sie hintereinander her durch die Überreste des Lebens krochen und dabei mit jeder Berührung die trockenen Blätter und Gräser in kleinste Teile zerbrachen, träumten sie von den großen Helden, die sicherlich in jedem von ihnen steckten. Von mutigen, klugen und starken Anführern, den fabelhaften Hauptpersonen der Geschichte.

Doch so lange sie sich hier oben aufhielten, waren sie nur auf ihre Sicherheit bedacht. Die aufregende Jagd, der Nervenkitzel bei der Beobachtung der Beute und das Töten selbst waren zweitrangig. Schweigend kauerten sie nebeneinander.

Plötzlich huschte eines der kleinen Wesen an ihnen vorbei, die so flüchtig waren wie ein Hauch, der im nächsten Augenblick bereits wieder vergangen war. Rachegöttinnen, die sich in unsagbaren Windungen verdrehten, als würden sie einen Freudentanz aufführen. Doch selbst die Kreaturen erkannten, dass sie dabei nicht glücklich waren, denn die Furien wurden dunkler und dunkler.

Sie tanzten vor Entzücken, aber es war ein Jubel, der sie schwarz werden ließ, denn sie freuten sich über Leid und Zerstörung.

Verschreckt bedeckten die Kreaturen ihren Kopf mit den Armen.

Geldo flüsterte „Ich bekomme keine Luft mehr."

„Psst. Sei bloß ruhig!"

„Aber ich bekomme keine ...."

„Ruhe!"

„Aber ich ..."

Blitzschnell drückte ihm Rosu eine Hand auf Mund und Nase.

Geldo riss die Augen auf und versuchte, sich zu wehren. Aber gegen Rosu hatte er keine Chance. Schließlich schwanden ihm die Sinne und er blieb regungslos liegen.

Warum nicht gleich so? Zufrieden zog Rosu seine Hand zurück und ein Lächeln huschte über sein Gesicht. Die Macht war mit ihm, das stand fest!

Er drehte sich zu Echtno, der auf die farblose Ebene hinaus blickte, die sich vor ihnen ausbreitete, und den eine Trostlosigkeit ansprang, die ihn zutiefst erschreckte.

Echtno warf einen Blick nach links und rechts zu seinen Kameraden, die immer noch ihr Gesicht verbargen und gab jedem von ihnen einen leichten Stoß.

„Die Gefahr ist vorbei, entspannt euch!", flüsterte er.

Erleichtert hoben die anderen den Kopf und sahen sich an. Am schlimmsten hatte es Geldo erwischt. In sein Gesicht waren kleinste Teile vertrockneter Blätter, zerriebener Rinde und zerbrochener Zweige eingedrückt.

Schadenfreude schwang in ihren Stimmen mit. „Wie siehst du denn aus?", fragten sie sich gegenseitig. Denn jeder sah nur den anderen, nicht aber sich selbst.

Nur Echtno war still.

Hochkonzentriert blickte er über die Landschaft. Es musste doch irgendein Anzeichen von Leben erkennbar sein! Aber alles stand still und leblos da. Schwermut beugte die Gestalt der Büsche.

Angesichts dieser Armseligkeit sehnte er sich nach dem unteren Reich zurück. Aber zuerst musste er sich um seine Kameraden kümmern, die ohne ihn kaum den Weg zurück finden würden.

Echtno beobachtete kopfschüttelnd, wie sie nebeneinander im Dreck lagen und sich bereits ihre Heldentaten erzählten, die sie da unten zum Besten geben wollten. Staunende Zuhörer waren ihnen gewiss, wenn sie von den fantastischen Abenteuern hören würden. Es gab nichts, was ihnen da oben Angst gemacht hatte! Wenn sie doch nur wirkliche Helden wären, die es nicht nötig hätten, zitternd in einem Versteck auf eine ungewisse Zukunft zu warten. Stattdessen waren sie verloren in ihren Illusionen, in denen sie wagemutig ihren Gegnern gegenüber traten. Natürlich waren sie im entscheidenden Augenblick auf sich allein gestellt und mussten sich gegen eine Übermacht behaupten. Sie würden als große und starke Krieger nach unten zurück kehren und von ihren großen Kämpfen berichten, aus denen sie allesamt als strahlende Sieger hervor gegangen waren.

Dabei hatte jeder von ihnen nur einen Wunsch:

Niemand sollte die Wahrheit entdecken.

Eine Bedrohung war in ihr Herz eingezogen und hatte mit ihrem schändlichen Treiben begonnen, das immer einen fast unmerklichen Anfang nahm und am Ende alles verwüstet zurückließ.

Denn Schischa kannte die Gefahr, die von dem schmalen Durchgang ausging. Er war nicht nur für die Kreaturen der Weg zur oberen Welt, auch sie selbst gelangte durch ihn an einen geheimen Ort. Eng war dieser Spalt, der in das Verborgene führte und es machte Mühe, ihn zu durchqueren.

Ihr selbst war dieser Pfad inzwischen so vertraut geworden, dass sie ihm mit geschlossenen Augen folgen konnte. Sie berührte zart die Wände, die sich in ihre Handflächen schmiegten und sanft erstrahlten. Der Glanz der Steine schwebte empor und umgab Schischa wie eine schmeichelnde Decke, die sich in samtene Töne verwandelte.

Sie näherte sich dem engen Durchgang. Auf wundersame Weise erhellten ihr Kerzen den Weg, deren Flammen im Luftzug zitterten. Obwohl dies alles für Schischa inzwischen ein gewohnter Anblick war, kam ihr die Höhle immer noch wie eine unwirkliche Welt vor.

Nachdem sie sich durch die schmale Öffnung gezwängt hatte, flogen Mühe und Sorge wie zwei schwarze Vögel laut schreiend von ihr fort. So oft sie inmitten dieser majestätischen Welt stand, wurde sie durch deren unermessliche Größe getröstet. Sie hatte hier den Schoß aller Geborgenheit entdeckt, zu dem sie sich flüchten konnte. Schischa wusste, dass ihr hier nichts geschehen würde.

Ihre Augen stellten sich rasch auf das sanfte Glänzen des Eises ein. Sein stilles Glimmen von innen heraus, als wäre es ein lebendiges Wesen, das dazu fähig war, jede Dunkelheit zu erhellen.

Da hörte sie den leisen Klang von Geigen. Während die Töne um sie herum schwebten, folgte sie dem schmalen Weg, der so eng war, dass sie mit den Schultern das Eis berührte und ihm ein leises Stöhnen entlockte. Schischa erstarrte in der Bewegung! Kopfschüttelnd setzte sie ihren Weg fort. Sie sah schon Gespenster!

Schischa ging um die nächste Biegung und blieb staunend stehen. Sie blickte hinunter in eine weite Halle, die wie ein Eintrittstor in einen Raum voll Schönheit war.

Von den Eiszapfen hatte jeder als Zeuge der Geschichte die Schrecken der Jahrhunderte, Greuel der Vergangenheit und der Gegenwart, öffentliche und verborgene Taten der alten Zeiten und der Moderne in sich eingeschlossen und deren Schmerz miterlebt. Jede Verletzung hatte ein anderes Gesicht, aber der Grund war stets der gleiche.

Immer noch spielten die Geigen.

Der Weg führte Schischa nun nach unten. Die Luft war klar und rein. Die Geigen verklangen und verbeugten sich vor der Harfe. Eine Virtuosität umschmeichelte Schischa, deren Flirren von den glänzenden Wänden der Höhle aufgenommen wurde.

Sie durchquerte einen letzten, engen Durchgang und stand staunend wie auf einem Balkon. Das Aufschlagen der Wassertropfen ergänzte die ausdrucksstarke Musik und die filigranen Gebilde aus Eis erinnerten sie an die schweren Samtvorhänge der Oper.

Schischa dachte an ihren Traum von einem Spaziergang im Winter, als es zu schneien begann, sie ihr Gesicht den Flocken entgegen hielt und die kleinen Eiskristalle auf der Haut spürte. Für einen Augenblick war nur noch das pure Leben übrig. Der Schnee hüllte ihre Gestalt ein und sie verschwand still und leise. Niemand würde sich noch an sie erinnern.

Nichts war von Bestand.

So hatte sie es oft geträumt.

Nachdem Schischa noch einmal die gefrorenen Stoffe betrachtet und deren Schimmer in ihrem Herzen eingeschlossen hatte, machte sie sich auf den Rückweg. Wieder kam sie an den Zeugen der Vergangenheit und Gegenwart vorbei, die größer geworden waren.

Noch einmal leuchteten die Kerzen miteinander auf und zeigten ihr die Schönheit der Höhle.

Vergiss nicht, dass Du hier frei sein kannst von dem, was Dir in jeder Nacht sein furchtbares Gesicht zeigt. Erinnere Dich daran, wenn es nötig ist!

Sie zwängte sich durch den engen Spalt und lehnte sich an die Wand.

Schischa griff in den Seetang und atmete tief durch.

Ihm konnte sie nichts vormachen.

Er war sich sicher, dass Schischa etwas verheimlichte.

Denn woher bekam sie die Kraft, das Schicksal mit so großer Würde zu tragen? Was gab ihr diese Ausstrahlung, der er sich kaum noch entziehen konnte? Echtno wusste nicht, dass es sich dabei um Frieden handelte.

Schischa besaß einen Frieden, der höher war als alle Vernunft, denn menschlich betrachtet müsste sie zutiefst unglücklich sein.

Und so folgte ihr Echtno eines Abends heimlich. Einerseits war das einfach für ihn, denn er konnte sich immer wieder hinter dem dicht gewachsenen Seetang verstecken. Andererseits musste er sehr gut darauf achten, von Schischa nicht entdeckt zu werden. Sie sah sich häufig um und vergewisserte sich, dass ihr auch niemand folgte. Mit Leichtigkeit bewegte sich ihre schlanke Gestalt den Flur entlang, als würde sie zu einer fröhlichen Musik tanzen. Schischa schien ihr Ziel so schnell wie möglich erreichen zu wollen.

Um was es sich dabei auch immer handeln mochte, das sie ihm ungewollt zeigen würde, es ergriff ihn bereits jetzt eine starke Erregung.

Schischa beschleunigte noch einmal ihre Schritte, dabei sah sie zurück, als könnte sie ihn spüren. Echtno verbarg sich in dem Seetang, der von den Wänden des Flures hing, den sie entlang tanzte.

Als er wieder aus seinem Versteck heraus trat, war Schischa verschwunden.

Wie war das möglich?

Vorsichtig und langsam folgte er dem Weg bis zu der Stelle, an der er sie aus den Augen verloren hatte.

Es war hier sehr kalt. Echtno stampfte mit den Füßen und rieb seine Hände aneinander.

Er ahnte nicht, kurz vor der Entdeckung des größten Geheimnisses seines Lebens zu stehen. Eine neue Welt würde sich vor ihm auftun.

Er tastete vorsichtig über die Wand und entdeckte eine Öffnung. Echtno zögerte. Was war denn mit ihm los? War er nicht der mutige Anführer, der immer voran ging?

Widerstrebend zwängte er sich durch den Spalt.

Der Anblick auf der anderen Seite überwältigte ihn! Eine unbeschreibliche Schönheit breitete sich vor ihm aus. Eiskristalle erstrahlten in tausendfachen Facetten und ihr Glanz übertraf den von Edelsteinen.

Das Eis umgab ihn wie ein schützender Panzer. Er betrachtete im Kerzenschein die Wölbung der Decke und verspürte die absolute Ruhe an diesem Ort.

Ein Stück vor ihm stand Schischa und blinzelte angestrengt. Sie spürte, dass hinter ihr etwas vor sich ging. Langsam drehte sie sich um. „Nein!", Schischa erstickte ihren Aufschrei mit der Hand. Sie konnte nicht begreifen, was geschehen war.

Nein, oh nein! Bitte, bitte nein! hämmerte es in ihrem Kopf. Sie musste etwas tun!

Langsam ging sie auf Echtno zu und streckte die Hände nach ihm aus. Er wich immer weiter zurück, bis er mit dem Rücken an der Wand stand. Beruhigend sprach sie auf ihn ein.

„Hab keine Angst, Echtno. Spürst du nicht den Frieden, der hier bei uns ist?"

Zögernd sprach er es aus: „Frieden."

Jetzt stand sie direkt vor ihm und es war nichts mehr zwischen ihnen, was sie trennen konnte. Etwas machte sie gleich.

Das konnte nur Friede sein!

Zögernd griff Schischa nach Echtnos Hand. Er zuckte zurück, doch dann ließ er die Berührung zu.

Geschah das hier wirklich?

Welches grausame Schicksal trieb sein Spiel mit ihm?

Echtno war hin und her gerissen zwischen Schischa und dem Spalt, durch den er fliehen könnte. Er musste nur seinen Kopf ein wenig nach rechts drehen und schon konnte er den Durchgang sehen. Er war sich nicht sicher, was ihm hier Angst machte, nur eins wusste Echtno mit Sicherheit: Er wollte hier weg, und zwar so schnell wie möglich.

Er bereute es, die anderen Kreaturen verlassen und sich davon geschlichen zu haben. Es tat ihm zutiefst leid; oder doch nicht? Weshalb lief er nicht weg, sondern blieb hier vor Schischa stehen, die seine Hände in ihren hielt? Etwas schien von ihr auf ihn überzugehen. Das musste Friede sein, schoss es Echtno erneut durch den Kopf. Er blickte ihr nun geradewegs in die Augen, in denen ein Glanz lag, den er kaum begreifen konnte. Oder spiegelten sich nur die Eiskristalle in ihnen? Echtno wunderte sich sehr über alles, am meisten über Schischa.

Wie konnte sie Frieden empfinden, wo er doch immer sah, wie unwürdig Madame Ophelia sie behandelte.

Woher nahm sie ihren Stolz?

Nun hörte er ihre Stimme, die zart und sanft wie eine wunderschöne Melodie an seine Ohren drang:

„Echtno, ich werde nicht zulassen, dass dir etwas geschieht."

Während Schischa sprach, war ihr Gesicht mit diesen unglaublich strahlenden Augen dicht vor seinem und Echtno versank in ihnen.

Er spürte einen Strudel, der ihn mit hinein riss in Schischas Empfindungen. Echtno wusste plötzlich, dass ihm hier nichts geschehen konnte.

Wie selbstverständlich ging er hinter ihr her. Er nahm alles nur wie durch einen Schleier wahr. Dieses Gefühl, das von Schischa ausging, hüllte ihn ein und nahm alles weg, was ihn von ihr trennte.

Dabei war er doch eine Kreatur und sie nur ein Mensch!

Er hielt sich am Türrahmen fest, bis die Knöchel seiner Hand weiß hervor traten. Charles konnte noch mit Mühe das Schild an der Wand entziffern. *Wartezimmer meines Lebens* stand darauf. Dann fiel die Tür hinter ihm ins Schloss.

Er nahm auf dem ersten Stuhl in der Reihe Platz.

Wozu war er hier?

Wartezimmer meines Lebens?

War er zum Stillsitzen verdammt, während die Minuten, Stunden und Tage an ihm vorbei zogen?

Würde er erst als alter Mann von der Sinnlosigkeit allen Tuns erlöst werden?

Es begann bereits beim Aufstehen. Zuerst wartete er darauf, dass das Brot goldgelb aus dem Toaster sprang und der Kaffee endlich durch die Maschine getropft war, die längst schon einmal entkalkt werden müsste. Dann hoffte er auf seine Zeitung, die heute immer noch nicht zugestellt war. Und so verging Stunde um Stunde seiner kostbaren Lebenszeit, von der er niemals auch nur eine einzige Sekunde zurückholen konnte.

Kreaturen hingegen standen nicht an Kinokassen an, schoben sich nicht durch die Menschenmassen auf einem Volksfest und aßen nicht in Kantinen, wo sie vor der Essensausgabe warten mussten, bis sie an der Reihe waren.

Und Charles saß wie festgefroren da und konnte nur zusehen, wie die Zeit an ihm vorbei zog. Er wurde müde. Schließlich fielen ihm die Augen zu und er versank in einem wundersamen Traum. Für einen Augenblick war es völlig still.

Die Rolltreppe setzte sich mit einem Ruck in Bewegung. Er berührte den Handlauf und spürte das leichte Holpern und

Vibrieren. Das dunkle Loch unter ihm sah aus wie eine furchtbare Fratze, die mit aufgerissenem Maul auf ihn wartete. Er drehte sich um und lief nach oben. Schneller, immer schneller!

Aber unaufhaltsam brachte ihn die Treppe zu diesem von Nebelschwaden umgebenen, entsetzlichen Nichts. Er spürte bereits den eisigen Atem, der zu ihm heraufstieg und alles mit Frost überzog. Während er weiter Stufe um Stufe empor stieg, wurde der kalte Nebel dichter und fühlte sich an wie zersprungenes Eis.

Längst hatte er die Hoffnungslosigkeit seiner Lage erkannt und blieb schließlich resigniert stehen. Er wusste, dass ihn diese Treppe mit sich in das ewige Vergessen reißen würde.

Dunkelheit hüllte Charles ein.

Ein Tag nach dem anderen versickerte unaufhaltsam im Nichts. Endlich war es soweit.

Alle wurden zum Bankett geladen. Der stattliche Sir Henry und Lord Winston, der immer Hunger hatte. Echtno, der ein wahrer Held war, und Rosu. Dachte man an ihn, kam einem zuerst seine Dominanz in den Sinn und das Geschrei, das er wegen jeder Kleinigkeit anzettelte. Dagegen genoss man die Ruhe, die Kischa umgab. Ohne ein lautes Wort zu gebrauchen, erreichte er das Gleiche wie Rosu mit seinem Imponiergehabe. Zwischen den beiden fanden Geldo und Veilcho ihren Platz. Geldo mit seinem ängstlichen Getue. Ob er sich wirklich vor allem fürchtete? Veilcho hingegen hatte nie Angst. Er begegnete selbst dem bestimmenden Rosu mit Gleichmut und ließ sich durch nichts einschüchtern.

Madame Ophelia würde dafür sorgen, dass es ihnen an diesem Abend an nichts fehlte. Ein anzügliches Lächeln glitt über ihr Gesicht. Sie sperrte die Zimmertür ab, öffnete den Kleiderschrank und kramte darin herum.

Wo waren denn nur die Puppen?

„Kommt nur her zu mir. Ich tue euch doch nichts. Ihr habt nichts zu befürchten, im Gegenteil."

Da tasteten ihre Hände über ein Gesicht, sie fühlte Finger an ihren und griff in zerzauste Haare.

Zuerst zog sie Lulu heraus. Madame Ophelia wischte den Staub aus dem Puppengesicht, das sie schnippisch aus leblosen Augen anblickte. Ganz die Alte! Madame Ophelia unterdrückte ein Lachen. Rosu würde seine Freude an ihr haben!

Dann dachte sie an Kiki mit dem schönen Gesicht. Dieses Püppchen war für den sanften Kischa bestimmt.

Madame Ophelia suchte weiter in dem alten und stolzen Schrank, der schon viele Abende wie diesen miterlebt hatte und mit ihnen die großen Freuden und maßlosen Enttäuschungen. Sie hatte die nächste Puppe gefunden. Es war nicht Kiki. Es war Lotta.

Lotta mit den ausladenden Hüften war wie gemacht für den ängstlichen Geldo. Madame Ophelia blickte in ihr ausgeglichenes Gesicht. Sie konnte bereits Lottas fröhliches Lachen hören und wusste, wie glücklich sie Geldo machen würde.

Jetzt fehlte noch die Puppe für Veilcho.

Das alte Holz knackte und Madame Ophelia fuhr erschrocken zusammen. Sie musste sich beeilen. Mit einem raschen Griff riss sie die letzte Puppe an sich.

Liebevoll strich sie über die Haare von Lola, die genauso unerschrocken mit allem umging wie Veilcho. Madame Ophelia war zufrieden mit ihrer Wahl. Es würde ein gelungenes Fest werden.

Nur für Echtno gab es keine passende Puppe. Er war eben zu anspruchsvoll. Sie zuckte mit den Schultern. Ehrlich gesagt wusste sie überhaupt nicht, was ihm gefiel.

Madame Ophelia legte die Puppen zurück in den Schrank und schloss die Tür. Jetzt musste sie nur noch warten. Sie setzte sich auf ihr Bett und gähnte, schwang die Beine vor und zurück, besah sich jeden einzelnen ihrer Finger und wurde immer schläfriger. Schließlich ließ sie sich nach hinten sinken und schlief auch gleich ein.

Da vibrierte der stolze Schrank, dass der Staub durch alle Ritzen drang, dann öffnete sich seine Tür und nacheinander stiegen Lulu, Kiki, Lotta und Lola heraus. Sie streckten sich und sahen sich zufrieden an, kicherten wie junge Mädchen und hatten vor Aufregung rote Wangen. Dann drängten sie sich vor den kleinen Wandspiegel. Die schnippische Lulu scheuchte die anderen weg.

„Ich bin zuerst dran. Ihr könnt ja wohl kurz warten."

Sie drehte sich hochnäsig hin und her, ließ ihr Spiegelbild kaum aus den Augen und bestaunte ihr Kleid. Aber etwas fehlte noch. Sie durchwühlte den Schrank. Was ihr in die Finger kam, warf Lulu hinter sich, und bald waren die alten Dielenbretter mit farbigen Bändern, Seidenblumen, Halsketten und Hüten bedeckt.

Kiki, Lola und Lotta sahen ihr schweigend zu. Dann hob Kiki zögernd zwei der Seidenblumen auf. Mit einer würde sie ihre Taille betonen und die andere an ihrer Frisur befestigten. Sie lächelte, als sie daran dachte, wie verführerisch sie damit aussehen würde. Lotta beobachtete sie und legte verstohlen die Hände auf ihre breiten Hüften. Sie seufzte und griff zu einer schimmernden Perlenkette. Lotta hatte ihre geflochtenen Haare mit Bändern verziert und den großen Strohhut mit einem Blumenschmuck wie ein Bouquet aus Sommerfrische vom Boden aufgehoben.

Jetzt war auch Lulu aufgestanden und wie es ihre Art war, drängte sie die anderen in den Hintergrund. Mit einer raschen Bewegung sicherte sie sich einen Hut, der aufreizend mit Federn und Bändern geschmückt war, und setzte ihn auf.

Sie schielte unter ihrer Kopfbedeckung heimlich zu Lola. Weshalb nur wurde sie *die Unerschrockene* genannt? In ihren Augen war sie ein Mauerblümchen, trug auch nur ein bescheidenes Kleid mit kleinen Fältchen und war eine durch und durch hausbackene Person. Auch wenn Lulu zugeben musste, dass das zierliche Käppchen mit der kleinen Rüsche am Rand und der bestickten Spitze hübsch verziert war und Lola gut stand.

Erschrocken fuhren sie herum. Der Schrank begann erneut zu vibrieren und öffnete langsam seine Türen. Vor den Mädchen hingen die schönsten Capes, die sie jemals gesehen hatten. Natürlich streckte Lulu als erste die Hand aus und berührte den Samt. Sie wusste, dass sie mit dem prachtvollen Hut und dem Cape atemberaubend gut aussehen würde. Ein selbstgefälliges Lächeln legte sich auf ihr Gesicht.

Lulu war sich sicher. *Ich werde Rosu ganz bestimmt gefallen. Jeder findet mich gut.* Sie ließ das Cape vorne wie zufällig offen stehen, damit der Ausschnitt des Kleides noch zu sehen war. *Er soll ja ein dominanter Mann sein. Das ist gut. Ich werde sicherlich meinen Spaß mit ihm haben.*

Jetzt trat sie einen Schritt zur Seite, damit sich auch die anderen begutachten konnten.

Lulu mit dem glänzenden Haar, einem Gesicht wie Porzellan und ausdrucksstarken Augen war für Rosu bestimmt, dem nur ein perfektes Äußeres wichtig war. Am beeindruckendsten an ihr war aber dieser unglaubliche Mund. Rosu würde ihn gebannt anstarren, und Madame Ophelia sah es förmlich vor sich, wie er einen Arm um Lulus schlanken Körper legte und sie an sich zog. Dann dachte sie an den ängstlichen Geldo und seufzte leise. Er würde sicher daran zweifeln, dass seine Wünsche berücksichtigt wurden. Aber Madame Ophelia wusste auch, dass Geldo das Fest trotz seiner Befürchtungen in vollen Zügen genießen

98

konnte.

Eine Begleiterin für Kischa zu finden, war einfach, denn er legte nur Wert auf gutes Benehmen. Ansonsten wollte er die Festlichkeit in aller Ruhe verbringen und sich durch nichts stören lassen; am wenigsten von dem Mädchen an seiner Seite.

Auch Madame Ophelia freute sich auf diesen Abend und war jedes Mal aufs Neue darüber erstaunt, dass er schon wieder vor der Tür stand, anklopfte und schrie, dass er herein wollte. Und während dessen saß sie vor dem Spiegel und blickte sich hochmütig an.

Sie würde ihm erst öffnen, wenn er höflich darum bat. Madame Ophelia wusste, dass er ein ruppiger Geselle war, der, ohne Rücksicht zu nehmen, überall herein polterte.

In diesem Punkt war er ihr gleich.

Madame Ophelia blickte unverwandt in den Spiegel und konnte bereits die verborgene Schönheit erahnen, die Schischa sichtbar machen würde.

Schließlich stand sie seufzend auf, ging zur Tür, drehte den großen rostigen Schlüssel, der dabei ächzte und keuchte, und ließ den Abend herein.

Er trat ein wie ein gewichtiger Herr alter Schule, nahm mit einer eleganten Bewegung den Zylinder in seine Hände, lächelte Madame Ophelia selbstgefällig an und verbeugte sich formvollendet vor ihr.

Was für ein eitler Pfau!

Sie erwiderte sein Lächeln in der gleichen Weise und gab ihm die Hand.

Sein Getue war ihr zuwider, aber sie musste für ein paar

Stunden gute Miene zum bösen Spiel machen, denn er wusste sehr genau, dass sie ihn brauchte. Doch sobald sich die verrosteten Zeiger der Uhr auf Mitternacht gequält hatten, würde sie den Abend mit einem eisigen Lächeln in die Nacht hinaus schicken. Er musste gehen, denn er konnte seinen vorbestimmten Weg nicht verlassen. Nachdem Madame Ophelia die Tür hinter ihm geschlossen hatte, würde sie ihr Ohr an das Holz drücken und solange lauschen, bis seine Schritte verklungen waren.

Sie bot dem Abend einen Platz an und schenkte ihm eine Tasse Tee ein. Er beobachtete sie ungeniert, während sie Schwierigkeiten damit hatte, die zarte Teekanne mit ihren groben Händen zu halten. Schließlich setzte sie die Kanne mit einem klirrenden Geräusch auf dem Tisch ab und setzte sich.

Sie musterte den Abend heimlich, während er von seinem Tee trank. Er war trotz allem ein attraktives Wesen und sie würde sich gerne mit ihm schmücken.

Sie konnte es förmlich vor sich sehen, wie sie sich Hand in Hand mit dem Abend durch eine Gesellschaft bewegte und die feinen Damen hinter vorgehaltener Hand tuschelten.

„Sieh nur, das ist doch Madame Ophelia!"

„Aber ja, ich habe auch schon davon gehört!"

„Was meinst du?"

„Nun ja, dass sie seit kurzem diesen überaus attraktiven Begleiter hat."

„Was du nicht sagst."

Jetzt wurde die Stimme zu einem Flüstern.

„Man sagt sogar, dass er ihr die ganze Nacht nicht von der Seite weicht."

Diese unerhörte Neuigkeit verbreitete sich wie ein Lauffeuer unter den Gästen und Madame Ophelia ließ sich mit stolz erhobenem Kopf durch diese gefräßige Meute führen. Ein Auftritt wie dieser wäre wahrlich ganz nach ihrem Geschmack, aber jetzt musste sie sich um das Festessen kümmern. Ihr wehmütiger Blick streifte noch einmal kurz den Abend, der genussvoll von seinem Tee schlürfte und dabei an die geladenen Gäste dachte. Er seufzte. Für ihn blieb es unverständlich, dass Sehnsüchte so einfach zu erfüllen waren und man sich mit derartigen Oberflächlichkeiten zufrieden geben konnte.

Er selbst hingegen war ein feiner Herr, stilvoll und weltgewandt, dazu der Schönheit nicht abgeneigt. Genüsslich trank er einen Schluck Tee und während er die anregende Wärme in seinem Mund spürte, warf er einen Blick zu Madame Ophelia und nickte ihr leicht zu. Täuschte er sich, oder überzog eine leichte Röte ihre Wangen?

Erneut führte er die Tasse an seine Lippen und dachte an all die unzähligen Abende, die er schon ermöglicht hatte.

Einige davon waren ihm in bester Erinnerung geblieben.

So wie das Straßenfest in Venedig. Es entwickelte sich zu dem Ereignis des Jahres. Die ganze Stadt war plötzlich dafür auf den Beinen, jeder wollte dabei sein. Der Abend lächelte, als er sich an den milden Sommertag erinnerte, der sich vor ihm ausgebreitet hatte und an die prächtig gekleideten Männer und Frauen, die gleich ihm über diesen feinen Teppich schritten und die zarten und warmen Abendstunden betraten.

Vor allem die Damen der besseren Gesellschaft mit den bunten Federboas, die mehr sein wollten, als sie eigentlich waren, und wie in einer Parade stolzierten. Weit schritten sie aus, wollten gesehen und bewundert werden, um einen Gönner für sich zu gewinnen, damit sie ihr schönes Leben weiterführen konnten. Eine trug sogar ein Federgesteck mit Brillanten im Haar. Dann wandten sie sich die maskierten Gesichter zu.

Er lehnte sich etwas zurück und rief sich die wohlgeformten Mädchen ins Gedächtnis, von denen eines hübscher war als das andere. Der Abend schloss die Augen. Er konnte ihr vornehmes Benehmen durchschauen, wie sie sich verschämt ein Spitzentüchlein vor den Mund hielten und hinein lachten. Der Abend spürte ihre Aufregung und wünschte sich, dass er seinen Kopf an ihre Busen legen könnte, die sich beim Atmen rasch hoben und senkten.

Doch er begann sich bald zu langweilen, denn alles wiederholte sich in der gewohnten Weise. Mechanisch wurde jede Bewegung ausgeführt und auch auf den schönsten Kleidern setzte sich Staub ab.

Madame Ophelia stand auf. Sie musste sich jetzt wirklich um das Bankett kümmern.

„Mein lieber Herr Abend. So gern ich noch bei ihnen sitzen würde, muss ich mich doch verabschieden. Ich habe noch einiges vorzubereiten."

Sie errötete und ein leiser Seufzer war zu hören.

„Auf Wiedersehen bis zum nächsten Jahr."

Madame Ophelia drehte sich um und eilte davon.

Da fiel sein Blick auf die alte Standuhr, die auch sogleich die Augen öffnete und ihn ansprach.

„Ich freue mich, Sie zu sehen, lieber Herr Abend."

Er nickte.

„Sehr gesprächig scheinen Sie nicht zu sein."

„Worüber soll ich denn reden? Ich habe all das schon hundert Mal gesehen."

„Sie könnten mit mir sprechen, auch wenn ich nur eine alte Standuhr bin."

Der Abend räusperte sich und versuchte, ein Lächeln auf sein Gesicht zu zaubern. Er deutete eine Verbeugung an.

„Verzeihung, meine Dame, ich war unhöflich."

Die Standuhr neigte ihr Ziffernblatt.

„Ich nehme Ihre Entschuldigung an, mein Herr. Bestimmt haben Sie viel zu bedenken."

„Ja, da haben Sie recht. Mir begegnen viele Unwägbarkeiten."

„Bitte erzählen Sie mir davon."

„Also gut."

Der Abend setzte sich noch etwas aufrechter hin. Die Worte standen schon bereit, um seinen Mund zu verlassen und den Ohren der alten Standuhr einen Besuch abzustatten. Sie sprangen auf und ab, die Starken drängten nach vorne und jedes von ihnen wollte einen Platz in der ersten Reihe ergattern. Wenn er doch nur endlich zu reden anfangen würde!

Da begann der Abend von seiner Anwesenheit in einer Kneipe zu erzählen. Er berichtete von Betrügereien, Eifersucht, Neid und üblen Spießgesellen, die ihre Ziele auf wenig ehrenvolle Art verfolgten. Der Schlimmste unter ihnen wurde nur *der Fremde* genannt; ein Mann wie ein einsamer, leidender Wolf, der niemals etwas von sich selbst preisgab und zu jeder Schandtat bereit war. Mit scharfen Augen schien er jedem bis in das Herz zu blicken und nichts konnte vor ihm verborgen bleiben. Es war nicht einfach für den Abend, der ein feinsinniger Genießer und

Liebhaber schöner Dinge war, das zu erleben.

Der mitfühlende Blick der Standuhr legte sich wie ein Mantel aus feinstem Mohair um ihn und er sah sie dankbar an.

Er erzählte eine neue Geschichte.

Es war ein kalter Tag. Eine unberührte Fläche breitete sich aus, die gefüllt war mit dem feinsten Pulverschnee. Der Winter hatte das Land fest im Griff und man wagte sich nur dick eingepackt auf die Straßen. Der eisige Wind fegte den Schnee durch die Stadt und wenn man den Kopf hob, konnte man den glitzernden Raureif auf den Gehsteigen und die Eiszapfen sehen, die von den Dachrinnen hingen. Man musste vorsichtig einen Schritt vor den anderen setzen, denn die Wege waren spiegelglatt. Die Eiskristalle funkelten im Licht der Straßenlampen wie Edelsteine am Hals einer schönen Frau.

Eine klirrende Kälte stellte sich jedem entgegen, der sich auf den Weg zur Premiere von *La Traviata* machte. Doch nichts konnte die Menschen an diesem besonderen Abend von dem Besuch der Oper abhalten. Lange schon hatte man dieses Vergnügen geplant und glücklicherweise war man auch im Besitz der begehrten Eintrittskarten. Nicht zu vergessen die eigens dafür angeschaffte Garderobe.

Ein eisiges Monster hielt das Gebäude umfangen und der kalte Hauch, der ihm entströmte, ließ den heran eilenden Besucher den Hut tiefer in die Stirn ziehen und den Mantelkragen hoch schlagen.

Endlich war die breite Treppe erreicht. Die Gesellschaft eilte über sie zum Eingangsbereich und es schienen nicht nur die links und rechts der Straße stehenden Bäume in Eis gehüllt zu sein, sondern auch sie selbst.

Stufe um Stufe quälte sich die Menge in Richtung der Türen, hinter denen sich neben allem künstlerischen Genuss ebenfalls Schutz vor der Kälte, heißer Kaffee und dampfender Tee finden ließ.

Die Musiker hatten bereits die Instrumente ausgepackt und versuchten, sich mit einem Scherz zu entspannen: „Du wirst sehen, das geht heute wieder nicht gut aus."

Genau so würde es sich zutragen.

Aida wurde eingemauert, Scarpia in der Oper Tosca erstochen, Madame Butterfly beging Selbstmord, bei Lady Macbeth wurde gemordet, die Mimi in La Bohème kam an der Auszehrung um und heute Abend würde Violetta an der Schwindsucht sterben.

Angespannt saßen die Musiker auf ihren Plätzen. Hoffentlich gelang die Aufführung! Der Klatsch am nächsten Tag würde genüsslich jeden auch noch so kleinen Fehler ausbreiten und mit Vergnügen darauf herum trampeln. Dagegen verlor man über eine gelungene Vorstellung selten viele Worte.

Es durfte nichts daneben gehen. Unauffällig sah sich der Geiger nach seinem Nachbarn um. Vorhin hatte der ihn scherzhaft mit den Worten begrüßt „Grüß Dich, mein Schatzerle.", und ihm auf den Rücken geklopft.

Aber ob er sich jetzt auf ihn verlassen konnte?

Sein Blick ging weiter zum Nächsten. Sie alle waren voneinander abhängig. Der Geiger stimmte sein Instrument und warf einen kurzen Blick zum Dirigenten. Auch den Kapellmeister hatte eine gewisse Nervosität befallen und er nestelte an seiner Fliege. Doch er konzentrierte sich auf die Partitur, die vor ihm am Pult ausgebreitet lag. Dem Geiger selbst schossen völlig abstrakte Gedanken durch den Kopf. *Ob die Noten auch sicher stehen?* und *Hoffentlich muss ich nicht husten.*

Dann setzten die Musiker ihre Instrumente an und für einen Moment wurde es völlig still. Der Dirigent schloss die Augen. Er liebte diesen einen Augenblick und hoffte jedes Mal inständig, dass er sich zu einer Ewigkeit ausdehnen würde.

Als er spüren konnte, dass alle zu einer Einheit geworden waren, öffnete er die Augen und sein Taktstock gab den Geigern das Zeichen, mit dem Spiel zu beginnen.

La Traviata, allein diese Worte waren wie Musik. Eine zärtliche Liebe und das Versprechen ewigen Glücks lagen in ihnen. Trotzdem nahmen die Liebenden ein schlimmes Ende, was den Abend nicht überraschte.

Die alte Standuhr zeigte sich von dieser Erzählung beeindruckt, denn in der Oper, da war sie noch nie. Vermutlich würde sie in ihrem Leben auch niemals hinkommen! Diese Wahrheit breitete sich nun vor ihr aus und sie wurde sehr traurig.

Als der Abend das bemerkte, wusste er, wovon er als nächstes berichten würde. Das würde die Standuhr bestimmt aufmuntern.

Er lehnte sich zurück und erzählte von diesem sonnigen Frühlingstag, an dem dieses Mal alles begann.

Die ersten zarten Sträucher stellten ihre filigranen Blüten zur Schau. Pfaue stolzierten majestätisch durch den Park, kreuzten die mit feinem Kies aufgeschütteten Wege und bewegten sich unter den hohen Linden entlang, deren Blätter ihre Schatten auf das prachtvolle Gefieder warfen und die Vögel grünlich oder golden schimmern ließen.

Die Männchen stellten die langen Deckfedern auf und die blau irisierenden Augen leuchteten.

Der Pfau stand als Symbol für Schönheit, Liebe und Leidenschaft, aber auch für Unsterblichkeit, und Graf Veido, der mit seiner Gattin vom Balkon aus in den Garten blickte, wünschte sich in diesem Moment nichts sehnlicher, als dass die Liebe zu seiner Frau unsterblich wäre und die Leidenschaft, die heiß durch seine Lenden fuhr, niemals verlöschen würde.

Während das Licht der untergehenden Sonne schräg durch die Wolken fiel und die Rosenrabatten in einen goldenen Schimmer tauchte, legte Graf Veido eine Hand um die Taille seiner Frau. Als er die sanfte Wölbung der Hüfte fühlte, dachte er an die Freuden der vergangenen Nacht und das Blut rauschte in seinen Schläfen.

„Seht nur dieses hoheitliche Bild an, Liebste. Unsere Gäste werden heute Abend sicherlich Gefallen daran finden."

Die Frau schmiegte sich an ihn.

„Wie recht ihr habt, mein Gemahl."

Und dann küsste sie ihn.

Als der Mann seinen Arm um sie legte, fragte er sich, womit er so viel Glück verdient hatte. In diesem Augenblick bedachte er nicht, dass einmal alle Dinge enden.

Vielleicht langweilte sich seine Frau irgendwann an seiner Seite und verschenkte sich an einen Verehrer, der ihr ein aufregenderes Leben versprach. Oder es ereignete sich ein Unglück und sie verloren einander in einem einzigen Augenblick.

„Lasst uns gehen, meine Teuerste, wir wollen unsere Diener noch einmal nach dem Rechten sehen lassen, damit für unsere Gäste alles so vorbereitet ist, wie es sein soll."

Er nahm ihre Hand und zusammen gingen sie langsam vom

Balkon aus über die Treppe in den Eingangsbereich des Schlosses. Jede der Stufen, das Geländer und der Handlauf waren aus Carrara-Marmor, denn Graf Veido liebte die italienische Renaissance und deren Bildhauer, die ihre Werke oftmals aus diesem edlen Material anfertigten.

Graf Veido schmückte sich leidenschaftlich gerne mit Schönheit und er verstärkte etwas den Druck seiner Hand, die auf der Taille seiner Gräfin lag.

Nicht nur die Treppe vor dem Schloss bestand aus dem feinen Marmor, auch alle Böden im Innenraum waren damit belegt und die Figuren im Garten und die Vögel, die als Zierde auf den kleinen Springbrunnen angebracht waren, daraus geformt.

Er hatte keine Kosten und Mühen gescheut, damit sein Schloss einer Königin wert sei. Doch jetzt spürte Graf Veido nur die feine Rundung der Hüfte durch seinen Handschuh hindurch und drängte seine Gemahlin geradewegs zum Schlafgemach.

Sie kicherte.

„Aber mein Herr, die Gäste werden bald erscheinen."

„Dann lassen Sie uns nur keine Zeit verlieren, Werteste."

Graf Veido verstärkte nochmals den Druck seiner Hand.

Die beiden näherten sich ungestüm der Kammer. Graf Veido hatte die schmale Taille seiner Frau wie ein Schraubstock umschlossen und riss die zarte Gestalt mit sich vorwärts. Die Unterröcke ihres Kleides bauschten sich auf und raschelten bei jeder Bewegung.

Sie hatten die Tür erreicht und verschwanden in dem abgedunkelten Raum. Das Deckengemälde zeigte Venus mit Eros auf dem Schoß, der gerade seinen Pfeil verschossen hatte.

Graf Veido wollte keine Zeit verlieren, um so viel Lust wie möglich in sich einzuschließen, die er auch noch an trüben Herbsttagen spüren konnte und die ihm mit ihrer Lebendigkeit manche Langeweile vertrieb.

Selbst wenn anschließend die Dienerschaft herbei eilen musste, um die Betten aufzuschütteln, die verstreut am Boden liegenden Kleider einzusammeln, der Gräfin beim Ankleiden zu helfen und die langen Haare erneut hochzustecken, so hatte sich dieser Ausflug in sinnliche Gebiete auf jeden Fall gelohnt.

Und jetzt standen beide wieder auf dem Balkon. Graf Veido hatte seine rechte Hand erneut auf der Taille seiner Gattin liegen, doch diesmal erfüllte ihn kein Begehren, sondern ein eitler Stolz auf so viel Schönheit, die alleine ihm gehörte.

An dieser Stelle unterbrach der Abend seine Geschichte, trank einen Schluck und lächelte der ehrwürdigen Standuhr zu. Diese geriet außer Rand und Band, sprang mit roten Wangen in die Luft und drehte sich vor Entzücken.

„Reizend, ganz reizend."

„Mein lieber Herr Abend, erzählen Sie doch weiter!"

„Also gut, meine Liebe, aber nur, weil ihr es seid."

Er nahm eine bequeme Haltung ein und fuhr mit der Geschichte von Graf Veido fort.

Dieser war sehr stolz auf sein Schloss und eine leichte Erregung ergriff ihn, denn er wusste genau, dass mancher seiner Gäste heute Abend auch ein wenig Neid empfinden würde.

Dieses wunderbare belebende Gefühl, so lange man es nicht selbst, sondern nur ein anderer mit sich herumtragen musste.

Es war so weit. Die Kutschen mit Graf Veidos Gästen durchquerten den weitläufigen Park. Es eröffneten sich ihnen immer wieder neue Ausblicke auf Pavillons und Rondells. Sie bestaunten die Skulpturen und fuhren vorbei an den irisierenden Augen der Pfaue, um schließlich im Schatten der alten Bäume bei der gewaltigen Treppe anzukommen.

Graf Veido und seine Frau begrüßten ihre Gäste. Es blieb ihnen nicht verborgen, wie die Blicke der Damen unauffällig durch die Parkanlage schweiften, um dann ihrem Begleiter etwas zuzuflüstern.

Graf Veido konnte den Neid spüren, diesen Neugierigen, der immer voraus eilte.

Graf Alexis und Gräfin Estelle waren die Ersten, die in den Eingangsbereich des Schlosses eintraten, dessen Decke von einem Fresko des berühmten Malers Giovanni Battista Tiepolo aus Venedig geschmückt wurde.

An den Wänden der Eingangshalle waren nur wenige Stuckarbeiten angebracht, so dass das Fresko bestmöglich zur Geltung kommen konnte.

Es wurde gemunkelt, dass die Deckenkonstruktion des Treppenhauses wegen ihrer Größe von zeitgenössischen Architekten sehr kritisch beäugt wurde. Auch die Gäste Graf Veidos bedachten sie mit zweifelnden Blicken.

Diese waren aber vergessen, als sie durch die hohen Torbögen in den Vorraum eintraten, denn es erklang bereits Musik aus dem Festsaal. Die Geiger, Bratschisten, Cellisten und Flötisten hatten sich eingefunden und spielten die vorgesehenen Stücke an. Die Klänge schwebten durch den Raum, paarten und vermehrten sich und durchdrangen die Luft mit einem grandiosen Vibrato.

Zusätzlich flimmerte die Luft von der Nervosität der Musiker.

110

Auch wenn sie die Melodien bereits viele Male gespielt hatten, so wurde es unter den Augen der Zuhörer jedes Mal aufs Neue ein Wagnis. Jede Augenbewegung, jedes Lächeln und jede Fingerbewegung wurde gesehen. Denn selbst wenn man nichts hörte, so sah man doch. Sie konnten nie so unbefangen oder frech wie zu Hause spielen, sondern saßen auf einem Präsentierteller, der sie schutzlos den Blicken der Zuhörer auslieferte.

An dieser Stelle unterbrach der Abend seine Erzählung, um einen weiteren Schluck Tee zu trinken. Er bemerkte, dass selbst die ehrwürdige Standuhr die feinen Klänge verspürte und von seiner Geschichte sichtlich gerührt war.

Der Abend lächelte ihr zu.

„Meine Dame, wie hat Ihnen denn bisher meine Erzählung gefallen?"

„Vortrefflich, mein Herr, einfach vortrefflich. Ich könnte mir nichts Schöneres vorstellen."

„Sie dürfen keine voreiligen Schlüsse ziehen, bitte hören sie mir weiter zu."

Der Abend beendete die Geschichte von Graf Veido und den Eitelkeiten im Schloss.

Statt dessen erzählte er von der großen Eiche.

Ein Liebespaar saß unter dem Baum. Sie bemerkten den Abend nicht, doch wer tat das schon. Die Zeit wanderte einfach von der Frau Nachmittag zu ihm weiter, und er selbst verabschiedete sich nach ein paar Stunden in die Nacht.

Der große Baum sah auf die beiden nieder, und die Güte in seinem Blick vermischte sich mit einer großen Schwermut, denn zu oft schon hatte er die Schwüre ewiger Liebe gehört und bald darauf erfahren müssen, dass die Menschen nicht mehr glücklich waren. Etwas war in ihr Leben eingezogen, das sich zwischen sie gestellt und voneinander getrennt hatte. Vergessen waren alle Versprechen und seligen Gefühle.

Der mächtige Baum seufzte und wandte sich resigniert an den Abend:

„Bestimmt mussten auch sie diese Tragödie der gebrochenen Herzen wieder und wieder mit ansehen."

„Ja, es kann einem den ganzen Abend verderben!", scherzte der Angesprochene und lächelte den Baum an.

„Ob es mit diesen beiden auch so sein wird? Sie scheinen es ernst miteinander zu meinen."

„Mein Herr, glauben sie mir, alle guten Vorsätze lösen sich in Luft auf."

Die ehrwürdige Standuhr blähte ihren Kasten auf und atmete schwer aus.

„Oh nein, das ist ja eine ganz furchtbare Geschichte. Bitte tun Sie mir das nicht mehr an."

Der Abend verneigte sich und lächelte die Standuhr an.

„Meine Dame, ich will sie nicht unglücklich zurück lassen. Es liegt mir fern, sie zu bekümmern, aber so ist das Leben."

Er trank einen weiteren Schluck aus seiner Tasse und die Standuhr sah ihm an, dass er ein wahrer Genießer war.

Der Abend fuhr fort, von einem kleinen Blumenladen zu berichten, den er eines Tages in die Nacht begleitete.

Als der letzte Kunde mit einem Strauß Rosen das Geschäft verlassen hatte, beeilte sich die Angestellte, die Tür zu verschließen, denn es war bereits spät und sie musste noch aufräumen.

112

Nachdem sie die Vasen mit den Ranunkeln, Astern, Rosen, Gerbera, Lilien und Crysanthemen, dem Efeu und dem Schleierkraut an der Wand entlang aufgestellt und noch etwas Wasser nachgefüllt hatte, blieb sie davor stehen und sah sich die wohlgeformten Blumengesichter an. Sie liebte jedes Einzelne von ihnen und war immer wieder auf das Neue berührt von der übergroßen Schönheit, die auf den Blüten lag. Die Frau strich zart über das Meer an Ebenmäßigkeit, das sich vor ihr ausbreitete. Eine Vollkommenheit der Farben, Formen und Düfte, das sich kein Mensch ausgedacht haben konnte.

Sie säuberte den Boden und bereitete alles für den nächsten Tag vor, kehrte die abgeschnittenen Stengelenden zusammen, ordnete die von den Rollen herunter hängenden Seidenbänder, die zarten Organzastreifen und die Bastschnüre und wickelte sie wieder auf.

Die Frau freute sich schon darauf, morgen früh wieder hierher zu kommen, wie jeden Tag aufzusperren und den Laden zu betreten. Dann war sie noch ganz alleine und genoss diese Augenblicke, die nur ihr gehörten.

Es war wie eine Geschichte, die ein gutes Ende finden würde.

Sobald sie die Tür geöffnet hatte, vereinigten sich die verschiedenen Düfte zu einem Strom, der sie geradewegs ins Paradies brachte. Sie war wie in einer anderen Welt und der dunkle Raum umgab sie wie ein Dschungel.

Sobald sie das Licht anmachte, versiegte der duftende Fluss. Die Frau nahm die Haare im Nacken zusammen, sah sich prüfend um und rückte die Behälter mit den Schnittblumen zurecht. Und so begann ein neuer Tag in ihrem Leben, an dem sie andere glücklich machen würde.

Doch niemand wusste etwas von diesem bohrenden, quälenden Schmerz. Er würde niemals wieder aufhören. Denn ihre Mutter war nicht mehr bei ihr. Manchmal hielt eine dunkle Schwermut sie fest. Dann versanken ihre Gedanken in den Geschichten von früher, die ihr Mama immer erzählt hatte.

Die Erzählungen wurden lebendig und sie konnte das alte Bauernhaus mit den vielen Fenstern zwischen dem Fachwerk vor sich sehen, dessen großes Dach vorne mit Schiefertafeln und auf der Rückseite mit Ziegeln gedeckt war. Dünne Holzleisten waren dazwischen angebracht, die im Sommer trocken wurden und das Dach undicht machten. Bei jedem Gewitter musste sie mit ihren Geschwistern dort, wo es herein regnete, Töpfe, Schüsseln, Eimer und kleine Wannen aufstellen. Wenn die Schleusen dann im Herbst und Winter verquollen waren, blieb das Dach dicht.
Oder die Küche mit der großen Zentrifuge, in der die Milch des ganzen Dorfes durchgedreht wurde. Aus dem einen Auslauf kam dann die Magermilch und aus dem anderen der Rahm, den ihr Onkel mit einem Handwagen ins nächste Dorf brachte und sich damit ein paar Pfennige verdienen konnte. Als er älter wurde, lief sie ihm immer ein Stück entgegen und half, den leeren Wagen über den steilen Anstieg wieder zurückzubringen.
Eine tiefe Liebe zu ihrer Mutter erfüllte die Frau. Mama hatte immer zuerst an andere gedacht und niemals an sich selbst.
Den Sommer über standen auf den Fenstersimsen Töpfe mit Geranien, die rot leuchtende Blüten dem Sonnenlicht entgegen streckten, so dass die Leute stehen blieben und das Haus mit den vielen schönen Blumen bewunderten.

Damals wurde vieles selbst gemacht. Neben dem Haus stand der Backofen und Mama musste als Schulkind die schweren Laibe aus der Küche zum Backen hinaustragen.

Obwohl das Leben aus viel Mühe und Plage bestand, erschien es der Frau, die es nur aus Erzählungen kannte, erfüllt und sinnvoll gewesen zu sein.

Wie an einem Tag im Sommer.

Die Sonne lächelte von einem azurblauen Himmel und spiegelte sich in dem kleinen See in der Dorfmitte. Die Hitze legte eine sanfte Trägheit über die Häuser und ihre Mutter hüpfte damals arglos die Straße entlang. Der Rock ihres Kleides sprang vergnügt auf und ab. Als sie am Nachbarhaus mit dem eingezäunten Garten vorbei kam, flog der große Gänserich mit einem lauten *ga-ga-ga* über den Zaun und schnappte nach ihr, erwischte noch den Kleidersaum und ließ ihn nicht mehr los. Sie begann zu laufen, so schnell sie konnte. Die Gans hielt eisern den Stoff des aus Bettlaken genähten und grün eingefärbten Kleides fest, der dieser extremen Belastung standhielt, ließ sich Meter für Meter um den See herum ziehen und spreizte die Füße in den Boden. Der Bund des Kleides schnitt ihr in den Magen, so dass ihr fast die Luft weg blieb. Nachdem sie die Gans etwa um den halben See herum gezogen hatte, war es dem Tier vielleicht doch zu anstrengend, sich noch länger festzuhalten.

Ein anderes Mal saß sie auf einem Holzstuhl im Garten, der bei der kleinsten Bewegung ächzte und wackelte. Neben ihr stand ein mit zerrissenen Socken gefüllter Weidenkorb und sie stopfte einen Strumpf nach dem anderen.

Die Frau bezweifelte, dass sie selbst eine solch große Geduld aufgebracht hätte.

Im Spätherbst dann kam die Zeit, wo der Zuber mit gehobeltem Kraut befüllt wurde, der Onkel schon Schuhe und Strümpfe auszog, die Hosenbeine nach oben rollte, in das Fass stieg und durch stetiges Treten das Kraut einstampfte. Es kam ihm jedes Jahr vor wie das Gehen im Watt durch kühles Meerwasser.

Dann wieder berichtete Mutter von den Wintern, in denen die Arbeit draußen zum Erliegen kam und sich vieles in der Stube abspielte. Die Schnitzbank wurde aufgestellt und Strohbänder gemacht, mit denen im Sommer die Getreideähren zusammen gehalten wurden.

Einmal kam sie vom Schlittenfahren zurück und dachte schon den ganzen Weg über an die frisch gebackenen Plätzchen, die in dem Dielenschrank aus grün lackiertem Holz eingesperrt waren. Dieses Möbel war mit üppigen Blumenmotiven bemalt und des Onkels ganzer Stolz. Sie versuchte vergeblich, den Schrank mit den Händen zu öffnen. Also holte sie einen Schraubenzieher, sprengte das Schloss auf und aß aus Zorn die Hälfte der Leckereien auf.

Aber es waren auch unsichere Zeiten. Der Krieg dauerte an und die Kinder vermissten ihren Vater. Eines Tages standen sie auf der Wiese neben dem Haus, dessen mit dunklem Schiefer gedecktes Dach im Sonnenlicht glänzte.

Da hörten sie das Brummen eines näher kommenden Flugzeuges. Ihre Mutter zeigte nach oben und sagte: „Dort ist euer Tata."

Sie schrie *Tata, Tata, Tata!*, winkte auf ihre Kraft und legte den Kopf so weit in den Nacken, dass sie fast nach hinten umgefallen wäre.

116

Manchmal stieg sie mit ihren geschnürten Schuhen über die knarrende, hölzerne Stiege auf den Dachboden, hatte dabei den Rock gerafft und setzte vorsichtig einen Schritt vor den anderen. Dann war sie ganz oben und blickte aus dem kleinen Fenster in den Hof hinunter. Die alte Scheune, die beiden Schuppen und der Backofen erschienen ihr klein wie Spielzeug, und die Hühner, die neben dem Haus scharrten, waren kaum noch deutlich zu erkennen.

Verträumt blickte sie auf die angrenzenden Weizenfelder, sah die hellen Wege, die Wiesen hinter dem Getreide und den anschließenden Wald.

Als wäre sie Dornröschen und würde im Turmzimmer auf ihren Prinzen warten.

Die Mittagssonne flirrte in der Luft.

Sie blinzelte und schloss die Augen.

In scharfem Galopp ritt er auf den Hof zu. Die Hufe seines Pferdes trommelten auf die feste, trockene Erde. Staub wirbelte auf. Er setzte mit seinem Tier über den Zaun vor dem Haus.

Für einen Augenblick schien die Zeit still zu stehen.

Der Prinz sah zu ihr herauf. Er war bekleidet mit einem edlen Gewand und trug ein reich verziertes Barett auf dem Kopf.

Erschrocken öffnete sie die Augen, drehte sich vom Fenster weg und drückte sich mit dem Rücken an die Wand. Das Herz schlug ihr bis zum Hals und sie atmete tief durch.

Die Mittagssonne flirrte in der Luft.

Der Abend beendete seine Erzählung und während er die ehrwürdige Standuhr ansah, errötete sie unter seinem Blick und senkte beschämt ihre Augen.

„Mein Herr, nun lassen sie mich mit Hoffnung im Herzen zurück, dass ja doch nicht alle Menschenschicksale schlecht enden. Ich habe mich über die Farben der Blumen gefreut, auch wenn ich selbst keine zu sehen bekomme."

Doch jetzt musste sich der Abend seiner heutigen Aufgabe widmen. Er seufzte in Gedanken, aber es galt, den Schein zu wahren. Er lächelte der ehrwürdigen Standuhr noch einmal zu, dann stand er auf und deutete eine Verbeugung an.
„Meine Dame, ich muss sie leider verlassen, die Pflicht ruft. Aber ich werde sie wieder einmal besuchen und ihnen neue Geschichten mitbringen." *Und einen Strauß frischer Blumen!*, fügte er in Gedanken hinzu.
Der Abend berührte kurz das Holz der Standuhr und verließ den Raum. Es wurde Zeit für ihn. Er machte sich auf den Weg zu Madame Ophelia.
Der Flur zum großen Saal war mit Seetang bewachsen. Die Algen flüsterten ihm böse Dinge zu und er beschleunigte seine Schritte, dabei versuchte er, sein Unbehagen abzuschütteln.
Seht ihn nur an, den feinen Herrn. Er meint, etwas Besseres zu sein. Dabei sind wir die Fürsten dieser Welt. Alles gehört uns, die Böden, Wände und Decken. Wir tun mit ihnen, was uns gefällt, und keiner kann uns daran hindern.
Der Seetang lachte hämisch und streckte seine Wedel nach dem Abend aus, der inzwischen um sein Leben rannte und endlich den Eingang zum großen Saal erreicht hatte. Wie ein Ertrinkender fasste er nach der Klinke und öffnete mit letzter Kraft die Tür, die er schnell wieder hinter sich zuzog. Atemlos lehnte er sich an die Wand, doch als der Abend sah, dass alle im Saal die Arbeit unterbrochen hatten und ihn anstarrten,

streckte er sich und ging mit einem Lächeln auf Madame Ophelia zu, um einen Kuss auf ihre Hand zu hauchen.

„Meine Dame, ich stehe völlig zu ihrer Verfügung."

„Sie haben sich Zeit gelassen, lieber Herr Abend."

Er überhörte den leisen Vorwurf in ihrer Stimme und sah sich um. Bei dem Anblick des Seetangs, der hier zusammen mit der Feuchtigkeit ein Quartier bezogen hatte, zog der Abend missbilligend eine Augenbraue nach oben.

Er ging weiter zu dem großen Tisch in der Mitte, dessen Platte aus feinstem Marmor bestand und mit kunstvollen Intarsien verziert war. Die Stühle waren aus Nussholz geschnitzt und die Armstützen am Ende mit kleinen, goldenen Tigerköpfen verziert. Die Kreaturen wünschten sich nichts mehr, als dass sie die Kraft dieses Tieres besitzen und seine Macht spüren könnten.

Madame Ophelia hingegen wurde von einer undefinierbaren Unruhe getrieben. Wie jedes Jahr zweifelte sie daran, dass bis zum Fest auch alles nach ihren Wünschen vorbereitet werden konnte. Weshalb nur tat sie sich das an? Es wurde von Mal zu Mal anstrengender für sie. Madame Ophelia fühlte sich erschöpft.

Der Herr Abend hatte gut reden! Er brauchte nur einfach einzutreten und konnte sich nach ein paar Stunden wieder verabschieden, aber an ihr blieb die ganze Arbeit hängen. Madame Ophelia tat so, als würde sie die ganze Mühe für die anderen Kreaturen auf sich nehmen, doch der wahre Beweggrund für ihr Handeln war einzig und allein ihre eigene Person.

Denn dieser Abend war ihr großer Auftritt. Alle Augen würden sich auf sie richten und Madame Ophelia konnte sich für ein paar Stunden wie eine wahre Königin fühlen.

Sie wusste sehr wohl, dass ihr die Wertschätzung an diesem Abend wegen des bevorstehenden Festessens entgegen gebracht wurde und sie für den Rest des Jahres wieder der Strudel des Vergessens umfangen und an einen dunklen Platz ziehen würde.

Madame Ophelia machte einen letzten Rundgang durch den Festsaal und überzeugte sich davon, dass alles rechtzeitig fertig werden würde.

Nun konnte sie sich um ihre eigene Erscheinung kümmern.

„Schischa!"

Madame Ophelia liebte Schischa. Durch sie war Madame Ophelia in der Achtung der anderen Kreaturen sogar etwas gestiegen, was Madame Ophelia sehr verwunderte. Denn Schischa war nur ein Mensch, wenn auch mit einer besonderen Ausstrahlung. Schischa hatte sich in aller Armseligkeit ihres Lebens die Würde bewahrt, und obwohl an diesem dunklen, feuchten Ort keine Änderung der äußeren Umstände möglich schien, behielt Schischa Hoffnung im Herzen.

Seit Madame Ophelia sich mit Schischa umgab, wurde ihr Leben von etwas Neuem berührt. Manchmal träumte sie von blühenden Wiesen. Dann ging sie über diese Teppiche an Schönheit, die sich vor ihr ausbreiteten. Kostbarkeiten, gewebt aus orangefarbenen Mohnblumen, deren Farbenpracht sich mit der blauer Kornblumen mischte.

In diesen Momenten fühlte Madame Ophelia sich über alles erhaben. Dann schritt sie weit aus und der Rock ihres Kleides schwang hin und her.

Die Großzügigkeit ihrer Bewegungen war wie weggewischt, als

120

sie rasch den mit Seetang bewachsenen Flur durchquerte und sich der Tür näherte, die in ihr ganz persönliches Reich führte. Es bestand aus einem einzigen Zimmer. Den größten Teil des Raumes nahm das Bett ein. An der Wand drängten sich noch ein Tisch, Spiegel, Stuhl und ein Kleiderschrank, dessen Türen traurig in den Scharnieren hingen.

Über Schischas Arm hing Madame Ophelia einziges Kleid. Es war frisch gereinigt und erwartete ungeduldig seinen großen Auftritt. Schischa begrüßte Madame Ophelia und betrat nach ihr das Zimmer. Der stickige Raum nahm ihr den Atem.

Sie konnte sich noch an ein anderes Leben erinnern, in dem sie an einem Sommermorgen ein Fenster öffnete, die frische Luft herein strömte und sie wie wogendes Wasser umgab. Vor dem Haus stand ein Apfelbaum mit reifen, rotbackigen Früchten, die jedem verlockend zublinzelten und dazu verführten sie zu pflücken, und die kunstvollen Triller der Vögel schlangen sich umeinander.

Aber davon existierte nichts mehr.

Schischa legte das Kleid auf dem Bett ab und verneigte sich vor Madame Ophelia.

„Sie sehen bereits jetzt aus wie eine Königin."

Ihre Worte ließen die Anspannung von Madame Ophelia weichen.

„Ich habe Ihr Kleid frisch reinigen lassen."

Schischas Worte hüllten sie wie in ein weiches Vlies ein. Madame Ophelia umgab sich gern mit ihr, denn in ihrer Nähe musste sie sich selbst und anderen nichts beweisen und erlebte dadurch eine vorher nicht gekannte Freiheit.

Madame Ophelia nahm vor dem großen Spiegel Platz.

Üppige, goldene Ringe steckten armselig an ihren dicken Fingern. Das Mieder hatte sie so fest schnüren lassen, dass sie kaum noch atmen konnte. Aber es machte ihr nichts aus. Ganz im Gegenteil!

Vielleicht wurde sie ohnmächtig! Madame Ophelia hoffte sehr, dass sie dann von starken, wohlriechenden Männerarmen gehalten wurde. Hätte sie es nicht verdient? Nur einmal im Jahr. An diesem Abend. Das war doch nun wirklich nicht zu viel verlangt. Sie setzte ein hochmütiges Gesicht auf und blickte prüfend in den Spiegel, den Schischa zuvor von der dicken Staubschicht befreit hatte.

Sie hatte schon einmal besser ausgesehen! Madame Ophelia drückte mit ihren fleischigen Daumen gegen die Wangen und fuhr sich über den Mund. Das Ergebnis ernüchterte sie. Die Haut spannte sich über schlaffes, welkes Fleisch. Auf ein Wunder durfte sie nicht hoffen, es war einfach aussichtslos.

Madame Ophelias Blick ruhte auf Schischa, die hinter ihr stand und sich die widerspenstigen Haare besah, die das gleiche Wesen besaßen wie ihre Trägerin. Zuerst wusch Schischa die Haare und drückte mit den Händen das Wasser heraus, teilte einzelne Strähnen ab und steckte sie am Oberkopf fest, um dann eine nach der anderen auf dicke Bürsten zu drehen.

Sie staunte über sich! Woher wusste sie das alles?

Schischa zuckte mit den Schultern.

Sie wartete, bis die Haare etwas trocken geworden waren und wickelte sie vorsichtig wieder herunter.

Würde es Madame Ophelia gefallen?

Gebannt hingen Schischas Augen an ihrem Gesicht, aber sie konnte keine Regung erkennen.

Madame Ophelias schneidende Stimme umgab Schischa.

„Du müsstest doch am besten wissen, wie es mir gefällt! Fang noch einmal von vorne an."

Ihr Hochmut vibrierte in der Luft.

Madame Ophelia begann die Ringe an den Fingern zu drehen. Das tat sie immer, wenn sie aufgeregt war. Schischa zog in sachten Bewegungen die Bürste durch das Haar. Sie ließ sich nicht aus der Ruhe bringen, denn sie wusste aus Erfahrung, dass Gleichmäßigkeit am ehesten die Unruhe ausglich. Sie hoffte für die Ringe, dass Madame Ophelia ihre Nervosität bald bezwang, denn es war den Rubin-, Smaragd- und Diamantgesichtern anzusehen, wie schlecht ihnen die Drehungen um Madame Ophelias Finger bekamen. Blass und verstört hingen sie in ihren goldenen Fassungen.

Dieses Mal rollte Schischa das Haar auf Wickler und ließ es trocknen. Schließlich lag es in großen, weichen Locken um Madame Ophelias Kopf und ein sanfter Schimmer verzierte jede einzelne Strähne.

Dabei war Schischa mit ihren Gedanken immerzu bei Echtno und der Eishöhle. Sie spürte die drohende Gefahr, denn Schischa kannte den Durchgang an die Oberfläche und wusste, dass der Weg in die Eishöhle mit ihm verbunden war.

Sie ordnete Madame Ophelias Frisur.

Echtno nahm einen immer größeren Platz in Schischas Herzen ein. Nachts im Traum saß sie mit ihm auf einem weißen Pferd und sie trabten über verzauberte Wiesen, wo die Blumen groß waren wie Bäume, die Blüten wie Wäschekörbe und die Schmetterlinge wie Adler. Dann sah Schischa sich staunend um und lehnte sich an Echtno. Er schenkte ihr eine Geborgenheit, nach der sie bisher vergeblich gesucht hatte.

Selbst die Tatsache, dass sie hier bei den Kreaturen leben musste, erschien ihr im Glanz der Liebe nicht mehr ganz so schwer zu sein.

„Wird auch alles rechtzeitig bis zum Fest fertig werden?"

„Aber natürlich. Sie können sich darauf verlassen."

Schischa stellte den Behälter mit den Wicklern beiseite und hielt je eine glänzende Locke links und rechts neben Madame Ophelias Gesicht.

Angestrengt blickte Madame Ophelia in den Spiegel und besah sich ganz genau. Sie verengte die Augen zu einem Spalt und kümmerte sich nicht um die Rubin-, Smaragd- und Diamantgesichter. Hemmungslos drehte sie die breiten Goldringe an ihren Fingern.

Sie sagte nichts, aber Schischa konnte sehen, was sie dachte: *Bravo!*

Als Schischa Madame Ophelia beim Anziehen half, schwang hinter ihnen ächzend die Tür des Kleiderschranks auf. Erschrocken drehte Schischa sich um und erstickte mit der Hand einen Aufschrei. Der Schrank war plötzlich angefüllt mit Ballkleidern aus Seide. Im oberen Fach lagen feine Handschuhe direkt neben den Taschen. Die Schuhe in dem Fach darunter waren farblich auf die Gewänder abgestimmt.

Madame Ophelia stand auf und drehte sich vor dem Spiegel hin und her. Sie betrachtete sich sehr aufmerksam. *Ausgezeichnet!*

Schischa hatte wieder ein Meisterwerk vollbracht.

Diese machte sich nun eilends auf den Weg in die große Küche.

Während sie an dem Seetang vorbei ging, kam ihr ein Märchen aus fernen Kindertagen in den Sinn. Es hieß *Dornröschen* und handelte von einer Prinzessin, die durch einen Fluch in einen immerwährenden Schlaf versetzt wurde. Im ganzen Schloss bewegte sich nichts mehr.

Im Märchen überzog eine Dornenhecke das königliche Gemäuer, hier unten wurde alles vom Seetang bedeckt und das Leben fiel langsam wie in einen Schlaf. Nur die Kreatur blieb zurück.

Das war einer der Punkte, an den Schischa sich niemals gewöhnen würde. Denn tief in ihrem Herzen lag eine beständige Sehnsucht nach sonnigen Tagen, blauem Himmel und dem Gesang der Vögel. Sie sah farbenprächtige Gärten mit üppig gewachsenen Blumen und lebenden Schmuckstücken. Pfaue stellten ihre Federn auf, deren Farben in einem Meer geschmolzener Pigmente auf die neben ihnen stehenden Pflanzen flossen.

In Schischa vereinigte sich die Phantasie mit der verborgenen Sehnsucht des Herzens und vor ihren staunenden Augen gingen diese Bilder auf den Flur über. Sie berührte den Seetang, der sich in eine weiche und duftende Blütenwand verwandelt hatte.

Da erinnerte Schischa sich an eine abgedunkelte Loge. Sie blickte hinunter in den Orchestergraben, der Vorhang öffnete sich langsam und gab den Blick frei auf tragische Momente. Die Abgründe alles Menschlichen lagen offen vor ihr und die Musik riss sie mit sich in eine märchenhafte Welt.

Der Flur nahm inzwischen die Gestalt eines Schlossgartens an. Schischas Weg führte durch Rosenbögen, eine aufregende Süße umgab ihre Sinne und wollte sie in eine farbenfrohe Welt tragen.

Doch der Seetang verschluckte das Rot, Gelb und Weiß der Rosenblüten, das Grün der Bäume im Park und das Blau des Himmels.

Zurück blieb die Kühle, die von den bewachsenen Wänden des Flures ausging.

Ein klirrendes Gelächter schlug Schischa entgegen.

Sie beschleunigte ihre Schritte.

Siehst du, wie das Mädchen versucht, vor uns zu fliehen? Aber sie wird uns nicht entkommen.

Niemand kann sich hier in Sicherheit bringen, sondern wird für alle Zeiten festgehalten.

Arrogant nickten sich die Wedel des Seetangs zu und schlugen übermütig an die Wand.

Keiner hat die Macht, uns von hier zu vertreiben.

Du sagst es! Hier sind wir und hier bleiben wir, bis an das Ende aller Tage.

Ein Schauer lief Schischa über den Rücken und sie betrat hastig die Küche. Während die Tür mit einem lauten Donner hinter ihr ins Schloss fiel, schlossen die Worte sie wie ein Kettenhemd ein: *Bis an das Ende aller Tage.*

Mit Gewalt zerriss sie dieses Kleidungsstück. Sie hatte jetzt Wichtigeres zu tun, als auf das Gewäsch von jemanden zu hören, der morgen vielleicht schon vertrocknet war.

Sie musste auch den Gedanken an Echtno und die Eishöhle verscheuchen.

Das war nicht einfach, denn der kleine Geselle versuchte mit aller Kraft, an ihr fest zu halten, zappelte mit Armen und Beinen und sprang um sie herum. Er verstellte ihr jeden Ausweg, denn wohin sie sich auch drehte, stand er immer schon vor ihr und ließ ihr keine andere Wahl. Sie musste sich mit ihm auseinander setzen.

„Jetzt bleib doch bitte einmal stehen und höre mir zu."

Er sprang noch einmal hoch in die Luft und fiel mit einer eleganten Drehung wieder zu Boden, wo er atemlos liegen blieb.

„Also gut, was hast du mir zu sagen?"

Der kleine Gedanke war ein frecher Kerl, der sie jetzt erwartungsvoll anblickte. Schischa hob ihn hoch und hielt ihn in den Armen wie eine Mutter ihr Kind.

„Mein lieber, kleiner Gedanke, sieh mal, du musst mich jetzt in Ruhe lassen, denn ich habe doch hier in der Küche zu arbeiten und dabei bist du mir einfach im Weg. Aber später, wenn alles erledigt ist, kannst du gerne wieder bei mir sein."

Der kleine Gedanke zögerte. Er musste erst darüber nachdenken. Aber wieso eigentlich nicht? Das Zappeln und Umherspringen hatten ihn ohnehin müde gemacht. Er würde sich jetzt zurück ziehen und ausruhen, um neue Kraft zu sammeln und auf Schischa zu warten, bis sie sich wieder mit ihm beschäftigen konnte.

„Also gut, wenn es sich wirklich nicht vermeiden lässt, dann lasse ich dich jetzt in Ruhe. Aber später musst Du wieder an mich denken."

„Ich komme zu dir, sobald ich hier fertig bin. Versprochen!"

Sie stellte ihn vor sich ab und kaum, dass sie ihn losgelassen hatte, war er auch schon verschwunden.

Energisch strich sich Schischa das Haar aus dem Gesicht und drehte sich zum Küchenschrank, auf dem der verbeulte Schöpflöffel, ein abgebrochener Kochlöffel, der alte

Gemüsehobel und das Reibeisen lagen. Während sie die Gegenstände kopfschüttelnd in die Schublade zurück legte, überzog ein Schmunzeln das schwere Möbel.

Kischa und die anderen Helden waren hier und haben sich ihre Waffen entliehen.

Schischa lächelte zurück und ihre Hände liebkosten das alte Holz.

Es ist also schon wieder so weit, mein Kind?

Der alte Schrank ließ seine Türen aufspringen.

Hab keine Angst! Heute Abend wird Dir alles, was Du brauchst, zur Verfügung stehen und die Kraft alle Dinge bewegen.

Die Schürze glitt vom Haken herunter und schüttelte den Staub von sich ab. Das Kleidungsstück schmiegte sich an Schischa und die Haltebänder verknoteten sich hinter ihrem Rücken. Sie strich den Stoff glatt und schon sprang auch das Häubchen auf ihren Kopf, nachdem es sich vor Vergnügen mit Pirouetten in ihre Richtung gedreht hatte.

Als nächstes öffnete sich das wuchtige Ofenloch und ein Holzscheit nach dem anderen hüpfte hinein. Der gewichtige Herr Anzünder flanierte über den Rand des Weidenkorbes und vergewisserte sich, dass jeder ihn gesehen hatte, bevor er mit einer eleganten Bewegung nach oben schnellte, um sich mit einer letzten Drehung auf die Scheite fallen zu lassen und das trockene Holz zu entzünden, das gleich darauf prasselte und knisterte. Zufrieden schloss sich das Schürloch.

Jetzt folgte die Parade der Töpfe und Pfannen. Sie sprangen auf den Tisch, marschierten im Gleichschritt über die polierte Oberfläche und nahmen anschließend auf der Herdplatte Platz.

Als nächstes hopsten die Schüsseln aus den Regalen und der

große Bratentopf, der noch im kleinen Eichenschrank eingesperrt war, schob sich heftig gegen die verriegelte Tür, so dass die Scharniere quietschten und das Schloss klapperte. Als Schischa das Schränkchen öffnete, schwebte er stolz auf den Küchentisch nieder und gleich einer Verbeugung legte er elegant seinen Deckel neben sich ab und lächelte ihr zu.

Auch die Gewürzdosen richteten sehnsüchtige Blicke auf Schischa. Wann könnten sie endlich das tun, wozu sie gemacht waren? Schischas prüfender Blick ruhte auf ihren kleinen und großen Helfern, die allesamt begierig darauf warteten, dass es losging.

Endlich dirigierte Schischa mit einer Handbewegung die Rinderknochen in den Suppentopf, der sich bereits mit Wasser gefüllt hatte. Auch Karotten, Kohlrabi und Zwiebeln sprangen mit einem Juchzen hinein und köchelten leise vor sich hin. Zum Schluss rieselte der geriebene Muskat in den Topf und die bunten Pfefferkörner fielen in das Wasser. Dann floss alles durch ein feines Sieb und zurück blieb die feinste Rinderbrühe.

Schischa ging noch einmal die Speisenfolge durch. Zuerst würde es ein Karotten-Champagner-Süppchen geben, gefolgt von einem Braten mit verschiedenen Soßen und Beilagen, abschließend ein Dessert und einen Kuchen.

Sie hatte keine Arbeit damit, den Tisch einzudecken und die Wärmebehälter bereit zu stellen, denn all das geschah wie von selbst.

Schischa musste weder den Ablauf des Banketts kennen noch wissen, wann das Dessert serviert werden sollte, ob eine Pause zwischen den einzelnen Gängen vorgesehen war, die passenden Weine zum Essen angeboten wurden oder die

Menükarten auf den Gedecken lagen.

Auch die Schublade des kleinen Eichenschrankes schob sich heraus und die weißen Tischdecken, gefolgt von den Tellern, Gläsern und Bestecken, schwebten durch die Küchentür in den Festsaal und ließen sich auf dem großen, mit Intarsien verzierten Tisch nieder. Dann gesellten sich noch die Kerzenleuchter dazu.

Inzwischen schob sich der Bräter auf die Herdplatte und der große Rinderbraten rutschte hinein. Das Öl zischte und überzog die Umgebung mit feinen Spritzern. Die Zwiebeln schüttelten sich, um ihre Schalen los zu werden, sich dem Stück Fleisch hinzugeben und auf ihm zu tanzen. Der Lauch kullerte um den Sellerie herum und sie erwarteten gemeinsam die Röstaromen. Dann wurde Tomatenmark zugefügt und Rotwein angegossen, dessen blumiges Aroma das Fleisch begleitete, bis es weich und saftig war.

Schischa streckte sich.

Nun musste noch das Dessert zubereitet werden. Fröhlich sprangen die Zutaten um sie herum. Die Zartbitterschokolade zerschmolz in einem kleinen Topf, die Eier trennten sich und das Eigelb wurde im Wasserbad aufgeschlagen. Die geschmolzene Schokolade mischte sich mit der schaumigen Eigelbmasse und der Topf rutschte von der heißen Feuerstelle an den Rand, so dass die Masse abkühlen konnte.

Jetzt sprang der Schneebesen vor Freude hoch in die Luft. Gleich war es soweit. Er würde in der Sahne versinken können; in dieser cremigen Süße, die immer fester wurde, je mehr er darin herum tanzte. Der Sahnebecher schüttelte sich und wackelte mit den Schultern, um dann genüsslich seinen Deckel abzuheben und sich in die bereits ungeduldig auf und ab hüpfende Dessertschüssel zu entleeren. Die Zuckertüte tat es ihm gleich und ließ ihren Inhalt in das Gefäß rieseln.

Die geschlagene Sahne und der Eischnee freuten sich auf ihren großen Auftritt. Sie vermischten sich mit der verführerischen Creme und gaben dem Dessert damit die gewünschte Luftigkeit. Auch ein Guglhupf wurde gebacken. Was für ein lustiger Name! Die Eier in der Schachtel wackelten vor Vergnügen. Wenn doch nur jemand den Deckel abnehmen würde, damit sie sehen könnten, was um sie herum geschah. Da öffnete sich der Karton und die Eier sahen die glänzende Schüssel aus Edelstahl. Vor Entzücken sprangen sie in die Luft, ließen sich auf den silbern schimmernden Rand fallen und die Eidotter mit dem Eiweiß sanken in den großen, glänzenden Tiegel.

Der Abfalleimer stand bereit und sprang hin und her, damit er jede Eierschale auffangen konnte.

Der Schneebesen wartete bereits ungeduldig auf seine neue Aufgabe. Er liebte es, wie die Eigelbe dicht gedrängt vor ihm lagen. Es war verständlich, das sie Angst hatten. Ein leichtes Beben zog über die golden schimmernden Oberflächen. Er tauchte ein und begann sein Werk.

Nachdem der Schneebesen sich wieder aus der schaumig geschlagenen Masse erhoben hatte, schwebte die Tüte mit dem Puderzucker hoch über ihm und beugte sich mit einem Lächeln nach vorne. Hingebungsvoll stürzte sich die feine Süße hinab in das Sieb, das ihr entgegen blickte.

Staunend sah Schischa die Leidenschaft der Dinge.

Jetzt versanken Öl und Eierlikör langsam in der Masse und wurden liebevoll miteinander verrührt, dann das mit Backpulver vermischte Mehl darüber gesiebt und untergehoben.

Die Kuchenform zitterte vor Freude, als der fertige Teig eingefüllt wurde. Sie kicherte etwas, denn sie war sehr kitzelig. Nachdem der Kuchen fertig gebacken war, öffnete sich die Röhre und die Kuchenform erhob sich schnaufend in die Luft. Sie sank schwer atmend kopfüber auf die Tischplatte, wo der Guglhupf auf einem mit feiner Spitze ausgelegtem Tablett Platz nahm.

Schischa atmete den feinen Duft ein.

Die anmutige Gestalt war ihm ganz nahe.

Er hatte ihre Augen vor sich, von denen er schon immer geträumt hatte.

Das Wassermädchen legte ihre Hände an seine Brust. Wie zärtlich sie war! Er atmete tief ein. Die Süße der Berührungen berauschte ihn.

Das strahlende Gesicht war ihm jetzt ganz nahe und er versuchte, es zu berühren. Aber als er einen Schritt darauf zu machte, kehrte das Wassermädchen in sein Element zurück. Echtno legte seine nasse Hand an die Lippen.

Warum konnte er sich nicht beherrschen?

Sie wäre noch bei ihm!

Nun sah er sich neugierig um. Sein Blick fiel auf die Zeugen der Geschichte. Sie waren eine Warnung für jeden, auf sein Leben zu achten und die Konsequenzen seines Handelns zu bedenken. Je länger er sie ansah, desto größer schienen sie zu werden.

Er folgte dem Weg, der ihn nun in den größten Raum der Höhle führte. Er blieb stehen. Täuschte er sich? Wie von weit her drangen Harfenklänge an seine Ohren, sickerten durch seine Kleidung und streiften über seinen Körper. Er stand ganz still und wagte kaum zu atmen. Echtno wollte nicht noch einmal durch seine Leichtfertigkeit etwas so Besonderes aufs Spiel setzen.

Konnte nicht auch das Leben so sein?

Während Echtno sich weiter diesem Genuss hingab, betrachtete er die tropfenden Eisfalten. Es bildeten sich unter ihnen neue Vorhänge, die eine Harmonie in sich trugen, die er bisher nur ansatzweise in besonderen Augenblicken gefunden hatte.

Wie fremdartig diese Welt hier war!

Plötzlich verstummte die Harfe und statt ihrer beschlich Echtno ein bedrohliches Gefühl. Er zuckte zusammen.

Schatten umgaben ihn.

Er hörte sie miteinander flüstern.

Sieh nur, wie stark er ist.

Wir könnten ihn erschrecken, was meinst Du?

Das Raunen der Stimmen hatte aufgehört. Jetzt erkannte Echtno Schemen an der Wand. Manche flackerten im Kerzenlicht, andere waren langgezogene Geister. Auch die Musik war verklungen. Eine absolute Stille umgab ihn. Vielleicht war es gar kein Flüstern, das er gehört hatte, sondern nur das Perlen des Wassers.

Er betrachtete noch einmal alles in Ruhe. Die schimmernden Vorhänge, die glitzernden Eiskristalle und die mahnenden Wächter. Dann kam ihm Schischa in den Sinn und er wusste plötzlich, das alles gut werden würde.

Echtno machte sich auf den Rückweg. Da rief ihm der Klang der Posaunen zu: *Bleib bei uns! Nur hier können wir Dich schützen!* Aber er hörte nicht auf die Warnungen, sondern atmete noch einmal tief den Frieden ein, als wolle er die Luft für den Rest seines Lebens anhalten.

Da leuchteten die Kerzen hell auf und zeigten ihm noch einmal die Schönheit der Höhle. Ihr warmes Licht begleitete ihn bis zum Ausgang.

Echtno zwängte sich durch den schmalen Spalt und lehnte sich erschöpft an die bewachsene Wand.

Wenn er nun gestürzt wäre! Niemand hätte gewusst wo er war, und ob man überhaupt nach ihm gesucht hätte, wäre fraglich.

Er sah sich über das Eis schlittern. Geradewegs auf den Abgrund zu! Er rutschte immer schneller und sein langgezogener Schrei verhallte ungehört. Das Eis schien ihn hämisch anzulachen und das Flüstern kam zurück.

Das hat er jetzt davon! Wer nicht hören will, muss fühlen.
Wieso musste er auch hierher kommen?
Jetzt sieht er, wie weit es ihn gebracht hat.

Echtno hielt sich am Seetang fest und atmete tief durch. Auch Schischa hatte hier gestanden.

Dann drehte er sich um und ging, wie es seine Art war, sehr aufrecht den Flur entlang. Aber etwas Entscheidendes nahm er mit.

Echtno hatte ein demütiges Herz bekommen.

Nachdem Schischa die Arbeit in der Küche beendet hatte, das Holzfeuer zufrieden im Ofen lächelte und das Essen in den Töpfen und Schüsseln darauf wartete, serviert zu werden, fand sie im Festsaal ein hektisches Treiben vor. Die verschiedensten Gestalten drehten sich um sie herum und vermischten sich zu einem bunten Schal, der sich immer enger um sie legte.

Während sich eine Lage nach der anderen um sie wickelte, tauchte vor ihr auf dem großen Platz der Stadt ein kleiner Weihnachtsmarkt auf.

Sie ging durch die Allee mit den schwarzen Ästen an den Bäumen, die ihre Kurven in den grauen Himmel malten, und erreichte bald die erste Gasse mit den Marktbuden. Die Menschen waren versunken in der Betrachtung der ausgestellten Gegenstände und die Händler machten mit viel Geschrei auf sich aufmerksam.

Engelsfiguren wurden zum Kauf angeboten, Kinder erhielten vom Christkind kleine Geschenke, eine Krippe mit lebenden Schafen, Eseln und Ziegen war aufgebaut, von der Bühne erklang weihnachtliche Musik und der große, festlich beleuchtete Weihnachtsbaum strahlte in die früh einsetzende Dunkelheit.

Die Kinder zogen ihre Eltern zu den ausgestellten Spielwaren und bestaunten die geschnitzten Pferde, die sie aus Augen ansahen, als wären sie lebendig und würden nur darauf warten, aus ihrer Starre befreit zu werden.

Der kleine Tim hüpfte von einem Bein auf das andere und zeigte aufgeregt auf einen Herrn aus Holz, der gelangweilt unter seinem Cowboy-Hut hervor blickte.

„Mama, Mama, den möchte ich haben, bitte, bitte."

Seine Mutter betrachtete ebenfalls die geschnitzten Figuren, als sich plötzlich der Stand vor ihr öffnete. Sie blickte geradewegs auf ein fahrendes Karussell mit Holzpferden. Als sie darauf zuging, hielt es seine Fahrt an. Die meisten Plätze waren besetzt, aber eines der Pferde schien auf sie zu warten. Wie hypnotisiert ging sie immer weiter und griff schließlich nach dem Sattelknauf. Als sie sich auf das kräftige Tier schwang, bäumte es sich auf, sprang mit einem Wiehern vom Karussell herunter und trabte durch die Menge. Es blähte die Nüstern und schnaubte vor Entzücken, endlich den Markt hinter sich lassen zu können, galoppierte durch das Stadttor und näherte sich dem nahen, dicht bewachsenen Wald.

Die Bilder verschwanden. Die Marktbude schloss sich und sie war wieder bei ihrem Sohn, der immer noch ihren Ärmel schüttelte. Die Frau stand aufrechter und stolzer da als vorher. Sie wandte sich liebevoll an Tim:

„Natürlich kaufe ich Dir die Cowboy-Figur."

Und während er vor Freude auf und ab hüpfte, zog sie den Geldbeutel aus ihrer Tasche, um das Spielzeug zu bezahlen.

Da wurde Tims Blick von dunklen Augen angezogen und er bat seine Mutter, ihm doch lieber das rostbraun schimmernde Pferd zu kaufen.

„Aber Tim, weshalb willst Du jetzt das Pferd haben und nicht mehr den Cowboy?"

Tim sagte, dass er das Pferd erst nicht gesehen hatte. Dabei zog er an ihrem Jackenärmel, als wollte er ihn ausreißen. Als seinem Wunsch nicht entsprochen wurde, verlegte er sich aufs Schmollen und schaute sie mit seinen großen, braunen Augen an. Sie drückte ihn an sich und strich ihm über den Kopf.

Die Frau wusste, wie sehr ihr Sohn sich das Holzpferd wünschte und es schien auch ein besonderes Spielzeug zu sein. Es sah aus, als würde es nur darauf warten, losgebunden zu werden und sie konnte sich vorstellen, wie es vor Freude über seine Freiheit mit weit ausholenden Sprüngen durch einen dicht bewachsenen Wald galoppierte.

Als wäre es ein verzaubertes Wesen.

Natürlich hatte es mit Magie zu tun, wie sonst könnte sie all das sehen?

Sie seufzte.

Während sie noch hin und her überlegte, ließ der kleine Tim ihren Ärmel los, schwang sich auf den Rücken des rostbraun schimmernden Pferdes und galoppierte mit ihm davon. Er entfernte sich von seiner Mutter und dem Weihnachtsmarkt und wurde zu dem Prinzen aus seinem Lieblingsmärchen *Dornröschen*.

Tim trabte durch den nahen Wald und als sich die dicht stehenden Bäume vor ihm lichteten, sah er das Schloss vor sich. Er ritt darauf zu und ließ seinem Pferd die Zügel lang. Es besah sich alles genau und schritt vorsichtig über die alten Bretter der Hängebrücke in den Schlosshof. In dem Gemäuer schienen sich nur Geister aufzuhalten, die ab und zu über die freie Fläche zwischen den Mauern hinweg fegten.

Oder war es der Wind?

Als Tim erkannte, dass er zu spät kam und sein Märchen bereits vor langer Zeit geendet hatte, wurde er sehr traurig. Er stieg ab und strich seinem Ross über den Kopf, das die warme Nase gegen seine Brust drückte. Der Prinz tätschelte ihm den Hals und band es an einen der Pfosten.

Dabei konnte er spüren, dass jeder seiner Schritte beobachtet wurde.

Nur von wem?

Oder von was?

Tim ging durch den Hof zur Treppe, die in den Vorraum des Schlosses führte. Er blieb stehen und berührte sein Schwert.

„Los, zeig dich! Ich weiß, dass du mich beobachtest und jeden meiner Schritte siehst, aber dich selbst versteckst du. Komm nur heraus, wenn du den Mut dazu hast!"

Tim überblickte den ganzen offenen Platz, der von den Burgmauern eingegrenzt wurde. Er beobachtete die Stallungen, deren Türen offenstanden und vom Wind hin und her geworfen wurden, aber nichts weiter geschah. Der Luftzug flaute ab und zurück blieb ein hämisches Lachen.

Er zog sein Schwert.

Da kitzelte ihn eine Schneeflocke im Gesicht und als er sie mit der Hand weg wischte, war er wieder das Kind auf dem Weihnachtsmarkt und bestaunte das schöne Holzpferd. Seine Mutter zögerte immer noch, ob sie ihrem Sohn nun das Pferd kaufen oder besser die Münzen dafür sparen sollte, denn es fielen ihr immer mehr Sachen ein, für die sie in nächster Zeit Geld aufwenden musste.

Schischa schwankte.

Die Farben der Lagen vermischten sich mit dem dumpfen Braun des Seetangs und nahmen ihr den Atem. Wie eine Ertrinkende rang sie nach Luft und riss sich mit einem Schrei den Schal vom Leib.

Der Seetang breitete sich in diesen Stunden mit einer Kraft aus, die Schischa Angst machte. Er erschien wie ein Ungeheuer aus einer lange vergangenen Zeit, das seinen Kopf auf dem langen Hals hin und her warf und erschütternde Schreie ausstieß, bis er endlich aus dem Saal hinausgedrängt war und die Türen sich hinter ihm schlossen.

Der Raum glänzte nun derart, als würde er einen König erwarten.

Und draußen vor der Tür schrie das Monster aus vergangenen Zeiten, dem für diesen Abend seine Macht entzogen war. Kleine Stücke des Seetangs waren noch über den Boden verstreut und gaben Zeugnis von einem verzweifelten Kampf, bis sie schließlich in Eimer geschaufelt und weggetragen wurden.

Schischa war am Ende ihrer Kraft angelangt. Mit schwankenden Schritten trug sie die bis zum Rand gefüllten Behälter hinaus in den feuchten Flur, wo die abgeschnittenen Stücke wieder lebendig wurden, aus den Eimern heraus sprangen und sich mit den Teilen verbanden, die ihnen entgegen ragten. Die Wedel veranstalteten einen Freudentanz, schlangen sich umeinander und feierten ihre Erweckung.

Schischa ging zurück und stand wie das vermeintlich einzig lebende Wesen im Festsaal.

Aber sie konnte spüren, wie die Gegenstände ihre Verzweiflung heraus schrien.

Langsam ging sie um den Tisch herum und strich mit den Fingern zärtlich über die Stuhllehnen. Sie empfand die Hilflosigkeit der stummen Dinge. Schischa blieb stehen und sah sich noch einmal reihum die traurigen Gesichter an. Wenn sie doch nur deren Leid verwandeln könnte!

Durch eine Nebentür verließ Schischa den Saal.

Es war höchste Zeit zu gehen. Sie konnte bereits die hastigen Schritte der Kreaturen hören. Allen voran kämpfte sich Lord Winston durch die Menge, der nach Parmaschinken mit Honigmelone, in feinstem Olivenöl mariniertem Gemüse, einem Karotten-Champagner-Süppchen, zartem Rinderbraten mit leckeren Semmelknödeln, dem knackigen Salat mit einem herrlichen Kräutersenf-Dressing und dem verführerischen Mousse au Chocolat auf einem leckeren Waldbeerenragout lechzte.

Er konnte sie schon alle zusammen auf dem Tisch stehen sehen, wie sie auf ihn warteten und beschleunigte seine Schritte in einem Maße, das man ihm auf Grund seiner Körperfülle niemals zugetraut hätte.

„Weg da, macht mir Platz!"

Lord Winston ging nicht zimperlich mit denen um, die ihm im Weg standen. Endlich hatte er die Tür zum Paradies erreicht. Aber als Lord Winston seine Hand nach dem Türgriff ausstreckte, schoben sich die anderen von hinten an ihn heran, so dass es ihm einfach nicht möglich war, die Tür zu öffnen. Arme drängten sich an ihm vorbei und drückten gegen den Widerstand.

Schließlich war der Druck auf die alte Dame zu groß, die Scharniere wurden abgesprengt und die Türflügel fielen nach innen. Dies geschah so überraschend, dass Lord Winston mit zu Boden gerissen wurde. Nachdem alle über ihn hinweg gepoltert waren, hob er seinen Kopf und schob seine Perücke zurecht, die über die Augen gerutscht war.

Das konnte doch wohl alles nicht wahr sein.

Lord Winston sprang auf und stieß einen wilden Schrei aus.

Zu seiner eigenen Überraschung wurde es völlig still.

Alle blieben stehen.

Na also! Warum nicht gleich?

Schnell bewegte er sich in Richtung des Tisches, denn er wusste, das schon in der nächsten Sekunde der Tumult weitergehen würde. Er war vollauf damit beschäftigt, seine Körperfülle vorwärts zu bewegen, den besten Platz am Tisch nicht aus den Augen zu lassen, die Perücke nach oben zu schieben und die zu schlagen oder zu schubsen, die an ihm vorbei wollten.

Es sollte wirklich niemand wagen, ja nicht einmal daran denken, ihn zu überholen! Seit er den Speisesaal betreten hatte, stieg ihm der gute Geruch des Essens in die Nase. Oh, er konnte es schon fühlen, wie es an seinem Gaumen kitzelte.

Schließlich hatte jede Kreatur einen Platz am Tisch gefunden. Das Besteck und die Gläser funkelten im milden Licht der Kronleuchter. Eine andächtige Stille kehrte ein. Mit Messer und Gabel in der Hand blickten die Kreaturen gemeinsam in Richtung der Küche.

Doch zuerst kündigte ein Trommelwirbel das Erscheinen von Madame Ophelia an. Die Stille steigerte sich. Alle blickten wie gebannt zu der geöffneten Tür, durch die sie den Saal betrat. Diesen einen Abend war sie das, was sie sich immer gewünscht hatte: Die Königin des unteren Reiches.

Nur einmal, in dieser einen Nacht, die Tatsachen vergessen können und außer acht lassen, dass sie eine Kreatur war. Dieses eine Mal im Jahr nicht daran denken müssen, dass sie in einem Universum der Dunkelheit lebte. Einmal im Jahr für eine kurze Zeit ihr modriges Leben ausblenden und ein paar Stunden lang von allen Beschränkungen frei sein können.

Madame Ophelia beeindruckte alle mit ihrem Auftreten. Sie nahm an der Stirnseite des Tisches Platz.

Jetzt richteten sich alle Augen wieder auf die Tür. Nur der bedauernswerte Sir Henry wurde von den neben ihm sitzenden Kreaturen derart in seinen Stuhl hinein gedrückt, dass ihm keine Möglichkeit blieb, diesem erniedrigenden Zustand zu entkommen. Sir Henry würde sogar um Hilfe rufen, aber er bekam kaum genug Luft zum Atmen.

Sah denn niemand seine Not?

Achtete keiner auf ihn?

Alles Rufen von Sir Henry würde ungehört verhallen, denn jeder wartete nur auf das Essen. Endlich war es so weit! Die Küchentür öffnete sich so weit, wie sie vermochte und die Tiegel mit den Schmorbraten, die Saucieren, die Brotkörbchen und Salatschüsseln schwebten herein und ließen sich stolz auf der blütenweißen Tischdecke nieder.

Sir Henry konnte erst aufatmen, als Madame Ophelia ihr Glas erhob und die Gäste aufstanden, um ihren Trinkspruch zu erwidern.

Jetzt nur rasch, bevor sie sich wieder hinsetzten; denn dann wäre es mit Sicherheit um ihn geschehen. Sir Henry nutzte die Gelegenheit, um unter dem Tisch zu verschwinden und in Richtung der Ausgangstür zu kriechen. Inzwischen musste das Essen in vollem Gange sein, denn er kam an abgenagten Knochen vorbei, die achtlos auf den Boden geworfen wurden. Einer traf ihn sogar mit einem dumpfen *Plopp* am Kopf. Sir Henry rieb sich die schmerzende Stelle und blickte nach oben, um den mit einem missbilligenden Blick zu strafen, der sich dermaßen verantwortungslos verhalten hatte. Aber die schwere Tischdecke verwehrte ihm den freien Blick auf die Gäste. Sir Henry tat gut daran, sich zu beeilen, denn ein neuer Gang wurde aufgetragen und haufenweise fielen die Knochen zu Boden, um genug Platz für das neu heran kommende Essen zu machen. Umgeben von unzähligen *Plopps* kroch er auf allen Vieren Richtung Ausgang.

War denn diese Tafel wirklich so lang?

Sir Henry wurde mehr und mehr von den Essensresten behindert. Er war schon fast am Ende seiner Kraft angelangt und immer noch schien die rettende Tür Lichtjahre entfernt zu sein. Es wäre ein leichtes für ihn gewesen, einfach liegenzubleiben und sich von den herabfallenden Knochen bedecken zu lassen. Aber Sir Henry hatte Glück, dass in ihm noch ein kleiner Funken Lebenswille vorhanden war. Andernfalls hätte er vielleicht ein unrühmliches Ende gefunden.

Endlich hatte er das Ende der Festtafel erreicht, streckte vorsichtig seinen Kopf unter dem Tischtuch hervor und verließ durch die ersehnte Tür den Saal. Nach Luft ringend lehnte er sich an die Wand.

Das wäre geschafft!

Sir Henry streckte seinen Körper und ging mit Würde und Stolz den Flur entlang, in dem der Seetang sich wütend ausgebreitet hatte. Das Ende des Korridors lag vor ihm wie ein dunkles Loch im Nichts und Sir Henry wurde von der Finsternis verschluckt.

Niemand hatte sein Verschwinden bemerkt.

144

An manchen Tagen brannten Tränen in Julias Augen, wenn sie abends durch den Park lief. Dann sah sie nicht, wie sich die Bäume links und rechts des Weges vor ihr bis zum Boden hinunter verneigten und ihre Traurigkeit auf die Birken überging. Julia würde auf keinen Fall weinen und in dieser Weise ihre Schwäche zeigen, denn dafür würde sie sich selbst hassen. Im Gegenteil, sobald sie Tränen in sich aufsteigen fühlte, wurde ihr Blick hart und abweisend und sie beschleunigte ihr Tempo.

Genauso wenig weinte sie nachts, wenn Charles sich auf sie wälzte und ihr Schmerzen zufügen wollte. Er ertrug Julias Größe nicht, die ihn in seinen Augen zu einem kleinen Wicht machte. Und so empfand er nichts außer Zorn und Wut, während er auf ihr lag.

Manchmal erschien er seiner Frau wie ein Untier, das keine menschlichen Züge mehr besaß. Dieses Monster bäumte sich auf, schrie und versuchte, sie zu verschlingen.

Dann lag ihr Körper wie tot im Bett und ihre Seele floh auf die Sternenwiese.

Aber in dieser Nacht verließ sie den üblichen Weg.

Wie ruhig es plötzlich war!

Julia verlangsamte ihre Schritte. Durch das dichte Gehölz schimmerten die Mauern eines Hauses. Sie ging auf die offene Gartentür zu. Eine Schaukel schwang hin und her und das verrostete Gestänge ächzte bei jeder Bewegung. Aber niemand saß darauf.

Über eine Treppe erreichte sie die Terrasse. Die Stufen waren mit Moos bewachsen und alle Pflaster zerbrochen.

Das Haus wollte ihr den Zutritt verwehren, um sie zu

beschützen, aber Julia hatte keine Wahl. Etwas zwang sie dazu, immer weiter zu gehen.

Nun kam sie an der Küche vorbei und blickte durch das Fenster. Auf dem Herd stand ein dampfender Topf.

Seltsam.

Das Haus war doch verlassen – oder?

Am liebsten wäre sie weggelaufen, aber sie konnte den eingeschlagenen Weg einfach nicht verlassen.

Jetzt blickte sie in das Wohnzimmer, in dem sich ein Schaukelstuhl hin und her bewegte, als hätte gerade eben noch jemand in ihm gesessen.

Julia empfand die drohende Gefahr, als ihre Hand den Griff der Eingangstür berührte. Er fiel zu Boden und sprang von Stufe zu Stufe hinunter in den Garten. Das Ganze hätte einen Höllenlärm verursachen müssen, aber es war nichts zu hören.

Julia stand immer noch mit erhobener Hand da. Die Tür hatte sich von selbst nach innen geöffnet. Sie konnte es sich weiterhin nicht aussuchen, ob sie weiterging oder umkehrte, und so betrat Julia das Haus. Obwohl es dunkel war, ging sie mit sicheren Schritten durch den Flur bis zum Wohnzimmer, dann an der Küche vorbei zur Treppe, die in den Keller hinunter führte. Sie stieg die engen Stufen hinab, als ob sie es bereits tausend Mal getan hätte.

Dabei war sie doch niemals zuvor in diesem Haus gewesen.

Im Keller führte der Flur auf eine geschlossene Tür zu. Als sie eine grelle Helligkeit durch die Ritzen im Holz pulsieren sah, blieb sie stehen. Obwohl Julia sich nicht von der Stelle bewegte, schien sie der Tür doch näher zu kommen.

Ein Feuer musste auf der anderen Seite wüten. Ihr Herz zog

sich schmerzhaft zusammen und sie schluckte schwer. Ihre
Hand schwebte jetzt unmittelbar über der Türklinke.
Julia zögerte.
Wenn sie doch nur wüsste, dass nichts passieren würde, wenn
sie auf den Griff drückte. Julia ahnte, dass ein feuriges
Ungeheuer sie verschlingen würde, aber sie war sich auch
sicher, dass sie ihm niemals entkommen konnte. Es würde in
ihrer Nähe bleiben und immerzu darauf lauern, sie in einem
unbedachten Moment zu überwältigen.
Julia öffnete die Tür und stöhnte auf.
Charles Körper presste sie nach unten.

Was sollte ihm schon passieren?

Er führte ein geregeltes Leben und gab sich mit dem zufrieden, was er hatte.

Doch eine leise Ahnung blieb zurück, dass in einem einzigen Augenblick sein Lebenshaus zerbrechen könnte und unheilbare Verletzungen zurückbleiben würden.

Ab und zu verhielt Lord Winston sich unvernünftig wie eine Katze, die an den Bahngleisen auf Entdeckungsreise ging. Erwartungsvoll blickte sie nach links und rechts, ihr Fell glänzte in der Sonne und die Schnurrhaare zuckten vor Freude.

Vielleicht fand sie ein Mäuschen zum Spielen, das genau so jung und unbedarft war wie sie selbst.

Die kleine Katze bewegte sich geschmeidig an den Schienen entlang. Sie ahnte nichts von dem Zug, der nur noch zwei Haltestellen entfernt war. Die Gleise vibrierten, aber das Tier hatte keine Angst. Es schnupperte an dem kalten Metall.

Der Lokführer seinerseits war ebenfalls arglos. Vom Führerstand aus erkannte er keinesfalls diese kleine Katze. Zudem war er von dem schräg durch das Fenster einfallenden Sonnenlicht geblendet, so dass er ohnehin seine Augen zusammenkneifen musste, um alles deutlich sehen zu können.

Alles, außer der kleinen Katze.

Sie stand an dem Metall, das als Bahngleis die Landschaft zerschnitt, hob die Pfote und stupste damit vorsichtig dagegen, aber es bewegte sich nicht. Jetzt, da das Tier sich davon überzeugt hatte, dass die Gleise regungslos liegen blieben, machte es sich daran, sie zu überqueren.

Der Zug verließ die letzte Station.

Als er langsam durch eine Kurve fuhr, sah der Lokführer, dass

sich vor ihm etwas auf den Schienen bewegte. Es musste eine Katze sein! Er erschrak. *Ob das Tier die Gefahr erkannte? Vielleicht konnte er es mit einem Pfeifsignal vertreiben!*
Doch das Tier streckte eine Pfote aus und setzte sie auf dem Schotter im Gleisbett ab, sah sich die Schwellen und die Schienen an, hob die zweite Pfote an und mit der Bewegung der dritten und vierten machte sie einen Schritt. Dem ersten folgte ein zweiter und dem dritten ein vierter und schon hob sich ihr schlanker Körper über das vordere Gleis. Die Katze schnupperte an dem Kies.
Sie hatte keine Eile.
Die Katze würde um ihr Leben laufen, wenn sie den Zug sehen könnte, der die Gleise zum Schwingen brachte und mit seinen Rädern alles spaltete, was sich auf ihnen befand.
Stattdessen legte sie sich auf die Schwellen nieder und räkelte sich in der Sonne, leckte über die weiße Brust und das getigerte Rückenfell, als ob sie viel Zeit hätte. Dabei schnurrte sie mit geschlossenen Augen. Ab und zu blinzelte das Tier, als würde es über etwas nachdenken, um dann mit der Pfote über die Nase zu reiben. Da verharrte die Katze kurz in der Bewegung. Ob sie etwas gehört hatte? Aber gleich darauf strich sie wieder mit der Tatze über ihr Gesicht. Und so verschwendete die Katze ihre Lebenszeit, ohne zu wissen, dass der unheilbringende Zug schon nahe war.
Jetzt stand sie auf und streckte sich, verließ das Schotterbett und stieg Pfote für Pfote über das hintere Gleis hinweg. Kaum war die Katze den Bahndamm hinunter geklettert, als ein Zischen, Scheppern und Krachen zu hören war.
Sie drückte sich fest an den Boden.

Der Zug fuhr vorbei.

Schon den ganzen Tag über fühlte Julia sich erschöpft. Sie brachte die Wäsche in den Keller und blieb auf der Treppe kurz stehen, stellte den Korb ab und wischte mit dem Ärmel über ihr verschwitztes Gesicht. Sie streifte sich noch die Haare hinter die Ohren, dann packte sie wieder zu.

Plötzlich knackte der Lichtschalter. Es wurde dunkel.

Julia stockte der Atem! Ihr wurde kalt.

„Hallo! Ist da jemand?"

Sie starrte in die Dunkelheit, aber es war nichts zu hören. Julia seufzte. Dass Glühbirnen aber auch immer im ungünstigsten Moment kaputtgehen mussten. Vorsichtig tastete sie sich die letzten Stufen nach unten. Endlich hatte sie die Tür zum Waschraum erreicht. Sie presste mit einem Arm den Korb fest an den Körper und suchte mit der anderen Hand nach dem Lichtschalter. Es wurde hell und Julia atmete erleichtert aus.

Sie setzte den Korb vor der Maschine ab und drehte sich zu dem Regal mit dem Waschpulver um.

Die Schmutzwäsche nutzte diesen Moment und sprang aus dem Behälter. Sie hatten sich schon lange nicht mehr gesehen und umarmten sich. Der Pullover klopfte dem Hemd auf den Rücken, die Blusen tanzten miteinander und sie waren sehr fröhlich. Als Julia sich wieder umwandte, fuhr ihr der Schrecken in die Glieder. Vor ihr stand der leere Korb. Die Wäschestücke waren über den Boden verstreut. Wie konnte denn das passieren?

Auch die Spielsachen in Lisas Kinderzimmer lagen manchmal so durcheinander und Herr Otto hatte dann immer einen schelmischen Ausdruck auf seinem gütigen Stoffgesicht.

Sie sammelte die Wäsche wieder auf, legte zuerst die Kochwäsche in die Maschine und startete das Waschprogramm.

Die bedauernden Blicke aus der Trommel sah sie nicht.

Julia ahnte nicht, dass Charles ihr gefolgt war, sich außen an die Wand presste und sie durch die halb offene Tür beobachtete.

Ihr nahe zu sein, ohne dass sie es wusste, erregte ihn.

Er verhielt sich ganz ruhig.

Sie wusste nicht, dass er da war.

Sie dachte, sie wäre alleine.

Sie fühlte sich sicher.

Charles durchfuhr eine heiße Wallung; doch er beherrschte sich, was ihm ein Gefühl von Macht gab, und dies war allem anderen vorzuziehen.

Durch den Türspalt sah er zu, wie sie die restlichen Kleidungsstücke sortierte.

Ob sie wohl an die letzte Nacht dachte?

Was fühlte sie dabei?

Er hielt seine Erregung im Zaum. Etwas anderes war zur Erfüllung seiner dunklen Vorstellungen vorgesehen.

Charles sah Julia die große Angst nicht an, die sich unmerklich bei ihr eingeschlichen hatte. Der Schweiß fühlte sich kalt auf ihrer Haut an.

Auch ihr Herz war in Eis gepackt.

Vor Schischa lag ein aufregender Abend. Sie würde heute im Festsaal singen. Trotz ihrer Nervosität hatte sie das sichere Gefühl, dass Echtno bei ihr wäre und sie beschützen würde.

Als sie den Raum betrat, war das Essen bereits in vollem Gang und die Kreaturen blickten unwillig von ihrem Teller auf. Die Messer zeigten bedrohlich in ihre Richtung.

Wer wagte es, sie zu stören?

Natürlich ein Mensch!

Die ersten sprangen auf. Ihre Augen funkelten Schischa böse an. Madame Ophelia hatte das voraus gesehen. Dies war ihr Abend und sie würde ihn sich von niemandem kaputt machen lassen.

Jeder konnte ihre Entschlossenheit sehen und es setzten sich alle wieder hin. Keiner wollte Madame Ophelia reizen, denn es würde sich nicht lohnen!

Die Kreaturen verharrten in der Bewegung.

Schischa verspürte plötzlich die Kraft, die über allem lag. Sie breitete die Arme aus und begann zu singen. Ihre Stimme schwebte durch den Raum und fiel auf die Kreaturen herab. Da vergaßen sie alles. Das Essen. Die Streitereien am Tisch.

Denn sie wollten nur noch auf Schischa hören, die von der Liebe sang. Niemals in ihrem Leben wollten sie noch etwas anderes vernehmen als nur diese Stimme, deren Klang ihnen so nahe kam wie noch nichts es zuvor gewesen war. Er führte sie in eine Gegend, in der sie nicht länger dazu gezwungen waren, wie Kreaturen zu handeln.

Lord Winston war der Erste, der Tränen in den Augen hatte und auch Madame Ophelia wischte sich verstohlen über das

Gesicht.

Die Kreaturen ahnten, dass es dieses Land gab, auch wenn sie es nicht sehen konnten, und bekamen ein großes Verlangen danach. Schischas engelsgleiche Stimme zeigte ihnen diese neue Welt, in der es kein Leid und keine Tränen mehr geben würde.

Auch in Schischa war die vertrocknete Blume der Sehnsucht neu erblüht. Die zusammen gerollten Blätter wurden wieder grün und streckten sich dem Leben entgegen.

Aber würde sie jemals den Weg dorthin finden?

Wann war es soweit, dass jeder die Wahrheit darüber erkennen konnte?

Wie viele Tränen mussten noch geweint werden, bis das Ziel erreicht war?

Der letzte der wunderbaren Töne verklang.

Die Kreaturen setzten ihre Handlungen fort, als wäre ein gerissener Film wieder zusammen geklebt worden. Alles schien vergessen zu sein. Die Schönheit der Stimme, die sie hörten. Die Ahnungen von einem anderen Leben.

Alles war vorbei, als wäre es niemals dagewesen.

Schischa ließ ihre ausgebreiteten Arme sinken und stand wie vergessen da. Die Kreaturen hatten sich wieder dem Essen zugewandt und jeder versuchte nach wie vor, den Nächsten auszutricksen und selbst nach dem größten Stück Fleisch zu greifen.

Es hatte sich nichts geändert.

Mit gesenktem Kopf verließ Schischa den Saal.

Wenn doch nur Echtno da wäre!

In der folgenden Nacht schlief Madame Ophelia sehr unruhig. Denn über die farbenprächtig blühenden Wiesen, die sie in so manchem Traum sah, legten sich zunehmend Bilder, die sie beunruhigten.

Denn Madame Ophelia hütete ein Geheimnis.

Sie starrte solange in die lautlose Dunkelheit hinein, bis sie sicher sein konnte, dass außer ihr alle schliefen. Dann schwang sie behutsam die Beine aus dem Bett. Madame Ophelia durfte auf keinen Fall irgendein Geräusch machen.

Zuerst holte Madame Ophelia die alte Holzkiste wieder hervor, die sie ganz nach hinten unter ihr Bett geschoben hatte. Sie kniete sich hin und stöhnte, als sie die Arme nach vorne streckte und den Seetang zerriss. Sie war diese Anstrengung nicht gewohnt und sehnte sich nach Schischa. Aber sie musste selbst handeln, denn keiner außer ihr durfte davon erfahren. Auch Schischa nicht!

Madame Ophelia griff zu und zog die Kiste mit einem Ruck zu sich heran. Das Holz schrammte über den Boden. Sie hielt den Atem an. Aber alles blieb ruhig!

Erleichtert stützte sie sich auf der Kiste ab und stand auf. Eine wilde Entschlossenheit lag in ihrem Blick. Alles, wirklich alles würde sie dafür geben, sie zu öffnen. Dabei hatte sie bisher nichts unversucht gelassen. Das Holz müsste doch morsch sein! Madame Ophelia verstand nicht, dass die Kiste nahezu unbeschädigt vor ihr stand und sie auch noch auszulachen schien.

Warte nur! Ich werde Dich schon noch aufbekommen!

Ein Kichern antwortete Madame Ophelia.

Du wirst schon sehen, warte nur ab.

Ihre Stimme war scharf wie eine Rasierklinge.

Sie besah sich die Kiste wie ein Tiger seine Beute, bevor er zum Sprung ansetzte. Doch nichts bewegte sich! Es ärgerte sie, dass der Holzdeckel nicht einfach aus Ehrfurcht vor ihr aufsprang. Wie konnte es dieses zusammengenagelte Ding wagen! Am liebsten hätte sie die Kiste mit Tritten traktiert. Eben so wie alles andere auch, das sich ihrem Willen widersetzte.

Sie musste nachdenken! Madame Ophelia setzte sich auf die Kiste und ihr kam die lange vergangene Zeit ihrer Kindheit in den Sinn und mit ihr die Erinnerung an eine Erzählung über *Freude und Glück*. Aber außer dem Namen der Geschichte wusste sie nichts mehr darüber.

Ob man Freude und Glück essen konnte? Sie legte die Stirn in Falten und dachte angestrengt nach. Wurde es knusprig gebraten serviert? War es gut gewürzt? Wie es wohl schmeckte? Madame Ophelia lief das Wasser im Mund zusammen.

Vielleicht waren es aber auch nur Gegenstände, die inzwischen als ein Überbleibsel alter Tage in Museen zu bewundern waren.

Ihr Leben war auf das Notwendigste zusammen gestrichen und die nichtssagenden Tage wiederholten sich unaufhörlich, ohne auch nur einem einzigen die Möglichkeit zu geben, etwas Neues geschehen zu lassen.

Madame Ophelia wandte sich wieder ihrem Geheimnis zu. Sie hatte alles, wirklich alles versucht um die Kiste zu öffnen. Als ob ein Schutz um sie wäre, der verhinderte, dass Unbefugte einen Zugang zu ihr fanden. Madame Ophelia konnte nicht akzeptieren, dass damit auch sie gemeint sein sollte.

Energisch griff sie erneut zu Messer und Gabel. Zack, war das Messer abgebrochen und auch die Gabel hielt diesen sinnlosen Bemühungen nicht stand. Es war zum Verrückt werden!

Erschöpft setzte sie sich auf ihr Bett und dachte nach. Seit Madame Ophelia von den blühenden Wiesen träumte, wo das Leben so leicht erschien, kam sie mehr und mehr zu der Überzeugung, dass es mehr geben musste als das, was sie kannte.

Ein selbstzufriedenes Lächeln huschte über ihr Gesicht. Der gestrige Abend hatte doch gezeigt, dass sie von allen geliebt wurde.

Aber in Wirklichkeit wurde sie von niemandem respektiert. Selbst Zuneigung wurde ihr nur vorgespielt, denn jeder hoffte dabei auf seinen eigenen Vorteil.

Was für eine verlogene Gesellschaft!

Allerdings hatte Madame Ophelia überhaupt keine Schwierigkeiten damit, das Theater für bare Münze zu nehmen. Es war ihr gleichgültig, ob Gefühle nur vorgetäuscht waren.

Aber diese Kiste ließ ihr keine Ruhe! Madame Ophelia versuchte erneut, sie zu öffnen, aber sie konnte nichts ausrichten, denn sie hatte kein geeignetes Werkzeug dafür. Die meisten der Messer und Gabeln waren bereits abgebrochen. Es war wirklich zum Haare raufen!

Zornig schlug sie auf die Kiste und stützte sich auf dem alten Holz ab. Wie gern würde sie das Geheimnis lüften. Wie gern! Auch wenn sie wahrscheinlich nur alten Plunder darin finden würde.

Madame Ophelia hielt große Stücke auf sich und war der Meinung, dass ihr die Welt zu Füßen liegen würde. Ihre Welt, die so verschwindend klein war, dass sie in ein Loch am Boden passte.

Obwohl Madame Ophelia eine große Kraftlosigkeit überkam, streckte sie sich erneut unter ihr Bett. Denn noch etwas anderes war im Seetang verborgen. Schwer atmend kroch sie wieder aus der dunklen Höhle hervor, in der ihr tausend Wedel ins Gesicht schlugen. Sie hielt ein schimmerndes Döschen in der Hand. Madame Ophelia hielt es dicht vor ihre Augen, um es genau sehen zu können. Es war so klein und zierlich, dass sie es mit ihren klobigen Händen nicht öffnen konnte und sie begann, sich darüber zu ärgern. Am liebsten würde sie es in den Seetang zurück werfen, der es nicht mehr hergeben würde. Sie wollte es auch nicht gewaltsam öffnen, denn Madame Ophelia ahnte instinktiv, dass dieses Döschen etwas sehr Wertvolles enthielt. Ab und zu hielt sie es an ihr Ohr und war dann immer ganz still, aber sie hörte nicht das Geringste.

Wäre Madame Ophelia nun ein aufmerksames und feinfühliges Geschöpf, dann müsste sie zugeben, dass ihr Herz von etwas berührt wurde, sobald sie das Döschen in die Hand nahm.

Nun lag es also eingesunken in den Stoff ihres Rockes vor ihr und sie betrachtete es fragend, so wie sie es schon unzählige Male zuvor getan hatte.

Was verbirgst du in dir?

Natürlich erhielt Madame Ophelia keine Antwort.

Meinst du nicht, dass ich es nach dieser langen Zeit verdient hätte, etwas von dir zu erfahren?

Sie sah ein, dass jede Frage an das Döschen sinnlos war. Es würde ihr niemals antworten.

Madame Ophelia ging schlafen.

Am nächsten Morgen öffnete sie missmutig die Augen und sah geradewegs auf den Seetang. Als ob sie nicht schon genug gestraft wäre!

Auch das Bett war feucht und es krachte und ächzte in dem alten Gestell, als Madame Ophelia aufstand.

Der Seetang wucherte wie Unkraut! Selbst wenn man ihn ausgerupft hatte, war er am nächsten Tag wieder da.

Madame Ophelia rief laut nach Schischa.

Charles knöpfte seine Jacke zu und schob die Hände in die Taschen. Es war schon spät am Abend und die einsetzende Dämmerung vertrieb das Tageslicht. In den Nachbarhäusern wurden vereinzelte Fenster vom Licht erhellt.

Wie einfach das war; man drückte nur auf einen Knopf und schon wurde es hell.

Wenn er doch nur in sich selbst das Licht auch einschalten könnte! Doch nichts war mächtiger als die Dunkelheit in ihm.

Charles machte sich auf den Weg.

Die Kühle der Nacht war bereits erwacht und ein leichter Nieselregen fiel auf ihn nieder.

Immer dieses Wetter!

Es war kein Wunder, dass einem abscheuliche Gedanken in den Kopf stiegen.

Er zog den Kragen seiner Jacke höher.

Wie zufällig kam er an Julias Firma vorbei, in der sie seit kurzem am liebsten ihre Zeit zu verbringen schien. Julia müsste sich eingestehen, dass ihr diese späten Arbeitsstunden an manchen Tagen nicht lange genug dauern konnten, denn sie war dort nicht den Demütigungen ausgesetzt, die jeden Tag zu Hause bei Charles auf sie warteten.

Im Lauf der Zeit hatte Julia jede Hoffnung aufgegeben, ihre Ehe ändern zu können. Charles versank tiefer und tiefer in seinen Depressionen und entfernte sich immer weiter von ihr. Er war nicht nur ihr gegenüber in sich eingekapselt, sondern auch seinem eigenen Leben. Freude, Zufriedenheit und Liebe waren nichts mehr für Charles, sie fanden nur noch außerhalb seines Universums statt.

Die Schuld an diesem Zustand gab er seiner Frau. Julias

Streben nach Anerkennung und ihr beruflicher Erfolg hatten ihn doch erst so weit gebracht und in das Dunkel seiner Seele hineingeführt. Trotzdem konnten sie nicht voneinander lassen. Seine Depression und ihr Schuldbewusstsein verbanden sie auf unheilvolle Weise miteinander. Sie begleiteten sich gegenseitig in ihr Unglück und sahen keinen Ausweg.

Für ihre Tochter galt: Mit gehangen, mit gefangen. Ein großer, schwarzer Vogel schwebte drohend über der Entwicklung ihrer Persönlichkeit. In seinem Schnabel trug er etwas von dem Mysterium, das er schon über Charles hatte fallen lassen. Bisher warf er es nicht auf Lisa, denn das taten Charles und Julia bereits zur Genüge. Mit jeder erneuten Lieblosigkeit zwischen ihnen verkümmerte ein kleines Stückchen von dem, was Lisa ausmachte. Und wieder konnte Julia nicht helfen.

Ihr Mann sprach mit niemandem über seine Probleme. Er drückte in seinen Bildern die Trauer seiner Seele aus, die jeden Betrachter in ihren schwarzen Bann zogen.

Heute Morgen beim Frühstück lag neben seiner Kaffeetasse wieder einer dieser verhassten Zettel. Darauf stand: *Ich bleibe heute Abend länger in der Firma. Warte nicht auf mich.* Charles hatte ihn voll Zorn zerknüllt. Weshalb schrieb sie ihm überhaupt diese kleinen Nachrichten! Tat sie es, um ihn zu ärgern? Wollte sie ihm damit zeigen, was er ihr bedeutete? Nämlich gar nichts! Auch früher gab es kleine Notizen, die an den verschiedensten Orten angebracht waren, und es stand darauf *Ich liebe Dich!* und *Ich freue mich auf unseren Abend!* oder, eilig hin gekritzelt *Bis später, mein Schatz.* Charles fand sie am Spiegel im Bad, frühmorgens, wenn er sich rasieren wollte. Sie waren versteckt im Brotkörbchen und jedes Wort drückte Julias Liebe zu ihm aus.

Aber jetzt war Charles im Regen unterwegs, um Julia auf frischer Tat zu ertappen. Er hatte keinen Zweifel daran, dass sie sich nicht nur ihrer Arbeit hingab, sondern auch anderen Lüsten. Während er sich dem Gebäude näherte, stieg seine Erregung. Vor seinem inneren Auge sah er bereits alles erfüllt, was er insgeheim befürchtete. Als ob seine Alpträume wahr wurden. Und zwar alle auf einmal.

Der heimliche Zuschauer würde ein tiefes Mitgefühl mit diesem Mann empfinden, der in der Dunkelheit umher ging und dem nichts mehr Halt gab.

Schließlich hatte Charles die Firma erreicht und sah sich nach einem geeigneten Versteck um. Er hielt sich im Schatten verborgen und bewegte sich geschickt ein paar Meter weiter zu einer Gruppe von Bäumen. Dort war er vor fremden Augen verborgen und hatte selbst eine freie Sicht auf das, was er sehen musste.

Nun stand er in seinem Unterschlupf und blickte angestrengt zu dem Fenster hinüber, hinter dem er Julia am Schreibtisch sitzen sah. Sie trug das Kostüm mit der cremefarbenen Bluse und natürlich die silberne Kette, die sie von ihrer Mutter geerbt hatte. Charles wusste, dass Julia oft an sie dachte und sich häufig fragte: *Was würde meine Mama jetzt tun?*

Ob sie ihren Ehering an diesen Abenden im Büro abnahm und in die Schreibtischschublade legte? Wenn seine Frau nach Hause kam, steckte er natürlich an ihrem Finger.

Der Ring grinste ihn dann immer spöttisch an.

Jeder kann sehen, dass sie verheiratet ist. Aber sie gehört Dir nicht. Sie hat eigene Wünsche und Träume, von denen du nichts weißt. Denn Du würdest sie niemals verstehen.

Charles wusste, dass die Firmenleitung in Julias Arbeit Intelligenz, kühle Sachlichkeit und das sichere Gespür dafür erkannte, was künftig gefragt war. Er kannte die Tugenden seiner Frau, umso mehr wütete die Eifersucht in seinem Inneren und versetzte ihm Tritte in seine Eingeweide. Neben dem ständigen Druck in seinem Magen kamen an manchen Tagen regelrechte Krämpfe dazu. Dann krümmte Charles sich vor Schmerzen, die ihn sicher eines Tages noch umbringen würden. Dann wäre endlich alles vorbei.

Ein Stich durchfuhr ihn und er zuckte zusammen. Charles stöhnte auf.

Seine Magenschmerzen wurden immer schlimmer. Mit zittriger Hand fasste Charles in die Innentasche seiner Jacke. Ob er sich seine Tabletten eingesteckt hatte?

Der Arzt, den er wegen der Schmerzen aufsuchte, hörte sich zwar seine Schwierigkeiten an, doch Charles hatte den Eindruck, dass der Mediziner in Gedanken bereits mit seinem nächsten Patienten beschäftigt war, und so verstummte er.

Er bekam Medikamente für seine nervösen Magenbeschwerden verschrieben, doch die halfen ihm nicht wirklich.

Und so stand er hier in der Finsternis. Ein Mann, den schreckliche Vorstellungen quälten und der damit alleine war.

Charles verschmolz mit der Dunkelheit, so dass er nicht mehr nur innerlich davon eingehüllt war, sondern nun auch äußerlich.

Tabletten!

Als ob die ihm helfen würden!

Nein, Charles hatte andere Vorstellungen davon, wie ihm geholfen werden konnte.

Das Fenster ihres Büros war ein helles Viereck in der Dunkelheit. Julia saß an ihrem Schreibtisch und las aufmerksam in den Dokumenten, die vor ihr auf dem Tisch lagen.

Nur ab und zu hob sie den Kopf und starrte aus dem Fenster in seine Richtung. Als ob sie ihn sehen würde! Dann vertiefte sie sich wieder in die Papiere.

Plötzlich zuckte Charles zurück! Julia schaute auf, jemand schien an ihre Tür geklopft zu haben. Er drückte sich stärker an den Baum, damit man ihn auf keinen Fall sehen konnte, und ließ keine einzige Sekunde das Fenster von Julias Büro aus den Augen.

Was wohl geschehen würde?

Ob seine Vorstellungen wahr wurden?

Sein Mund war wie ein ausgetrocknetes Wasserloch in der Wüste und der Schmerz stach wie ein Messer in seinen Magen. Doch Charles gab keinen Laut von sich. Er vergaß für den Augenblick seine Pein und konzentrierte sich auf seine Frau. Der Regen tropfte zart auf ihn herab. Charles schüttelte seine klammen Finger.

Ob das Verborgene jetzt offenbart wurde?

Er schluckte schwer.

Ein Mann betrat das Zimmer. Lächelnd nahm Julia verschiedene Unterlagen entgegen. Ohne Umschweife wandte sie sich den Papieren zu. Dem Eindringling schenkte sie keinerlei Beachtung, der ihr Büro auch gleich wieder verließ.

Ein dumpfer Zorn gesellte sich zu seinen Schmerzen. Sollte er sich so getäuscht haben? Das konnte doch nicht wahr sein! Es würde ihn wie einen Dummkopf dastehen lassen. Nein, wenn er nur noch etwas Geduld aufbrachte, dann bewahrheiteten sich

164

seine Befürchtungen ganz bestimmt.

Und so blieb er weiter mit schmerzendem Magen wie angewurzelt hinter dem Baum stehen und blickte hoffnungsvoll zu Julias Fenster.

Charles wartete so lange vergeblich auf die Erfüllung seiner abscheulichen Vorstellungen, bis Julia die Unterlagen in ihrem Schreibtisch verschloss, den Mantel aus dem Garderobenschrank nahm, mit einem letzten Blick in das Zimmer das Licht löschte und die Tür hinter sich zumachte.

Nun war das Fenster dunkel, das er so lange Zeit beobachtet hatte, und obwohl nichts von dem geschehen war, was ihn hierher geführt hatte, empfand er keine Erleichterung. Eine bittere Enttäuschung breitete sich in seinem Herzen aus.

Wie von Sinnen schlug Charles mit der Faust wieder und wieder gegen den Baum. Er tat der alten Linde leid, die in ihrem Leben schon viele Verrückte gesehen hatte, aber so einer wie dieser hier war noch nicht dabei gewesen.

Für Charles war alles glasklar! Er hatte zum falschen Zeitpunkt hier gewartet, in Zukunft würde er noch besser auf Julia achten, damit ihm nichts von dem entging, was sie tat.

Seine Frau verließ das Gebäude. Während sie die Eingangstür abschloss, drehte Charles sich um und presste sich mit dem Rücken an den Baum. Er hörte sie mit schnellen Schritten über den Kiesweg zu ihrem Fahrzeug gehen. Jetzt suchte sie in der Handtasche nach dem Autoschlüssel.

Wieso hatten Frauen immer so viele Dinge bei sich?

Die Geräusche vom Parkplatz wehten zu Charles wie die Fetzen eines kühlen Windzuges. Er hörte, wie Julia die Tür öffnete und konnte es vor sich sehen, wie elegant seine Frau in das Auto einstieg. Zuerst würde sie formvollendet die Tasche auf den Beifahrersitz schwingen, dann leise wie eine Feder selbst Platz nehmen und die Tür zuziehen, einen prüfenden Blick in den Rückspiegel werfen und den Motor starten. Warum sah sie sich immer an, bevor sie losfuhr?

Inzwischen stand der Mond am Himmel und sein schwacher Lichtschein umgab ihn, die Firma, den Parkplatz und das Auto mit Julia. Charles Zorn gebärdete sich wie ein wildes Tier, das man vergeblich zu bändigen versuchte.

Wie konnte sie es wagen, so lange im Büro zu sitzen und mich zu Hause alleine zu lassen!

Endlich fuhr sie an ihm vorbei.

Er stieß sich vom Baum ab und ging mit schwankenden Schritten den Weg zurück, der ihn hierher geführt hatte.

Charles schob seine Hände in die Jackentaschen.

Sie waren zu Fäusten geballt.

Er musste sich noch etwas ablenken. Von seinen Depressionen, seiner Ehe, seinem Leben. Charles würde in Ruhe darüber nachdenken, was er mit Julia, diesem untreuen Luder, anstellen wollte.

Seine Hände öffneten und schlossen sich unaufhörlich.

Öffnen und schließen, festhalten und loslassen, bei jedem Schritt.

Charles war durch und durch von diesem Zorn erfüllt, der seinen Verstand lähmte und ihn nichts anderes mehr empfinden ließ als Hass und Wut.

Er bestand nur noch aus einer einzigen Wunde.

Sie hörte die Krähen schreien, die unter der fahlen Sonne am Himmel hin und her flogen. Es schienen Bilder aus Alpträumen zu sein, die in jeder Nacht ihren Flug wiederholten und den Schlafenden mit sich in die dunklen Ecken seiner Seele zogen. Riesengroße, verzerrte Abbilder der Vögel mit einem Gefieder wie schwarzer Stahl und Augen, die rot waren wie die Glut des Kohlefeuers und das Verborgene durchdrangen.

Madame Ophelia hörte ihr Geschrei am Tag und in der Nacht. Es pochte in ihrem Kopf und sie presste die Hände gegen die Ohren. Wenn es nur nicht mehr da wäre! Sie wünschte sich Frieden, aber sie wusste, dass die Krähen bis in alle Ewigkeit schreien würden.

Hörte sie die Schreie wirklich?

Aber sie war doch nicht verrückt!

Natürlich nicht, Madame Ophelia.

Und selbst wenn, so würden wir es dir nicht sagen.

Die Schreie der Krähen wurden zu ihrer zweiten Haut, sie konnte ihnen nicht entrinnen.

Sah denn niemand, wie sie litt?

Warum half ihr keiner?

Jedem waren ihre Qualen gleichgültig! Das Geschrei würde sie eines Tages noch um den Verstand bringen!

Madame Ophelia versank in der Dunkelheit.

Er konnte sich kaum noch an sie erinnern.

Es war einfach viel zu lange her.

Zuerst waren da immer die Kinder. Ein Junge und seine Schwester. Sie hüpften unbeschwert auf ihn zu. Dann folgten die Eltern. Meistens hielten sie sich an den Händen.

Einmal im Monat zog italienisches Flair in das Wohnzimmer ein. Dann gab es Parmaschinken, Honigmelone und Saltimbocca, in Rosmarin, Thymian und Salbei eingelegte Oliven und mit Tomatensoße geschmortes Ossobuco zu essen. Zum Abschluss wurde noch Tiramisu serviert und frische Früchte auf den Tisch gestellt.

Die Kinder liebten die leuchtenden, zuckersüßen Erdbeeren und in schimmernde Scheiben geschnittene Kiwi. Dazwischen lagen verlockend duftende Kirschen und eine frische Ananas rundete das Arrangement ab.

Es war einfach perfekt!

Um ihn herum tobte das Leben. Piraten eroberten seine Platte und Sklaven versteckten sich unter dem Tischtuch. Und obwohl es manchmal anstrengend für ihn wurde, so machte es ihn doch glücklich, ein Teil des Lebens zu sein.

Er sah die Jugend der Kinder, ihr fröhliches, unbeschwertes Lachen und Spielen, die ersten Malversuche auf großen Bögen Papier, das Weinen, wenn die große Liebe im Kindergarten sie nicht ernst nahm, die Schulzeit und das spätere Studentenleben. Am meisten aber beeindruckten den Tisch die abendlichen Gespräche zwischen den Eltern. Sie erzählten sich von ihren Plänen und Wünschen und ließen keinen Abend vergehen, an dem sie sich sagten, wie wichtig sie einander waren.

Viele Stunden verbrachten die Eltern bei ihrem Tisch, der zu einem festen Treffpunkt des Familienlebens geworden war und den sie sich nicht mehr wegdenken konnten.

Ja, der Tisch liebte diese Familie.

Im Laufe der Zeit wurde seine glänzende Platte stumpfer. Es zeigten sich erste Gebrauchsspuren; vereinzelte Kratzer und bunte Striche von Filzschreibern, die versehentlich über das Papier hinaus geführt wurden. Aber selbst das nahm der Tisch mit Humor, es war nichts mehr zu spüren von der anfänglichen Eitelkeit, mit der er peinlich genau auf alles geachtet hatte.

Doch nun kamen schmerzhafte Stunden auf ihn zu, in denen ihm seine Platte zu schwer wurde und etwas ihn in die Knie zwingen wollte.

Der Mann und seine Frau kamen diesmal mit ernsten Mienen und ohne ein Wort zu sagen zu ihm, er entkorkte immer noch schweigend eine Flasche Wein und sie stellte die beiden Gläser aus dem Küchenschrank daneben. Der Tisch wusste, dass ihn das Folgende sehr bekümmern würde, denn die beiden setzten sich nicht nebeneinander, sondern nahmen gegenüber Platz. Zwischen ihnen stand die geöffnete Flasche, als sollte sie verhindern, dass sie sich näher kamen. Der Mann hatte sich bereits ein Glas eingeschenkt und drehte es in seinen Händen.

Immer hin und her.

Er starrte es an und ließ keine Sekunde seine Augen davon, damit er die Blicke seiner Frau nicht sehen musste.

Endlich hob er das Glas zum Mund. Als er es wieder auf dem Tisch abstellte, traf sein Blick den ihren und hielt ihn fest.

„Wir müssen reden.", sagte er.

„Ja, das müssen wir."

Ihr Mann hatte sich verändert. Es fiel ihr bereits seit längerem auf. Sein Handeln war immer öfter unvorhersehbar geworden. In diesen Momenten fragte sie sich, wie gut sie ihn wirklich kannte. Die Furcht der ungesagten Worte schnürte ihr das Herz ab.

Auch der Tisch empfand diese Beklemmung. Jedes nicht ausgesprochene Wort verwandelte die Angst in ein Labyrinth, in dem die Frau gefangen war. Sie konnte nur darin herumirren, dem scheinbar richtigen Weg folgen, um dann feststellen zu müssen, dass er in eine Sackgasse geführt hatte. Immer wieder kehrte sie um und unternahm den nächsten Versuch, einen Ausgang aus diesem verwinkelten Durcheinander möglicher Entscheidungen zu finden.

Seine Ahnung wurde für den Tisch zur traurigen Gewissheit, dass es von nun an keine vertraulichen Abende mehr zwischen dem Mann und seiner Frau geben würde!

„Mein Gott, jetzt sag doch bitte etwas!"

Sein Schweigen raubte ihr die letzte Sicherheit.

Wie soll ich es ihr nur sagen?

Er wusste, dass ihr seine Worte großen Schmerz zufügten, ganz gleich, wie er sie wählen würde.

„Es gibt eine andere Frau in meinem Leben."

Weshalb saß sie nur so regungslos da?

„Ich hatte es nicht geplant, es ist einfach so passiert."

Warum sagte sie nichts?

„Ich hoffe, dass du mir irgendwann verzeihen kannst."

Er konnte nicht weiter reden.

Seine Frau war ganz still. Sie begriff nicht, was er ihr da sagte. Die Gedanken überschlugen sich in ihrem Kopf.

„Seit wann?", fragte sie tonlos.

„Bin ich schuld daran?"

Wie er es hasste, aber so war seine Frau eben. Sie suchte immer zuerst bei sich selbst den Fehler. Wenn sie doch nur eine Szene machen würde; mit Schreien, Weinen und Geschirr werfen. Dann könnte er wie ein Mann aufstehen und gehen.

Aber so blieb er allein mit seiner Schuld, die laut kreischend um ihn herum tanzte.

„Ich habe es gewusst, aber du hast mir nicht geglaubt. Also bin ich schlauer als du. Und gewarnt habe ich dich auch, aber du wolltest ja nicht hören."

Die Schuld blieb kurz vor ihm stehen und blickte ihn schnippisch an. Sie stemmte die Hände in ihre Hüfte.

„Wie hast du dir denn vorgestellt, dass das laufen wird?"

„Hast du gedacht, einfach so ohne mich weiterleben zu können?"

„Leider geht das nicht, denn du hast mich auf dich geladen und wie das Wort schon sagt, musst du mich ab jetzt mit dir herum tragen."

Sie lachte ihn an.

„Jeden Tag und jede Nacht."

„Immer und ewig."

Seinem Schicksal vermag niemand auszuweichen, auch er konnte es nicht. Es kam direkt auf ihn zu und er war zu überrascht, um etwas dagegen zu unternehmen.

Der Mann konnte sich gut daran erinnern, denn er liebte jeden einzelnen Augenblick dieser Geschichte.

Es geschah an einem Nachmittag in der Stadt. Ein heftiges Gewitter entlud sich. Er verzog das Gesicht und wollte sich gerade in das Unwetter stürzen, als plötzlich ein Regenschirm über ihn gehalten wurde und ihm eine samtweiche Stimme zuflüsterte:

„Ich scheine einen wahren Helden getroffen zu haben. Nur edle Ritter stürzen sich so unerschrocken in die Schlacht."

Sie lächelte ihn an.

Der Mann blickte gebannt auf ihren roten Mund. Sie sah aus wie die Frau auf einem Gemälde, das er schon einmal irgendwo gesehen hatte.

Sein Puls pochte, während dieses Gesicht ihm immer näher kam.

Wie selbstverständlich stand er neben ihr unter dem Schirm und der Regen prasselte auf sie herab.

Sie gingen Seite an Seite, bis sie plötzlich den sicheren Platz verließ und vor ihm her durch den Regen tanzte. Ihr Mund lachte ihn an und das Gemälde wurde lebendig.

Alles drehte sich um ihn. Er sah nur noch den schlanken Körper, der sich vor ihm her wie ein lebendig gewordenes Bild bewegte.

Gleich einem Strom floss das Rot des Mundes auf ihn zu und legte sich wie ein Schleier über ihn, von dem er sich nicht befreien konnte.

Mit der gleichen Selbstverständlichkeit, mit der er neben sie unter den Schirm getreten war, ging er jetzt hinter ihr her. Sie hatte die Augen geschlossen und drehte sich selbstvergessen. Ein Windstoß fuhr durch die langen Bänder an ihrem Kleid und sie wehten um ihren Körper. Die langen, schwarzen Haare flossen als nasser Vorhang über ihren Rücken.

Er wusste noch nicht, dass er ihr verfallen würde und hatte keine Ahnung davon, dass sein Leben und das, was ihm bis dahin wichtig war, nichts mehr bedeutete.

Schließlich ließ der Regen nach. Er machte den Schirm zu und blieb hinter ihr stehen. Sie drehte sich zu ihm um und drückte mit erhobenen Armen das Regenwasser aus ihren langen Haaren. Ihre Brüste zeichneten sich durch die nasse Bluse ab.

Gewaltsam riss der Mann seinen Blick los und hielt ihr den Regenschirm entgegen.

Scheinbar gleichgültig sagte er: „Danke, dass sie mir einen Platz unter ihrem Schirm angeboten haben."

Lächelnd sah ihn die Unbekannte mit einem tiefgründigen Blick an.

„Edle Ritter begleiten ihre Gefangenen noch bis in den Kerker. Wussten sie das nicht?"

Der Klang ihrer Stimme brachte ihn fast um den Verstand und raubte ihm das letzte bisschen seiner Zurückhaltung.

Er hielt ihrem Blick stand und spürte eine heiße Wallung in sich aufsteigen.

Warum eigentlich nicht?

„Zeigen Sie mir ihren Kerker", antwortete er mit belegter Stimme.

Da wusste sie, dass sie gewonnen hatte und er ihren Reizen bereits erlegen war.

Sie nahm seine Hand und zog ihn hinter sich her wie einen Stier, der zur Schlachtbank geführt wird.

Dann drehte sie sich erneut zu ihm um.

„Der Kerker befindet sich unter dem Dach."

Wie geheimnisvoll sie ihn dabei wieder ansah! Sie lächelte ihn mit diesem Mund an, mit dem alles begonnen hatte und wusste, wie erregt er bereits war.

Sie ging ihm voraus und öffnete unerträglich langsam die schwere Haustür, um dann in den schmalen, halbdunklen Flur einzutreten. Er folgte ihr lautlos und war sich plötzlich nicht mehr sicher, ob er das hier wirklich tat oder nur einen von diesen verworrenen Träumen hatte, die ihm in letzter Zeit immer häufiger unruhige Nächte bescherten.

Das waren dann Stunden, in denen er wie ein verletztes Raubtier ruhelos durch das Haus streifte, aus dem Keller eine Flasche Wein, aus der Küche den Korkenzieher und ein Glas holte und sich im Wohnzimmer an den großen Tisch setzte.

Er schenkte sich ein und überdachte seine Lage. Der Mann wusste nicht, was plötzlich mit ihm los war, aber sein Leben befriedigte ihn nicht mehr. Ihn quälte ein Hunger nach etwas anderem als dem, was ihm bisher vertraut war. Die alten Kleider seines Lebens hingen in Fetzen an seinem Körper.

Jetzt hatten sie die Treppe zu ihrem Kerker erreicht, sie legte mit einer leichten Bewegung ihre Hand auf das Geländer und schenkte ihm einen weiteren vielsagenden Blick aus geheimnisvollen Augen in einem Gesicht, dessen Mund ihn in seinen Bann zog.

Wie auf dem Gemälde, schoss es ihm erneut durch den Kopf.

Er stellte sich schon vor, was er mit ihr da oben tun würde, als sie nach ein paar Schritten stehen blieb.

„Mein edler Ritter, ich danke ihnen, dass sie mich begleitet haben, so dass mir nichts geschehen konnte. Doch den Rest des Weges möchte ich alleine gehen."

Was sagte sie da?

Seine ganzen schönen Vorstellungen fielen über ihm zusammen wie ein Kartenhaus und zerbrachen wie ein tönerner Krug. Die Scherben schnitten ihm ins Herz und seine Lenden schmerzten vor unerfülltem Begehren. Er musste sich verhört haben.

Da legte sie einen Finger auf seinen Mund.

„Seien Sie ganz ruhig, edler Ritter. Ihre Geduld wird belohnt werden. Doch jetzt möchte ich alleine sein."

Ein letztes Mal blickte er sehnsuchtsvoll auf diesen Mund, der ihm die Erfüllung aller Wünsche versprach. Dann wandte er sich um und ging über den schmalen Flur zurück in die Freiheit.

Doch er würde nie mehr sein eigener Herr sein.

Als die schwere Eingangstür hinter ihm ins Schloss fiel, fühlte er sich überglücklich.

Der Mann machte sich auf den Weg zu seiner Frau. Alles ging mit ihm, nur sein Herz, das hatte er bei seinem neuen, prachtvollen Gewand gelassen.

Beschwingt näherte er sich seinem Haus. Er sah nicht, dass seine Frau am Fenster stand und ihm entgegenblickte. Sie war über die Leichtigkeit erstaunt, mit der er Schritt vor Schritt setzte und damit ausdrückte, dass die Welt nicht groß genug für ihn sei.

Genau so war er, als sie sich kennenlernten!

Sie erschrak zutiefst.

Die Frau trat vom Fenster zurück und ging ihm entgegen. Als er das Haus betrat, dachte er an seine Wohnung im ersten Stock und dass sie für ihn zum Kerker geworden war.

Da kam ihm seine Frau auch schon entgegen und blieb auf der letzten Treppenstufe stehen.

Ja, ich weiß! So hast du es gern. Du musst immer ein wenig höher stehen als ich.

Doch er sprach diesen Gedanken nicht aus.

Seine Frau bemühte sich, nicht vorwurfsvoll zu klingen.

„Hallo, mein Schatz. Hattest Du nicht einen Termin bei Dr. Ferrara? Ich rief dort an und wollte Dich bitten, auf dem Nachhauseweg noch Oliven mitzubringen, doch Du warst nicht dort."

Fragend schaute sie ihn an. Sie hoffte so sehr auf eine Erklärung von ihm, die ihre Ahnung als Täuschung entlarven würde.

Aber er sagte nichts dergleichen.

Da stieg sie die letzte Stufe nach unten und machte sich damit genau so verletzlich und verwundbar wie er. Der Mann drückte sie kurz an sich und gab ihr einen Kuss auf die Stirn.

„Liebling, ich muss noch arbeiten. Ich war nicht bei Dr. Ferrara, weil der Termin mit dem Bauingenieur – ich hatte Dir davon erzählt – einige Schwierigkeiten aufgeworfen hat, um die ich mich gleich kümmern muss. Warte nicht mit dem Essen auf mich, es kann später werden. Vielleicht schlafe ich auch auf der Couch im Arbeitszimmer, um Dich nicht zu stören."

Die Frau schrie innerlich auf!

Bitte, störe mich! Sprich mit mir und nimm mir meine Befürchtungen!

Doch er ging stumm nach oben.

Die Treppenstufen knarrten bei jedem Schritt, als würden sie seufzen.

Er hatte seine prachtvollen Kleider angezogen, und sie standen ihm hervorragend. Es fühlte sich gut an, als er seine alten Lumpen abgelegt hatte, aber hätte er sich nicht wie ein Betrüger vorkommen müssen?

Doch er hatte sein neues Gewand an sich gerissen und damit einen folgenschweren Schritt getan, den er nicht mehr rückgängig machen konnte. Indem er seine alten Kleider weggeworfen hatte, zerstörte er die Herzensbindung an seine Frau. Diese Verletzung konnte niemals wieder heil werden, und sollte man es sich noch so sehr wünschen.

Nun gab es eine neue Liebe in seinem Leben, die ihm zärtlich durch das Haar fuhr. Er seufzte. Genau das hatte ihm all die Jahre gefehlt.

Und dann diese vielen Decken und Kissen! Er konnte sich nicht erinnern, jemals zu Hause einen solchen Genuss erlebt zu haben. Tief atmete er ihren Duft ein.

Seine Frau hatte nie so gerochen!

Aus welchem Grund nur dachte er ständig an seine Frau, die zu Hause auf ihn wartete?

Plötzlich tauchte die Tragweite seines Handelns auf und sprang vor Freude auf und ab.

„Hallo, Charles, Du scheinst überrascht zu sein, mich zu sehen!"

Sie machte einen besonders hohen Sprung.

„Da Du schon ein erwachsener Mann bist, muss ich wohl annehmen, dass Du etwas dumm bist, wenn Du gedacht hast, ich komme nicht zu Dir. Denn wenn Du klug gewesen wärst, dann hättest Du nicht so gehandelt, sondern gewusst, dass am Ende immer ich stehe."

Die Tragweite hüpfte fröhlich von einem Bein auf das andere.

„Du hast mich gerufen und hier bin ich!"

Sie breitete ihre Arme aus, sprang auf Charles zu und umschloss sein Herz.

Doch er übersah sie geflissentlich, verdrängte den Gedanken an seine Frau und wandte sich dem Schoß zu, der das Verlockendste war, das er sich jemals vorstellen konnte.

Wenn er die Augen zumachte und von ihrem Duft umgeben wurde, sah er die Genüsse und die Schönheit Arabiens vor sich und fühlte die zarten Schleier der Bauchtänzerinnen. Ausdrucksstarke Augen nahmen ihn gefangen und der rot geschminkte, verführerische Mund war unter dem Stoff verborgen.

Und während die Wohlgerüche einer fernen Welt auf ihn herab sanken und die Tänzerinnen sich immer schneller im Takt der Musik bewegten, schlangen sie ihre Körper um ihn herum und nahmen ihm die Luft zum Atmen. Er riss sich von dieser Betrachtung los und öffnete seine Augen. Er war wieder bei seinem neuen Gewand, das immer noch zärtlich durch sein Haar fuhr.

Zusammen mit ihrem Lächeln sank auch ihr Parfüm auf ihn nieder, das so herrlich war wie alle anderen, die sie sorgfältig in einem großen Schrank verschlossen hatte.

So verging eine Stunde um die andere und mit ihnen die Gelegenheit, auf seinem Weg umzukehren. Aber das war ihm einerlei. Für ihn war nur noch wichtig, dass er hier bei ihr sein konnte.

Allein das zählte.

„Zum alten Kahn" war über der Eingangstür zu lesen. Charles hatte den Ort erreicht, an dem er inzwischen am liebsten seine Zeit verbrachte.

Mit einem Knarren öffnete sich die alte, hölzerne Eingangstür, die aus einer anderen Zeit zu stammen schien. Es hatte den Anschein, sie würde jedem raten, sich nicht gegen sie zu stemmen, um doch noch Einlass zu diesem verlorenen Ort zu erhalten, sondern weiterzugehen.

Nach Hause.

Zu Frau und Kindern.

Charles ging nicht heim.

Dieses Haus zog ihn magisch an.

Er hatte keine Wahl.

Seine Begierde trieb ihn in den „Alten Kahn". Sie stach ihn wie Dornengestrüpp. Die Rosenblüten waren schon lange verdorrt. Anfangs hatte er sich noch dagegen gewehrt und das eine oder andere Mal versucht, es loszuwerden. Er hatte damit all seine Kraft verschwendet.

Die Tür fiel hinter ihm ins Schloss und Charles befand sich in einer anderen Welt.

Männer saßen im Halbdunkel mit gesenkten Köpfen an den Tischen und warfen ihm heimtückische Blicke zu. Wäre Charles bei klarem Verstand, könnte er in ihnen die Kreaturen erkennen, die ihn verstohlen musterten, während er vorbei ging.

Er schien alleine zu sein!

Ob er wohl Geld bei sich hatte?

Ihre forschenden Blicke ruhten auf ihm.

Sie kannten ihn doch!

Seit kurzem ließ er sich immer häufiger hier sehen. Für

180

jemanden wie ihn musste es doch bessere Gelegenheiten geben, um ein Bier zu trinken.

Als käme er aus einem ganz bestimmten Grund gerade hierher.

Zu ihnen!

Etwas schien diesen Mann zu quälen. Er ging immer leicht vorgebeugt und legte oft die Hand auf seinen Magen. Vielleicht könnten sie ihm ja ihre Hilfe anbieten.

Langsam schob Charles sich durch den Lärm zu einem Tisch an der hinteren Seite durch. Und hinter ihm ballte sich die tosende Menge zu einem Ungeheuer zusammen, das sich mit aller Kraft aufbäumte, um ihn zu verschlingen.

Als Charles sich hinsetzte, war das Monster verschwunden und gab den Blick auf die Menschen frei, die es soeben wieder ausgespien hatte.

Er legte beide Hände um sein Bierglas und wartete.

Ihm kamen Zweifel.

Bin ich verrückt geworden?

Was tue ich eigentlich?

Ich sollte nicht hier sein.

Charles sah sich unauffällig um.

Früher war hier die Kunst zu Hause. Sobald er damals dieses helle, freundliche Gebäude betreten hatte, fiel alles Schwere von ihm ab und vergnügte sich so lange mit den Ahnungslosen dieser Welt, bis er den „Alten Kahn" wieder verließ. Es erwartete ihn bereits an der Haustür und bei seinem ersten Schritt über die Schwelle machte es einen Sprung und hing wieder an ihm.

Seinerzeit war der *Alte Kahn* ein beliebter Treffpunkt für Schriftsteller, Bildhauer und Maler. Die allgemeinen Regeln der

Gesellschaft, dass das Ansehen einer Person stieg, je erfolgreicher sie war, waren hier nicht gültig. Dieses Haus zu betreten glich einer Rebellion gegen die üblichen Konventionen und sie alle liebten es.

Im *Alten Kahn* spürte man die Leichtigkeit des Seins, auch wenn Charles zugeben musste, dass es sich bei den Künstlern oftmals um gescheiterte Existenzen handelte, von denen kaum einer selbst das Geld verdiente, das er zum Leben brauchte. Zu Hause nahmen sie wieder die Rolle an, die ihnen das Leben aufzwang, denn sie waren abhängig von der Ehefrau, dem Lebensgefährten oder Freund. Geld regierte die Welt und ohne finanziellen Spielraum war selbst Kunst kaum möglich.

Die ganze Welt drehte sich doch immer wieder um die eine Frage: Wer bezahlt?

Finanzielle Mittel öffneten die Tür, die einem anderen verschlossen blieb. War die Menschheit trotz des Fortschritts und aller Bildung wirklich so im finsteren Mittelalter stecken geblieben?

Trotzdem dachte Charles gerne an diese Zeit zurück.

Er konnte sich an die Hecke erinnern, die den Garten umgab und im Winter die Blätter verlor. Dann stand eine Armee von Geistern um das Grundstück und verwehrte den Zutritt. Sobald jemand eintreten wollte, streckten sich die nackten Arme nach ihm aus, um ihn zu ergreifen. Wer weiß, was mit dem Eindringling passiert wäre?

Doch der Winter lag in einem fernen Land und der umzingelte Raum war bepflanzt mit den verschiedensten Stauden und Gehölzen, die das Haus schützten. Die Wände waren mit Weinranken und Prachtwinden bewachsen und das Gebäude versteckte sich hinter Apfelbäumen, deren Stämme von wildem Efeu umschlungen waren, das sich überall im Garten ausgebreitet hatte. Auch die Bäume streckten ihre Äste aus, so weit sie konnten, um das Haus vor neugierigen Blicken zu schützen.

Fliederbüsche verbargen den Weg, der um das Anwesen herum führte. Vor dieser Duftoase aus unzähligen feinen Blüten standen kleine Lavendelbüsche. Von den Pfingstrosen zur Linken war eine prachtvoller als die andere und der Weg nach rechts wurde von blühendem Flocks gesäumt, zwischen dem der rote Fingerhut hervor spickte.

Die Gäste gingen zu der köstlichen Oase aus reinem Duft und gaben sich diesen sinnlichen Eindrücken hin. Sie schoben den Flieder beiseite und sahen zwei aus Marmor gemeißelte Figuren vor sich stehen, die Darstellung von Romeo und Julia.

Der Garten war nicht einsehbar, so dass sie unter sich bleiben konnten, wie Hänsel und Gretel in dem verwunschenen Wald.

In einer Welt, die besser war als die andere.

Hängematten schaukelten zwischen den Bäumen und unzählige Decken und Kissen lagen bereit. Auch die Holzbänke in der kleinen, mit Spalieren umgebenen Laube ganz hinten im Garten waren liebevoll gepolstert. Wilder Wein wuchs empor, der wie ein Aphrodisiakum zu wirken schien. Hin und wieder sah Charles ein Pärchen in diese Richtung gehen. Immer zog der Mann die kichernde Frau hinter sich her, die ihm bereitwillig folgte. Die blühenden Zweige schienen sie vorwärts zu winken.

Die Frau lachte auf, als sie die kleine Hütte hinter der Laube erreicht hatten und die Tür hinter ihnen zufiel.

Charles schmunzelte.

Die Künstler lebten nach dem Satz: *Was kostet die Welt!*, auch wenn sie selbst diejenigen waren, die sie nicht bezahlen konnten. Aber es spielte keine Rolle. Das süße Leben, nur das war wichtig; wer machte sich schon Gedanken um den nächsten Tag? So spießig wollte keiner von ihnen sein.

Damals schaukelte Charles jeden Abend in der Hängematte sanft hin und her und vernahm nichts außer dem Zirpen der Grillen, den leise geführten Gesprächen und dem verhaltenen Kichern aus der Hütte. Charles gefiel dieses Leben und sein Wunsch war nur zu verständlich, dass es immer so bliebe.

Er wusste noch nichts von den abscheulichen Dingen zu denen er fähig war, und die er sich in seinen schlimmsten Träumen nicht vorstellen konnte.

Langsam wurde es dunkel und im Garten wurden Kerzen angezündet. In diesen Stunden mussten es Hunderte gewesen sein.

Zu dieser Zeit war sein Leben farbig, prächtig und vielfältig.

Oder sollte er sich so getäuscht haben?

Als Charles an die Frauen dachte, spürte er eine feine Erregung aus seinen Lenden hochsteigen. Damals war alles einfach. Heutzutage wurde geredet.

Je länger Männer und Frauen über ihre Beziehungen diskutierten, umso komplizierter wurde das Ganze. Unübersichtliche Bauwerke schossen in die Höhe, die in dem rauen Klima hin und her schwankten. Dunkle Gewitterwolken standen am Himmel. Schon bald würde es ein Unwetter geben. Jede erneute Debatte entfachte einen starken Sturm und die Beziehung wurde immer instabiler.

Die Wächter, die sich gegen die Gebäude stemmten, um sie am

Einsturz zu hindern, wurden zusehends kraftloser. Daran änderten auch ihre wohlklingenden Namen wie *Liebe, Vertrauen, Nähe, Geborgenheit* und *Vergebung* nichts. Lange würden sie dem Druck nicht mehr standhalten können.

Schuttberge türmten sich vor Charles Füßen. Auch seine Hoffnung auf eine harmonische Beziehung lag dort begraben, zusammen mit seinen Illusionen.

Die Prioritäten hatten sich verschoben, nicht nur in seinem eigenen Leben.

Der *Alte Kahn* hatte seine Unschuld verloren!

Wie von weit her drang das scharrende Geräusch an seine Ohren, mit dem sich die Eingangstür hinter einem neuen Gast schloss. Zigarettenqualm hing in der Luft. Die finsteren Gesellen nahm er nur undeutlich wahr.

Charles blinzelte.

Lange vergangene Zeiten standen vor ihm und er blickte zurück auf seine Kindheit. Er besuchte mit seinen Eltern das Volksfest in der Stadt und wurde auf das Karussell mit den alten Holzfiguren gesetzt.

Wie durch ein Fernglas betrachtete er den Jungen auf dem schwarzen Holzpferd, das sich stolz aufbäumte, den Kopf hochwarf und sein Maul zu einem lauten Wiehern geöffnet hatte; als würde es mit ihm davon galoppieren wollen, um ihn vor dem zu schützen, was er jetzt war.

Das Geflüster um ihn herum, das Klirren von Glas, der Geruch von Schweiß und verschüttetem Bier holten ihn in die Gegenwart zurück. Er roch den billigen Fusel und verzog das Gesicht.

Trotzdem hatte Charles eine genaue Vorstellung davon, was

heute noch geschehen könnte. Er musste nur jemandem begegnen, der seinen Plan ebenso perfekt fand wie er selbst.

Er konnte nicht mehr länger warten.

Das Verderben hatte sich bereits in Bewegung gesetzt und selbst wenn er wollte, könnte er es nicht mehr aufhalten. Charles sah den Folgen seines Handelns bereits ins Gesicht und er ertrug dieses Grauen, denn am Ende würde es ihn frei machen.

Er hörte nicht auf seine innere Stimme, die ihn verzweifelt anschrie:

Charles, verlasse diesen Ort, solange du noch dazu in der Lage bist.

Kehre zurück zu deiner Frau.

Verschenke deine Seele nicht!

Doch Charles spürte nur den brüllenden Schmerz in seinem Magen, der ihn noch um den Verstand bringen würde. Aber er wusste auch, dass seine Träume sich schon bald erfüllten. Dass es möglicherweise Alpträume sein würden, die niemals mehr endeten, nahm er in Kauf, denn er hatte keinen sehnlicheren Wunsch, als dass endlich seine Qual zu Ende gehen möge.

Er hielt Ausschau nach dem Wirt, um sich ein Bier zu bestellen.

Da legte sich ein Arm wie der eines Bären auf seinen und eine heisere Stimme flüsterte ihm ins Ohr: „Das übernehme ich."

Charles blickte den stämmigen Mann neben sich an. Er war am Ziel seiner Wünsche angekommen.

Das übernehme ich. Diese Worte überschwemmten sein Herz mit Wärme. Nicht er musste Hand anlegen, sondern ein anderer würde es für ihn tun.

Er konnte es kaum glauben! Charles fühlte sich wie befreit.

186

Der Mann neben ihm neigte sich etwas nach vorne und blickte Charles an.

„Ganz schön viel los hier, was?", sagte der Fremde und seine Augen funkelten böse.

Charles gab keine Antwort. Seine Hände legten sich fester um das Glas, er hörte das Stimmengewirr und das Klappern von Geschirr aus der Küche. Zwischen seinen Händen konnte er Julias Hals spüren.

„Bist wohl neu hier in der Gegend?", versuchte der Fremde erneut, mit Charles ins Gespräch zu kommen.

„Kann schon sein."

Warte nur, mein Bürschchen, du wirst schon noch mit mir sprechen. Darum betteln wirst du.

Der Fremde stand auf und Charles sah ihm nach. Seit er die Kneipe betreten hatte, war er von einer eigentümlichen Anspannung ergriffen. Sein Gewissen regte sich.

Auch seine Magenschmerzen wurden schlimmer. Charles griff in die Innentasche seiner Jacke, doch sie war leer.

Dann quälte er sich durch die Menschenmasse, den wabernden Dunst von Schweiß, verschüttetem Bier und Zigarettenrauch nach draußen. Wie ein Ertrinkender atmete Charles die frische Luft ein und lehnte sich erschöpft an die Hauswand.

Da hörte er Stiefel durch den Kies schlurfen, der Fremde kam aus dem Schatten heraus auf ihn zu.

Er hatte beobachtet, wie Charles mit geschlossenen Augen dastand und unaufhörlich seine Hände ballte und wieder öffnete und erkannte daran zwei Dinge. Einerseits die große Belastung, unter der Charles stand und andererseits seinen Wunsch nach Erlösung.

Vielleicht sagte er ihm jetzt, was los war.

Der Fremde sprach ihn an:

„Ich geh auch immer mal wieder an die frische Luft; ist ja ziemlich voll da drinnen."

Er machte sich eine Zigarette an.

„Willst Du auch eine?"

Charles, der immer noch kein Wort sagte, lehnte mit einem Kopfschütteln ab. Trotzdem erkannte der Fremde, dass er ihn bereits am Haken hatte und seine Augen glitzerten, als er Charles anblickte.

„Komm mit rein, ich bestell dir noch ein Bier."

Für einen Augenblick legte ihm der Fremde eine Hand auf die Schulter.

Du kannst mir vertrauen.

Charles ging mit dem Fremden zurück in die Kneipe. Er war am Ziel seiner Wünsche angekommen.

Auch der Fremde war zufrieden.

Sein Instinkt hatte ihn noch niemals getäuscht.

Der Tag seiner Erlösung war da.

Alles war arrangiert.

Träum süß, meine Kleine!

So lange Du noch kannst.

Ihr war kalt! Sie stand vor einem verlassenen Haus. Julia stieg die Treppe zur Eingangstür hinauf. Die Stufen schienen sich unter ihr wegzubewegen, als würden sie verhindern wollen, dass sie dem Gebäude näherkam. Sie wischte sich den Schweiß von der Stirn.

Die schwere Eingangstür schwang wie von selbst auf. Julia stand verloren vor einem grausigen Schlund und die Dunkelheit legte über alles ein pechschwarzes Tuch. Sie betrat das Haus und spürte instinktiv, dass es in ihm viele verwinkelte und nicht zu enden scheinende Korridore gab.

Julia zögerte.

Wie seltsam hier alles war!

Sie berührte die Wände, irgendetwas fühlte sich feucht an.

Julia zuckte zusammen, als die Haustür hinter ihr ins Schloss fiel und presste die Hände gegen ihr Herz.

Ihr Mund öffnete sich zu einem lautlosen Schrei und sie begann zu laufen, so wie sie es jeden Abend im Park tat. Sie rannte und rannte, doch niemals erreichte sie die nächste Tür. Die Flure schienen sich vor ihr immer mehr in die Länge zu ziehen.

Sie warf einen Blick zurück. Ob sie verfolgt wurde? Erbarmungslos schnappte die Angst nach ihr und trieb sie an, aber sie kam kaum vorwärts. Sie bewegte sich wie in Zeitlupe. Das Flattern des Rockes und ihrer langen Haare wirkte eingefroren. Ein Träger ihres leichten Sommerkleides war nach unten gerutscht und man sah die nackte Schulter.

Ab und zu stieß sie einen verzweifelten Schrei aus, aber nichts davon war zu hören.

Es blieb totenstill.

Wie in einem Grab!

Zum Glück drehte Julia sich nicht mehr um, denn hinter ihr lief ein furchtbares Monstrum aus Seetang her, das mit jedem seiner Schritte an Größe gewann.

Julia, lauf so schnell du kannst; es reißt schon seinen Rachen auf, um Dich zu verschlingen.

Halte Deine Hoffnung fest, denn du wirst sie noch dringend brauchen!

Nein!

Keuchend schreckte Charles hoch. Er rieb mit den Händen über sein Gesicht. Was für ein Alptraum!

Die Tragweite seines Handelns stand ihm wieder vor Augen und grinste ihn spöttisch an.

„Hast Du gut geschlafen?"

Als Charles keine Antwort gab, wurde sie deutlicher.

„Weißt Du, was heute für ein Tag ist?"

Die Tragweite riss die Arme nach oben und hüpfte fröhlich auf und ab.

Oh ja, Charles wusste es nur zu gut. Er musste etwas tun, bevor es zu spät war. Er zog seine Hausschuhe an und drehte sich zu Julia um, die tief und fest zu schlafen schien.

Charles wusste nicht, dass sie durch ein verlassenes Haus irrte und hörte keinen ihrer verzweifelten Schreie.

Er machte die Schlafzimmertür hinter sich zu.

Im Flur zog er seine Jacke über, schlüpfte in warme Schuhe und verließ das Haus. Dann vergewisserte er sich, dass das Schlafzimmerfenster dunkel blieb und setzte seinen Weg zum *Alten Kahn* fort.

Er musste unbedingt mit dem Fremden sprechen! Charles durchquerte den Park zum ersten Mal mitten in der Nacht. Die herunter hängenden Äste der Linden wirkten gespenstisch und beunruhigten ihn zusätzlich. Durch den frischen Nachtwind schienen sie sich leicht in seine Richtung zu bewegen.

Charles beschleunigte seine Schritte.

Von ferne hörte er einen Kauz rufen. Er kannte diese unbeholfenen und eigenbrötlerischen Vögel.

Der Aberglaube hielt sie für Unglücksbringer und Todesboten.

Genau das hatte er jetzt noch gebraucht!

Die Angst presste sein Herz zusammen.

Er machte seine Jacke zu und ärgerte sich darüber, dass er keine Handschuhe mitgenommen hatte. Charles hatte nicht damit gerechnet, dass es so kalt sein würde.

Eine schlimme Vorahnung trieb ihn vorwärts. Wie furchtbar wäre es, wenn das Böse, das er im Verborgenen erdacht hatte, wahr werden würde!

Wieso kam ihm der Weg zum *Alten Kahn* heute so lang vor?

Er müsste doch schon das Licht sehen können, das sich durch die Fenster in die Nacht davon schlich und den Lärm hören, der gedämpft nach außen drang.

Aber alles war ruhig.

Verstört ging Charles auf ein altes, verlassenes Haus zu. Wo war der *Alte Kahn*? Was war denn nur geschehen? Das konnte doch alles nicht wahr sein! Charles war fassungslos.

Vorsichtig stieß er die Eingangstür auf und trat zögernd über die Schwelle. In seinem Kopf drehte sich alles.

Er tastete auf dem schmalen Holzsims neben der Theke nach einer Kerze und Streichhölzern. Es trieb ihn fast in den Wahnsinn, dass er sie genau dort fand. An der Stelle, wo der Wirt sie immer hingelegt hatte.

Was war noch wahr?

Wo begann die Täuschung?

Er schob die Schachtel auf, nahm ein Streichholz heraus und rieb damit über die Zündfläche. Mit einem zischenden Geräusch erhob sich eine Flamme, die im Luftzug zitterte, der durch die halb geöffnete Tür herein kam. Charles schützte sie mit seiner Hand, hielt sie an den Docht einer Kerze und legte die

Schachtel mit den Streichhölzern zurück an ihren Platz.

Der Ort, an dem er die Bekanntschaft mit dem Fremden gemacht und ihm seine grausamen Vorstellungen offenbart hatte, lag einsam, verlassen und dunkel vor ihm.

Behutsam ging Charles vorwärts und der Geruch des abgebrannten Schwefelhölzchens verfolgte ihn, als gäbe es ihm die Schuld dafür, dass es sein Leben verloren hatte.

Ihr Leben hatte aufgehört zu existieren!

Ein Vakuum schloss sie ein.

Sie fühlte nichts!

Keine Angst.

Keine Kälte.

Keinen Hunger und keinen Durst.

Ihre Arme waren an den Körper gepresst, sie konnte sich nicht bewegen. Mit den Fingern tastete sie über den Untergrund. Es fühlte sich rauh an. Sie rieb hin und her. Immer wieder. Bis sie sich einen Splitter einriss.

Wo war sie?

Wie kam sie hierher?

Was war geschehen?

Julia versuchte, sich zu erinnern. Sie wusste noch, dass sie durch menschenleere Straßen gelaufen war. Vorbei an geparkten Autos, die wie lauernde Kreaturen im Schatten der Bäume standen und warteten.

Aber worauf?

Außer ihr war kein Mensch zu sehen. Ob sie durch die Gardinen an den dunklen Fenstern der Nachbarhäuser beobachtet wurde? Julia fühlte sich unwohl. Sie beschleunigte ihre Schritte. Endlich ließ sie die letzten Häuser hinter sich und erreichte den Park. Zu dieser späten Abendstunde lag er still und dunkel vor ihr.

Das letzte, was sie spürte, war ein heftiger Schlag gegen den Kopf.

Als Julia wieder zu Bewusstsein kam, wurde sie von einer finsteren Lethargie umschlungen. Sie vermisste den Anblick der stumm dastehenden Bäume und den Duft der Sträucher im

Park.

Stattdessen roch es nach altem Holz. Als sie an ihren schmerzenden Kopf fassen wollte, griff eine Eiseskälte nach ihrem Herzen. Panik stieg in ihr hoch und sie wollte schreien, doch kein Ton kam über ihre Lippen.

„Wasser, bitte.", flüsterte sie.

Aber niemand gab ihr etwas zu trinken.

Julia erinnerte sich daran, dass sie über einen schwach beleuchteten Bretterboden getragen wurde. Es hatte sich angefühlt, als würde sie schweben.

Was gesprochen wurde, konnte sie nicht verstehen. Schrie man sie an? Und warum? Sie war noch benommen von dem Schlag gegen ihren Kopf. Die Welt um sie herum versank in einem dichten, weißen Nebel. Es war gut, solange er sie einhüllte. Dann kam nichts an sie heran. Unvermittelt mischte sich das Grauen unter den tröstlichen Nebel. Es tanzte um sie herum und sang.

Komm nur her. So ist es gut. Noch näher.

Kannst Du es schon sehen? Erkennst Du es? Dein neues Zuhause!

Du wirst es bequem haben.

Sie lag am Boden. Ihr Körper schmerzte.

Der dichte, weiße Nebel wechselte sich mit dem unbeschreiblichen Grauen ab und gaukelte ihr Bilder vor.

Julia hörte das Lachen ihrer Tochter. Aber nicht Lisa lachte, sondern die Männer, die um sie herumstanden und auf sie herab sahen.

Der Fremde blickte jeden von ihnen scharf an. Er sah die flackernden Augen und trat einen Schritt vor. Eine Kleinigkeit würde die Situation unkontrollierbar machen.

Für einen Augenblick wurde es ganz still.

Es war gespenstisch ruhig. Jeder hörte nur sein eigenes Blut rauschen.

Am liebsten wären die Männer davon gelaufen. Die Frau hatte ihnen nichts getan. Sie verdiente das nicht, was sie ihr antun wollten.

Sie zögerten und blickten auf den Fremden. Er war einer von ihnen. Einer für alle – alle für Einen, das galt doch noch für sie – oder? Da bückte sich der Fremde, nahm den Deckel von der Kiste herunter und legte ihn neben sich auf den Boden.

Die Männer starrten in das schwarze Loch und atmeten tief durch. Was taten sie hier eigentlich? Weshalb verschleppten sie eine unschuldige Frau? Was sollte noch passieren?

Aber jeder von ihnen kannte die Antwort auf diese Fragen. Sie waren dem Fremden gefolgt, um nicht als Versager da zu stehen.

Er drehte sich zu ihnen um.

„Los jetzt. Legt sie hinein."

Keiner rührte sich.

Also fasste er selbst unter Julias Arme, um sie hochzuheben.

„Kommt schon, nehmt die Beine und legt sie mit in die Kiste."

Jetzt kam Bewegung in die Umstehenden. Einer von ihnen nahm Julias Füße, als wäre dies eine tagtägliche Handlung.

Aber es war nicht selbstverständlich. Für keinen von ihnen. Denn sie waren keine Verbrecher.

Manchmal traten sie ein bisschen auf wie Schurken, aber das taten sie nur, um bei ihren Liebschaften Eindruck zu schinden.

Aber dieser Frau, die vor ihnen am Boden lag und jetzt in die

196

Kiste verfrachtet wurde, mussten sie nichts vormachen.

Charles hatte dem Fremden erzählt, dass seine Frau jeden Abend zum Park lief. Also lauerten sie ihr dort auf und setzten Julia mit einem Faustschlag außer Gefecht. Die Männer vergewisserten sich, dass niemand sie beobachtet hatte, legten die Bewusstlose in den Kofferraum des Wagens und brachten sie zum *Alten Kahn*. Auch dort achteten sie genau darauf, dass niemand in der Nähe war und trugen ihr Opfer durch eine Seitentür in das Gebäude. Schon auf der Treppe zum Dachboden wünschten sich die Männer nichts sehnlicher, als dass sie alles ungeschehen machen könnten.

Aber sie wollten keinesfalls als Schwächlinge dastehen. Daher gehorchten sie dem Fremden bedingungslos. Und nun standen sie hier und legten die Frau in diesem dunklen Loch ab, das der Fremde mit dem Deckel verschloss. Barmherzig war nur der dichte, weiße Nebel, der ihr Bewusstsein umhüllte und die Bilder zurückkehren ließ.

Diesmal stand Charles stumm vor ihr und streckte die Hände nach ihr aus. Sie wollte danach greifen. Aber er wich immer weiter zurück, bis er schließlich so weit von ihr entfernt war, dass sie ihn kaum noch erkennen konnte.

Dann wieder lag sie an einem sonnigen Tag auf ihrem Bett und schaute zum Fenster. Der Sommerwind blies heiß gegen die zarten Vorhänge.

Julias Blick wanderte zum Bücherregal. Sie las einige der Titel und freute sich darüber, solche Schätze zu besitzen.

In diesem Moment hörte sie ein Rascheln hinter sich und drehte sich um. Erschrocken sah sie, dass der zarte Vorhang zu einem Ungeheuer geworden war, das auf sie zukam. Julia versuchte noch, das Bett zu verlassen und die rettende Tür zu erreichen, aber es war zu spät.

Sie wurde von den Stoffen umschlungen.

Die Bilder verblassten, nur der Kokon blieb übrig.

Er wurde zu Holz.

In diesem Augenblick riss der dichte, weiße Nebel auf und Julia wurde schlagartig klar, dass sie in einer Kiste eingesperrt war. Sie drückte mit den Armen gegen das glatte Holz und konnte die Schreie fühlen, die sich in ihrer Kehle bildeten. Julia schluckte sie hinunter, denn es war ja doch nichts anderes als in jeder Nacht zu Hause. Immer, wenn Charles sie in seiner Umarmung einschloss, begann ihre Qual.

Es schien nie zu enden!

Mit letzter Kraft drückte sie gegen das Holz und der Zustand eingesperrt zu sein, verbündete sich mit der Hoffnungslosigkeit ihrer Lage zu einem furchterregenden, riesigen Drachen, dessen schreckliche Schreie in ihren Ohren dröhnten und ihren Verstand einnebelten, bis eine gnädige Ohnmacht sie erlöste. Mit dem letzten klaren Gedankenfetzen erinnerte sie sich an den Sternenhimmel und die Macht, die dort bei ihr war.

Julias Worte waren nur ein Flüstern.

Bitte, verlass mich nicht!

Essen ist fertig! schallte es vom Haus herüber. Der Mann wischte sich achtsam die Hände ab und klopfte den Staub von seiner Kleidung, damit keine Spur von dem zurück blieb, was er tat. Er musste nur noch den Deckel machen.

Der Fremde konnte zufrieden sein. So wie immer!

Nun war sogar ein Lächeln auf dem Gesicht des Mannes zu sehen.

Man konnte sich auf ihn verlassen. Er behandelte alles mit der nötigen Diskretion. Da machte es überhaupt nichts aus, dass seine Dienste etwas teurer waren als üblich. Alles hatte eben seinen Preis!

Auf diese Weise konnte er seiner Frau hin und wieder ein hübsches Schmuckstück kaufen, die sich dann immer in einer ganz besonderen Weise darüber freute.

Vielleicht bewies sie ihm heute nach dem Dessert ihre Dankbarkeit?

Er warf noch einen Blick auf die Kiste, dann drehte er am Lichtschalter.

Seine Frau sah ihm vom Küchenfenster aus zu, wie er aus dem Schuppen kam und sich zweimal vergewisserte, ob er die Tür auch abgeschlossen hatte.

Manchmal fragte sie sich, was er da drin eigentlich so oft zu tun hatte? Aber er mochte es nicht, dass sie dorthin ging und sie hielt sich daran.

Mit der Hand berührte sie die hübsche Kette, die er ihr heute beim Frühstück um den Hals gelegt hatte. Sie betrachtete ihr Spiegelbild im Fensterglas.

Während ihr Mann auf das Haus zuging, ließ sie die Kette durch ihre Finger gleiten. Vielleicht zeigte sie ihm später, wie sehr sie sich über sein Geschenk gefreut hatte.

Vielleicht heute Nacht.

Vielleicht aber auch nach dem Essen.

Sie könnte ihren Sohn zu seinem schönen, neuen Spielzeug in das Kinderzimmer schicken. Er würde sicher nicht herauskommen, bis man ihn rief.

Sie lächelte, als sie an ihren Mann dachte.

Auch wenn er manchmal verschlossen wirkte, war er doch ein guter Kerl.

Die Frau wollte ihn schon manchmal nach der Scheune fragen, doch wenn er ihr wieder ein neues Schmuckstück mitbrachte, ließ sie es auf sich beruhen.

Sie musste ja auch nicht alles wissen.

Damit beruhigte sie sich und achtete auf keine ihrer Ahnungen.

Ihr Mann ging ins Badezimmer.

Die Frau zögerte und blickte zu ihrem Sohn, der am Küchentisch saß und mit dicken Stiften auf einen großen Bogen Papier malte. Immerzu zeichnete er. Sie wollte schon gerne einmal sehen, was er gemalt hatte, aber er bedeckte das Bild immer mit seinem Arm, sobald sie das Zimmer betrat, und sah sie dabei mit einem Blick an, der sie am Näherkommen hinderte. Auch später, wenn sie die Stifte sorgsam in die Schatulle zurück legte, fand sie niemals eines seiner Bilder.

Leise ging sie zur Tür, die nur angelehnt war.

Ob ihr Mann gehofft hatte, dass sie käme?

Die Frau spitzte durch die Tür und sah ihren Mann am Waschbecken stehen: Er hatte seinen muskulösen Rücken nach vorne gebeugt und ließ Wasser über seine Hände laufen.

Er wusste, dass sie ihm verfallen war! Die Frau erkannte es an seinem Blick, als er den Kopf hob und in den Spiegel blickte.

Ihre Augen trafen sich.

Langsam drehte er sich um.

In einem einzigen Augenblick war die Gier entfesselt!

Er machte einen Schritt auf sie zu und packte sie mit eisernem Griff. Der wilde Ausdruck seiner Augen machte ihr Angst.

Sie war ihrem Mann ausgeliefert und konnte ihm keinen Einhalt gebieten. Genau das war es, wonach sie verlangte.

Die Frau war kein Typ für langweilige Beziehungen, die in geordneten Bahnen verliefen. Ab und zu wollte sie sich animalischen Gelüsten hingeben.

Ja, sie würde sich ihm ausliefern, ohne jemals zu fragen, wo er herkäme oder wohin er ginge.

Ihr genügte, was sie bekam. Hübsche Geschenke und ein Untier im Bett. Das Gefühl der Erregung schwappte über sie hinweg und löschte alles andere aus.

Mit der gleichen Kraft, mit der er sie gepackt hatte, riss er ihr nun Bluse, Hose und den BH vom Leib. Sie trug kein Höschen! Er schwang sie herum, streckte ihre Arme nach oben und drückte sie mit seinem Körper gegen die Wand.

Sie keuchte. Sein Mund war dicht an ihrem Ohr.

Er flüsterte.

„Sag, dass du es willst!"

„Ja, ich will es."

Sie versuchte, sich umzudrehen. Aber der Mann hielt ihre Arme fest wie in einem Schraubstock und ließ nicht zu, dass ihre Lippen ihn berührten.

Unerbittlich hielt er sie fest.

„Bitte mich darum!"

Sie wand sich unter seinem harten Griff.

„Du sollst mich darum bitten! Hörst Du mich nicht?"

Seine schneidende Stimme machte sie fast verrückt.

Und immer noch hielt er sie fest.

„Ja, Baby, das macht Dich an, nicht wahr?"

Mit einer einzigen Bewegung drehte er sie um. Er fingerte an seinem Reißverschluss und hielt mit der anderen Hand immer noch ihre Arme fest. Dann griff er nach der Kette, die sich um ihren Hals legte wie eine Schlange vor dem tödlichen Biss.

Er geriet vollends in Raserei, als ihm die Kiste in den Sinn kam, die halb vollendet im Schuppen stand und darauf wartete, dass er die Arbeit an ihr fortsetzen würde.

Dorthin könnte er auch seine Frau bringen und sie zur Strafe darin einschließen. Immer, wenn sie unartig war.

Sie biss sich auf die Lippen, um nicht zu schreien. Ihr Sohn sollte es nicht hören. Er würde zwar am Tisch sitzen bleiben, weil er ein braver Junge war, aber durch die Geräusche aus dem Badezimmer würde ihn eine Furcht beschleichen, die niemals wieder ganz von ihm weichen würde.

Ihren Mann erkannte sie nicht mehr wieder. Was war nur heute mit ihm los?

Immer heftiger stieß er sie an das schmale Regal neben der Badewanne. Die kleinen Tiegel und Tuben fielen zu Boden. Sie registrierte das Klappern auf den Fliesen.

Jetzt unterdrückte er seinen Schrei und biss ihr in die Schulter.

Außer Atem lehnten sie aneinander. Er strich über den Schweiß auf ihrem Gesicht, gab ihr einen Kuss auf die Wange und umarmte sie. Ihr Gesicht lag an seiner Brust.

Doch dieser vertraute Augenblick war schnell vorbei.

202

„Ich esse später. Muss noch weiterarbeiten."

Er zog seinen Reißverschluss hoch und räusperte sich.

Die Frau blickte ihn nicht an, als sie ihre Kleider aufhob und er verließ das Badezimmer.

Sie hielt ihre zerknüllte Garderobe in der Hand, stützte sich am Waschbecken ab und starrte in den Spiegel.

Sie hatten sich wie Tiere benommen!

Die Frau mochte es.

Wenn er doch nur noch ein bisschen bei ihr geblieben wäre! Sie zog die Luft ein. Manchmal ging die Arbeit eben vor. Wer weiß, was er noch zu tun hatte.

Ihr starrer Blick wurde weich, als sie das glänzende Gold an ihrem Hals berührte. Die Kette legte sich geschmeidig um den Anhänger herum. Er schien sein Maul aufzureißen und sie zu bedrohen. Da legte sie ihre Hand darauf und er wurde wieder zu dem goldenen, mit Edelsteinen besetzten Schlangenkopf.

Sie schüttelte ihre Kleider aus, schlüpfte bedächtig in die Hose und zog ihre Bluse über. Sie liebte das Gefühl von Kleidung auf der nackten Haut. Den Büstenhalter warf sie in den Wäschekorb, dann zog sie die Badezimmertür hinter sich zu und ging zu ihrem Sohn.

Der Mann war inzwischen erneut in seinem Schuppen und hatte die Tür hinter sich verschlossen. Ihn umgab wieder dieses Vakuum, in dem er nichts fühlte und es nur noch seinen Auftrag gab.

Heute morgen hatte er mit dem Fremden telefoniert. Er wäre bis zum Abend im *Alten Kahn* und der Mann könnte die Kiste jederzeit vorbei bringen.

Er nahm sein Werkzeug aus dem Schrank und strich mit der Hand über das glatt gehobelte Holz.

Auch wenn ich nicht weiß, wofür Du gemacht wirst, so sollst Du doch so gut wie möglich aussehen.

Der Mann stand auf und führte seine Arbeit fort.

Während er den Deckel zusammensetzte und mit dem Hammer die langen Nägel in die Bretter trieb, dachte er über seine Frau nach.

Frauen!

Wer sollte sie verstehen?

Er führte einen kraftvollen Schlag aus.

Ob sie einen nicht doch nur an der Nase herum führten?

Obwohl er bestimmt Glück hatte!

Seine Frau war keine Schauspielerin. Sie war zu stolz, um Gefühle nur zu heucheln, und auch in ihr schlummerte etwas, das er zu gern nachts zum Leben erweckte.

Mit Schwung schlug er den Nagel ins Holz.

Seine Frau trug eine tierische Obszönität in sich, und daher brannte seine Leidenschaft zu ihr.

Sie war ihm ähnlich.

Inzwischen stand die fertige Kiste vor ihm. Er wischte sich den Schweiß von der Stirn und räumte Hammer und Nägel wieder in den Schrank, dann sah er auf seine Uhr. Es war halb vier. Der Mann konnte sich gleich auf den Weg machen und dem Fremden die Kiste übergeben. Wenn er sein Geld hatte, würde er auf dem Heimweg beim Juwelier vorbei fahren. Vielleicht fand er ein hübsches Schmuckstück für seine Frau.

Der Fremde war schon ein seltsamer Mensch.

Völlig undurchschaubar und verschlagen.

Der Mann öffnete das Tor und schloss geblendet die Augen.

Sein Auto parkte neben dem Gebäude. Er ließ sich auf den Fahrersitz fallen. Der Bezug war dermaßen von der Sonne aufgeheizt, dass ihm innerhalb kürzester Zeit der Schweiß den Rücken hinunter lief. Er kurbelte das Fenster nach unten, legte den Rückwärtsgang ein und fuhr bis an das geöffnete Scheunentor heran. Dann stieg er aus, um die Kiste zu holen und öffnete im Vorbeigehen den Kofferraum. Die Rückbank war bereits umgelegt und der Beifahrersitz ausgebaut.

Seine Frau sah vom Küchenfenster aus zu, wie er sein Auto vor dem geöffneten Tor parkte. Er schien etwas einzuladen. Aber sie konnte nicht erkennen, was es war.

Sie ging wieder zur Spüle, trocknete das Geschirr vom Mittagessen ab und räumte es in den Schrank.

Die Frau dachte an die Begegnung im Badezimmer und berührte den Schmuck an ihrem Hals.

Sie zuckte zurück.

Er fühlte sich an wie glühende Kohlen.

Nachdem der Mann das Scheunentor geschlossen hatte, startete er den Wagen. Während er durch die Allee zur Hauptstraße fuhr, wirbelten die Räder den trockenen Staub auf.

Die Straße führte an langgezogenen Weizenfeldern vorbei. Träge blinzelte er auf das golden schimmernde Getreide. Bald schon erreichte er die ersten Häuser.

Welcher Raum sich wohl hinter den Fenstern verbarg?

Die Küche?

Das Schlafzimmer?

Der Wohnbereich?

Oder das Bad?

Seine Gelüste regten sich.

Wenn es nach ihm ginge, sollte es nur Schlafzimmer geben.

Abgedunkelte Räume mit vielen Kissen und willigen Frauen.

Aber es interessierte sich niemand für seine Meinung, stattdessen zog es schmerzhaft in seinem Unterleib.

Er würde es schnell hinter sich bringen, den Fremden treffen, die Kiste abliefern, das Geld in Empfang nehmen und ein neues Schmuckstück für seine Frau kaufen.

Der Mann ließ keine einzige Sekunde die Straße aus den Augen, während er im Handschuhfach nach dem Zettel mit der Adresse kramte. Er sollte die Kiste zu einer Kneipe bringen, dem *Alten Kahn*.

Der Mann wunderte sich etwas, aber er dachte nicht weiter darüber nach. Sollte der Fremde doch damit machen, was er wollte.

Die Bremsen seines alten Autos quietschten, als er es schließlich vor dem *Alten Kahn* zum Stehen brachte.

Da trat auch schon der Fremde aus dem schützenden Schatten der Hauswand heraus.

„Na, hast Du sie dabei?"

Der Mann öffnete den Kofferraum.

„Was denkst Du denn?"

Der Fremde musterte ihn verstohlen.

Ob er ihm trauen konnte?

Hier handelte es sich schließlich um eine sehr delikate Angelegenheit.

Aber der Mann hatte noch keine einzige Frage nach der Verwendung der Kiste gestellt und würde jetzt nur noch sein

206

Geld nehmen und verschwinden.

Der Fremde entspannte sich etwas.

„Wir bringen die Truhe zuerst auf den Dachboden."

Zu zweit hoben sie die Kiste aus dem Kofferraum und trugen sie durch die Tür, die vor Entsetzen weit offen stand.

Der Mann sah sich um. Der Betrieb würde sicher erst am Abend losgehen. Sie waren noch ganz allein.

Er nahm eine Hand von der Kiste und wischte sich den Schweiß von der Stirn. Die Hitze ließ heute einfach nicht nach. Außerdem war es hier ziemlich stickig, es stank nach altem Zigarettenrauch und verschüttetem Bier.

Der Mann fasste wieder mit beiden Händen an und sie brachten die Kiste über die schmale Treppe nach oben. Der Fremde öffnete die Tür und sie betraten den Dachboden. Spinnweben überzogen die alten Holzbalken und es roch nach Harz. Als sie die Mitte des Raumes erreicht hatten, durchbrach die eisige Stimme des Fremden die Stille.

„Wir lassen sie hier stehen."

Sie stellten die Kiste auf den Boden und der Mann wischte sich seine Hände an der Hose ab. Als der Fremde auf ihn zukam und mit ihm ein Eiseshauch, wich er instinktiv zurück.

Er machte ihm Angst. Der Mann war froh, wenn er endlich sein Geld hatte und verschwinden konnte.

Der Fremde griff in seine Hosentasche und holte ein Bündel Geldscheine heraus. Achtlos nahm er einige davon und gab sie dem Mann.

„Hier. Dein Geld."

„Vielleicht kannst Du mir wieder einmal einen Gefallen tun."

Der Mann nahm die Scheine entgegen und widerstand dem

Drang, sie zu zählen. Er schob sie in die Brusttasche seines Hemdes und nickte dem Fremden kurz zu. Dann drehte er sich um und ging bewusst langsam zur Tür. Er folgte den ausgetretenen Stufen nach unten und verließ das Gebäude.

Er schlenderte zum Auto, blieb sogar noch einmal stehen, um sich das angrenzende Grundstück anzusehen, setzte seinen Weg ruhig fort und öffnete behäbig die Autotür. Er wollte nicht gehetzt wirken, denn es war möglich, dass der Fremde ihn beobachtete.

Der Mann hatte mit seiner Vermutung recht, denn der Fremde hatte sich eine Zigarette angemacht und sah zu ihm hinunter. Er konnte vom Dachboden aus den gesamten Hof überblicken. Langsam blies er den Rauch aus. Er glich einem Raubtier, das von einem Versteck aus auf sein Opfer lauerte.

Als das Fahrzeug den Hof verließ, sah er sich die Kiste an. Sie war gut verarbeitet und richtig angepasst.

Julia sah das alles mit an wie einen Film.

Ob er gut enden würde, wusste sie nicht.

Jetzt fuhr der Mann vom Hof und bog in die Hauptstraße ein. Er holte die Geldscheine aus der Brusttasche und hielt sie zwischen seinen Fingern.

Dafür lohnte sich alles.

Als er an einer roten Ampel halten musste, nahm er den Geldbeutel aus dem Handschuhfach, öffnete das feine Leder und steckte die Scheine hinein, dann legte er ihn auf den Beifahrersitz. Er sah den Frauen hinterher, die vor seinem Auto die Straße überquert hatten. Die Farbe ihrer Kleider erinnerte ihn an das Meer, das gleichmäßig seine Wellen an den Strand warf und dessen Wasser türkisfarben schimmerte.

Der Mann sah ihnen hinterher, wie sie lachend den Gehweg entlang spazierten. Ein frischer Sommerwind blähte die weit geschnittenen Röcke ihrer Kleider auf und der Stoff wehte um schlanke, gebräunte Beine.

Die Ampel schaltete um und er fuhr los. Sein Fahrzeug rollte an Häusern, Gärten und dem Stadtpark vorbei und er blickte auf bunte Fassaden, ziegelgedeckte Dächer und bepflanzte Blumenkübel.

In Gedanken aber war er bereits bei den Vitrinen mit dem kostbaren Schmuck. Er spürte Gold, Silber und Perlen in seinen Händen und den Körper seiner Frau.

Er bog in die Seitenstraße ein und hielt vor dem kleinen Juwelierladen. Der Schmuck im Schaufenster funkelte im Sonnenlicht. Der Mann parkte auf dem Seitenstreifen, blickte in den Spiegel und strich sich über die Haare. Er nahm die Geldbörse in die Hand und stieg schwungvoll aus seinem Wagen.

Mit einem Lächeln auf den Lippen ging er über den gepflasterten Weg auf das Geschäft zu und betrat den Laden.

Die Verkäuferin hatte ihn heimlich beobachtet, seit er sein Auto geparkt hatte. Es blieb ihr genug Zeit für einen prüfenden Blick in den Spiegel. Sie ordnete die Frisur, zog sich die Lippen nach und strich ihren Rock glatt.

Als ob sie geahnt hätte, dass er heute kommen würde.

Warum sonst hätte sie wohl gerade an diesem Tag das sündhaft teure Oberteil mit dem tiefen Ausschnitt, den engen Rock und die hohen Schuhe angezogen?

Sie wollte schön für ihn aussehen. Sie mochte den Mann und freute sich immer, wenn er seinen Wagen vor dem Geschäft parkte.

Julia spürte die Aufregung der Verkäuferin.

Hoffentlich konnte sie ihn selbst bedienen.

Wenn ihr nur der Chef nicht zuvorkäme.

Endlich!

Jeden Tag hatte sie darauf gewartet, dass er zur Tür herein käme. So viel enttäuschte Hoffnung.

Sie konnte an nichts anderes mehr denken, als nur an ihn.

Verrückt war das!

Sie wusste nichts von ihm.

Ob er Frau und Kinder hatte?

Da ging die Tür auf und er stand im Laden.

Lächelnd ging sie auf ihn zu.

„Guten Tag. Schön, dass Sie uns wieder einmal besuchen. Ich habe etwas für Sie zurück gelegt. Ein außergewöhnlich schönes Stück."

Es ist so schön wie Du! dachte sie sehnsuchtsvoll.

Ihr Lächeln verstärkte sich.

Der Mann stand vor der hübsch verpackten Frau. Es machte Spaß, hier sein Geld auszugeben.

Die Verkäuferin führte ihn zu einem kleinen Tisch und er setzte sich.

„Soll ich das Licht heller machen?"

„Darf ich Ihnen einen Kaffee anbieten? Oder lieber etwas Erfrischendes?"

Er schaute in dieses offene, freundliche Gesicht.

Mein Schätzchen, wenn Du wüsstest, was Du mir anbieten könntest!

Er bedachte sie mit einem warmen Blick.

210

„Danke, ich möchte nichts. Es ist alles zu meiner Zufriedenheit. Zeigen Sie mir nur Ihre schönsten Stücke."

Er lächelte und legte für einen kurzen Augenblick seine Hand auf ihren Arm.

Sie biss sich auf die Unterlippe und zögerte kurz. Dann stand sie auf und holte den Schmuck.

Einen Moment dachte er wirklich, sie würde ihm ihre Brüste servieren.

Wie sie ihn ansah! Sicher würde sie alles für ihn tun.

Während er darauf wartete, dass sie mit dem Schmuck zurückkam, sah er sich in dem Geschäft um.

Ein junges Paar ließ sich Eheringe zeigen. Das Mädchen errötete und senkte schüchtern den Blick, als ihm ein Ring an den Finger gesteckt wurde.

Weiter hinten ließ sich ein älterer Herr ein Armband einpacken. Abschätzend sah der Mann ihn an. Er hatte nicht den Eindruck, dass der Schmuck für seine Ehefrau gedacht war. Bestimmt wartete in irgendeinem Hotelzimmer seine junge Geliebte.

Sie würde hübsch dekoriert auf dem Bett liegen und gelangweilt auf die Uhr schauen. Zu ihrem Recht kam sie niemals. Es fanden nur schnelle, unverbindliche Treffen mit kurzen, heimlichen Stunden statt. Ein besonderer Reiz. Aber nur für ihn. Bei ihr blieb ein Gefühl der Leere zurück. Jedes Mal, wenn er sie allein gelassen hatte.

Julia beobachtete, wie eine strahlende Verkäuferin auf den Mann zuging. Sie hielt ein Kissen aus blauem Samt mit dem schönsten Schmuckstück in ihren Händen, das er jemals gesehen hatte.

Es war eine Kette mit weiß-perlmutt glänzenden Südseeperlen, deren Größe und Schönheit ihn am meisten beeindruckten. Die Königin unter den Perlen! Außergewöhnlich selten zu finden.

So wie seine Frau.

Der mit Diamanten besetzte Verschluss funkelte wie die Sterne in einer kalten, klaren Nacht.

Während er sie betrachtete, wurde es ganz still in ihm. Er empfand fast Ehrfurcht vor so viel Schönheit. Unschuldig lag die Kette auf dem blauen Untergrund und wartete auf ihn.

Der Mann berührte sie zart und nahm sie vorsichtig in seine Hände.

Da durchfuhr ihn eine heiße Wallung und er stand auf.

Überrascht erhob sich die Verkäuferin.

„Gefällt Ihnen der Schmuck nicht? Ich kann auch noch etwas anderes zeigen."

Was sie dachte, sagte sie nicht.

Bitte, geh noch nicht. Bleib bei mir. Lass mich nicht zurück wie eine junge Geliebte. Vergessen und unbeachtet bis zum nächsten Treffen.

Der Mann blickte irritiert auf ihre vollen Lippen. Als ob sie sehnsuchtsvoll geöffnet wären und ihm etwas zuflüsterten. Aber er konnte es nicht verstehen.

„Nein, danke. Ich werde das Schmuckstück nehmen. Es ist wirklich außergewöhnlich. Packen Sie es mir bitte ein."

Er musste sofort heim zu seiner Frau. Er konnte keine Minute länger warten, denn sein Begehren kannte keinen Aufschub. Mit Mühe beherrschte er sich, nahm seine Geldbörse heraus und legte den Betrag passend auf das kleine Silbertablett neben der Kasse.

Er wartete, bis die Angestellte die Schatulle hübsch verziert hatte.

Weshalb dauerte das denn so lange?

Dann nahm für eine Sekunde das Bedauern in ihren Augen wahr und verließ mit der Tüte in der Hand das Geschäft.

Die Verkäuferin sah ihm vom Fenster aus nach, wie er in sein Auto stieg und wegfuhr.

Nach Hause, zu seiner Frau.

Wie so oft schlich sich das Raubtier der Bitterkeit heran.

Sie zwang sich zu einem Lächeln und begrüßte den nächsten Kunden.

„Guten Tag. Schön, dass Sie uns wieder einmal besuchen. Ich habe etwas für Sie zurück gelegt. Ein außergewöhnlich schönes Stück."

Der Mann hatte die Fenster nach unten gedreht und der Sommerwind wirbelte um ihn herum. Ab und zu blickte er zu dem Geschenk für seine Frau.

Dabei brannte in ihm ein Feuer, das ihn versengte. Es schmerzte in seinem Inneren und schrie nach Erlösung.

Er musste es noch so lange aushalten, bis seine Frau die Schatulle geöffnet hatte und ihr Gesicht in einen perlmuttfarbenen Schimmer gehüllt wurde, unter dem sich ihre leuchtenden Augen mit Tränen füllten.

Und er würde dabei stehen und scheinbar gelassen warten.

„Ist das schön! Es ist das wunderbarste Schmuckstück, das Du mir jemals geschenkt hast. Wie kann ich das wieder gutmachen?"

Er wusste schon wie.

Der Mann packte ihre Handgelenke, so dass sie erschreckt

aufschrie und riss sie mit sich in den gefährlichen Strudel, der sie zu Tieren machte.

Der Mann schien zusammen mit seiner Frau durch die Unendlichkeit zu schweben. Nur sie beide in einem Zustand der völligen Vereinigung.

Wie viel Zeit mochte vergangen sein? Er hatte alles vergessen. Eine absolute Stille umgab ihn.

Er konnte sich nur schwach daran erinnern, dass er sich eine Perlenkette zeigen ließ, die jetzt den Hals der Frau zierte, die völlig regungslos unter ihm lag. Als ob sie tot wäre.

Die Wirkung des Geschenkes hatte seine geheimsten Phantasien übertroffen.

Er hauchte kleine Küsse auf ihren Hals und ihre Brüste. Da öffnete sie die Augen und seufzte.

Es war ein dermaßen hingebungsvolles Geräusch, dass er sogleich diesem nie verlöschenden, inneren Drängen nachgeben musste und sie erneut in dem verzehrenden Strudel versanken.

Als sie ein Leben später erschöpft nebeneinander in den zerwühlten Kissen lagen, legte sie den Kopf an seine Brust und schlief ein.

Und der Mann streichelte zart über ihren Rücken und dachte daran, wie sich so alles änderte.

Beim Juwelier maß man inzwischen seiner einfachen Kleidung und dem alten, klapprigen Auto keine Bedeutung mehr bei. Ein Lächeln huschte über sein Gesicht.

Inzwischen war er ein gern gesehener Kunde, der immer wieder einmal ein erlesenes Schmuckstück kaufte.

Von der ersten Sekunde an hatte er registriert, dass die Verkäuferin ihm schöne Augen machte.

Der Mann drückte seiner Frau einen Kuss auf das Haar.

Als er zum ersten Mal seine prall gefüllte Geldbörse heraus zog, flogen alle Bedenken durch die offene Tür des Juweliergeschäftes hinaus. Von diesem Moment an wurden ihm anstandslos die kostbarsten Schmuckstücke gezeigt.

Die Geschichte wurde unterbrochen und Julia hörte ein Flüstern, wie das Rauschen des Windes.

Ich verlasse Dich nicht.

Ihre Hände zitterten, als sie mit letzter Kraft noch einmal gegen den Deckel drückte, der sich diesmal zur Seite schieben ließ.

Für einen Augenblick sah sie den Sternenhimmel und hörte noch einmal diese tröstende Stimme:

Hab keine Angst, ich bin bei dir.

Zögernd stand Julia auf und bewegte die schmerzenden Glieder. Als sie mit ausgestreckten Armen langsam einen Schritt vor den anderen setzte, umgab sie die Lautlosigkeit wie eine zweite Haut.

Als Kind hatte sie mit ihren Freunden oft *Blinde Kuh* gespielt und sie konnten jederzeit damit aufhören. Was sie jetzt erlebte, war nicht zu Ende, wenn sie genug davon hatte. Ein anderer machte die Spielregeln und er allein bestimmte, was geschehen würde.

Mechanisch ging sie vorwärts. Sie musste doch eine Tür finden, die irgendwohin führte.

Es muss, es muss, es muss! Die Worte hämmerten in ihrem Kopf. Julias Mund war trocken und ihr war kalt.

Sie konnte keinen klaren Gedanken mehr fassen. Der furchterregende, riesige Drache erschien wieder vor ihr. Sein hässlicher Körper schimmerte tiefrot in der Dunkelheit. Er starrte sie mit feurigen Augen an.

Vielleicht träumte sie das alles nur.

Eine vage Hoffnung öffnete sich in ihr wie der verschlossene Kelch einer Lilie und erblühte in einem unschuldigen Weiß. Im gleichen Augenblick hörte Julia Schritte näherkommen und die Blume verdorrte.

Ein Schlüssel drehte sich im Schloss und sie lag wieder wie vorher in der Kiste, die nun nicht länger ihr Gefängnis, sondern ein rettendes Versteck war. Ihr Kopf schmerzte. War sie überhaupt jemals frei gewesen? Sie wusste es nicht mehr! Alles vermischte sich miteinander.

Die schweren Schritte angetrunkener Männer bewegten sich in ihre Richtung.

Oh, mein Gott Jahweh! Steh mir bei!

Julia lag ganz still da. Ihr Leben reduzierte sich noch etwas mehr, als es ohnehin bei Charles der Fall war.

Sie floh in ihre inneren Gegenden und sprang in ein Meer voll Geborgenheit.

Als sich jemand am Deckel der Kiste zu schaffen machte, fiel Julia zurück in die Realität.

Gleich würde es geschehen. Sie konnte nichts dagegen tun.

Julia erkannte im Schein der schwachen Deckenlampe die Männer, die abwartend um die Kiste herum standen, als wüssten sie nicht, was sie tun sollten.

Der Fremde erhob seine Stimme:

„Schätzchen, du hast dich heute bestimmt noch nicht gewaschen."

Er leerte einen Eimer Wasser über ihr aus. Julias Körper erstarrte unter der kalten Flüssigkeit, sie zitterte und rang verzweifelt nach Luft.

Weshalb tat man ihr das an?

War sie ein schlechter Mensch, der das verdient hatte?

Ihre Brüste zeichneten sich unter dem dünnen Trikot ab und auch das Dreieck zwischen ihren Beinen war durch die helle Hose hindurch zu erahnen.

Ein hämisches Grinsen überzog das Gesicht des Fremden, der über ihr stand und den leeren Eimer in der Hand hielt. Julia erkannte das grausame Lächeln auf seinem Gesicht und erschrak. Er hatte eine große Ähnlichkeit mit Charles, der ihr in jeder Nacht dasselbe antat.

Da hörte sie neben sich den gleichmäßigen Atem ihres Mannes. Sie hatte nur wieder einen von diesen furchtbaren Träumen gehabt!

Unschlüssig stand Charles vor dem *Alten Kahn*. Er entfernte sich ein paar Schritte von dem verlassenen Gebäude, besann sich dann aber anders und ging wieder darauf zu.

Dieses dunkle Haus machte ihm Angst. Seine Depression gewann eine neue Stärke.

Plötzlich hörte er jemanden über den Kiesweg auf ihn zukommen.

Er wagte kaum noch zu atmen.

Hoffentlich wurde er nicht entdeckt!

Die Schritte wurden langsamer.

Schließlich blieb die Person stehen.

Was sie wohl hier zu suchen hatte?

Jetzt bewegte sie sich direkt auf ihn zu.

Charles erkannte eine Frau.

„Hallo", sprach sie ihn an, „können sie mir helfen? Ich habe mich verlaufen".

Ach so! Charles trat aus dem schützenden Schatten heraus und die Frau gab ihm die Hand.

„Guten Tag, mein Name ist Dr. Engler. Ich habe vor kurzem meine Praxis hier eröffnet und kenne mich noch nicht so gut aus. Und an diesem leerstehenden Haus bin ich bisher noch nicht vorbei gekommen."

Sie lächelte ihn an.

Die Ärztin beschäftigte sich mit Erkrankungen der menschlichen Psyche und erzählte ihm, dass sie als Referentin bei dem gerade stattfindenden Ärztekongress zu dem Thema *Depression, die dunkle Macht* sprechen würde. Charles war wie hypnotisiert. Das konnte doch nicht wahr sein! Er wäre sicher das passende Anschauungsobjekt zu diesem Thema.

Charles ahnte noch nicht, dass er diese Frau später als seinen persönlichen Engel bezeichnen würde.

Viel später.

„Ich bin auf dem Weg nach Hause sicher falsch abgebogen."

Die Ärztin nannte ihm ihre Adresse.

„Sie können ein Stück mit mir gehen, ich habe fast den gleichen Weg."

Der Kiesweg führte noch ein Stück durch den Park und verlief anschließend entlang der Hauptstraße. Sie gingen im Mondschein nebeneinander her und über ihnen leuchteten die Sterne.

Er hatte ganz vergessen, welche Romantik solche Abende in sich trugen und dachte an Julia.

Die Ärztin sagte lange Zeit kein Wort. Erst, als sie den Park hinter sich gelassen hatten, sprach sie ihn an.

„Ich kann ihre große Traurigkeit spüren."

Sie blieben stehen und die fremde Frau blickte ihn aufmerksam an. Charles konnte das erste Mal seit Hunderten von Jahren sein Herz spüren.

Ihm war, als hörte er Kreaturen knurren, die mit dieser Begrenzung ihres Herrschaftsanspruches nicht einverstanden waren. Sie versuchten, sich auf die fremde Frau zu stürzen, doch es war eine Macht um sie, die sie beschützte.

Also wandten sie sich wieder Charles zu.

Dr. Engler, Psychiater war neben der Eingangstür zu lesen. Charles stand unschlüssig davor. Am besten ginge er wieder nach Hause; denn was könnte diese Ärztin hier schon für ihn tun? Doch statt dass er sich umdrehte und wegging, hob sich sein Arm wie von selbst und Charles drückte auf die Klingel. Der Summer ertönte.

Er öffnete die Tür und betrat sein neues Leben.

Charles Blicke schlichen wie auf leisen Pfoten durch den Raum. Er entspannte sich zusehends. Hier sah es genau so aus wie bei jedem anderen Arzt auch!

Die junge Frau an der Anmeldung schickte ihn in Richtung des Behandlungszimmers. Mit einer Bewegung, die fast so elegant war wie die von Julia.

Charles nahm neben der Tür Platz. Er wurde langsam nervös und blickte auf die Uhr. Noch könnte er aufstehen, die Praxis wieder verlassen und nichts wäre passiert.

Aber Charles blieb sitzen.

Während eine Minute um die andere im Nichts versickerte, stieg ein Gefühl der Angst in ihm hoch. Bevor er sich jedoch entscheiden konnte, ob er noch länger sitzen bleiben oder doch lieber die Praxis verlassen sollte, wurde die Tür geöffnet und eine strahlende Dr. Engler kam auf ihn zu. Sie schüttelte ihm die Hand und ließ ihn in ihr Sprechzimmer eintreten.

Die Tür schloss sich hinter ihm mit einem klappenden Geräusch und Charles fühlte sich, als hätte ihn das Maul der Hydra verschluckt, die ihren schlangenähnlichen Körper um ihn wand und mit vielen Köpfen festhielt. Sie begann auch sogleich damit, genussvoll auf ihm zu kauen. Was waren das nur für absurde Vergleiche, die ihm in den Kopf kamen?

Die Ärztin saß nicht hinter einem Tisch, sondern ihm direkt gegenüber; dies sollte vermutlich verhindern, dass sich zu viel Distanz zwischen ihnen aufbaute.

„Wie geht es ihnen heute?"

Sie begann das Gespräch mit Worten, die so wenig Gewicht hatten, das sie sich erhoben und durch das halb geöffnete Fenster in den warmen Sommertag hinaus schwebten. Charles sah ihnen nach. Mühelos lösten sie sich aus den Satzzeichen, die sie festhalten wollten und flatterten umeinander herum in die Freiheit, wo es keine Türen mit Schlössern, keine Zäune und keine Vorschriften gab, an die sie sich zu halten hatten.

Charles Gedanken schweiften ab; sie machten sich genauso spielend wie die Worte, die so leicht waren, auf die Reise in eine Vergangenheit, die bunt und schillernd vor ihm ausgebreitet lag. Sie war angefüllt mit Klängen und Gerüchen und jeder Tag in ihr war ein guter Tag.

Wie von weit her drang Dr. Englers Stimme zu ihm durch:

„Erzählen Sie mir davon."

Charles tauchte tief in seine Vergangenheit ein, hörte geheimnisvolle und manchmal durchdringende Oboen, die silbrige Flöte und das kecke und spritzige Piccolo, weiche und geschmeidige Klarinetten als lustige Weggefährten, bis zum höchsten Ton lustvolle Geigen, die perlende Harfe, das dunkle Fagott, die tiefe Stütze der Bässe, sonore Celli und Bratschen, Pauken, die alles aus den Träumen hochschrecken ließen und die majestätischen Trompeten und Posaunen.

In Charles entstanden prächtige Kompositionen. Die Musik erschuf in ihm neue Welten und baute an bestehenden. Flure entstanden, die ihn in unbekannte Zimmer führten. Staunend trat Charles ein. Je nachdem, welchen Komponisten er hörte, fand er in dem neuen Raum die lustigen Weiber von Windsor vor und lachte mit ihnen oder erlebte im Nebenzimmer den Maskenball des Prinzen Orlofsky mit.

Charles war damals ein glücklicher, junger Mann. Er arbeitete in seinem Atelier im Obergeschoss des Hauses, aus dem später der *Alte Kahn* wurde.

Wieder war es ein strahlender Sommertag, die Sonne stand am wolkenlosen, tiefblauen Himmel. Durch die geöffneten Fenster drang das muntere Gezwitscher der Vögel herein und vom Plattenspieler ertönte leise die Zauberflöte von Mozart.

Diese wunderbare Musik inspirierte ihn zu leichten, aber doch besonderen Bildern, die von allen Museen der Stadt angefragt wurden. Die Galeristen warteten bereits auf jedes neue Kunstwerk aus seinen Händen. So wurde zwar sein Name bekannt, aber reich machte es ihn nicht. Diese Tatsache überzog die Inspiration mit einem dunklen Schleier.

Charles holte die Flasche vom Tisch neben der Staffelei und trank einen Schluck Wein, der schnell seine beruhigende Wirkung entfaltete.

Sein Blick schwebte aus dem Fenster in den großen Garten, der das Haus umgab. Die Obstbäume versprachen einen guten Ertrag im Herbst und die Hängematten schaukelten leicht hin und her, als hätte gerade eben noch jemand in ihnen gelegen.

Da stand er nun, getragen von der leisen Musik und inspiriert zu großen Taten.

Er tauchte den Pinsel in die Farbe und machte den ersten Strich auf der hellen Leinwand. Charles trug ein leuchtendes Rot auf, das so verführerisch war wie die Lippen einer schönen Frau.

Der Rock ihres üppigen Kleides wirbelte um sie herum, die schwarzen, glänzenden Haare waren hochgesteckt und ihre Schuhe trommelten auf den Boden. *Tack, tack, tack, tack.* Stolz stellte sie ihr Temperament zur Schau, bewegte sich selbstvergessen und hielt die Augen gesenkt. Niemand sollte sehen, woran sie dachte. Keinem gab sie das Recht, in ihre Seele zu blicken. Sie stampfte mit den Füßen auf und die Kastagnetten klapperten in ihren Händen.

Da sah sie Charles unvermittelt an. In einem einzigen, verletzlichen Augenblick. Dieser Moment genügte und die Inspiration aus ihrem Tanz sprang auf Charles über. Er sah nur noch ihr Gesicht vor sich, das alleine aus diesem verführerischen Mund zu bestehen schien, ein Rot wie Blut, verlockend wie der süße Geruch großer, dunkler Kirschen, und er tränkte die Leinwand mit dieser leuchtenden Farbe. Das Bild drückte Hingabe aus und Charles schuf damit ein Kunstwerk aus Liebe, Macht und Leidenschaft.

Eine gute Mischung.

Er trat einen Schritt zurück und betrachtete sein neues Werk.

Was für ein Gemälde!

Welcher Ausdruck!

Mozart sei Dank.

Charles legte den Pinsel auf den Tisch zurück. Während er noch die Farbe von seinen Fingern wischte, ging er die paar Schritte zum Fenster und blickte hinaus. Das Tageslicht hatte bereits den milden und sanften Schein angenommen, den es dann bekam, wenn die Sonne sich dem Horizont näherte, um dem Abend Platz zu machen und verlieh dadurch dem Garten eine romantische Stimmung. Charles nahm wieder die Weinflasche in die Hand, trank einen Schluck, lehnte sich an den Fensterrahmen und sah hinaus. Im Augenblick wollte er nur sein Leben spüren und an die Inspiration denken, die ihn zu Meisterwerken befähigte.

Ein erneuter Blick in den Garten auf die große, alte Eiche machte ihn nachdenklich. Wie viele Generationen Menschenleben hatte sie schon gesehen? Charles runzelte die Stirn. Wie viele Verliebte hatten wohl ihre Namen in die Rinde geschnitzt? Der Baum hatte sicherlich zu oft die Sinnlosigkeit dieses Schmerzes erleben müssen. Denn selten blieb man ein Leben lang zusammen, oft genügte eine schwere Zeit und alles war zerbrochen, das Band zerschnitten.

Man hatte auf den falschen Grund gebaut. Auf den, der nachgab und von Schwierigkeiten weggespült wurde.

Charles ging zum Tisch zurück und drückte den Korken in den Flaschenhals. Er nahm den Wein mit in den Garten hinunter und legte sich in eine der Hängematten. Während er träge hin und her schaukelte, stand das Gesicht der Tänzerin vor ihm, dessen roter Mund ihn magisch anzog.

Inzwischen war es spät am Abend und zu dem Zirpen der Grillen, die diesen warmen, sonnigen und trockenen Garten liebten, kamen die Lichtsignale der Glühwürmchen hinzu, die durch die Dunkelheit schwebten in dem Bestreben, sich zu paaren. Sie vermischten sich mit dem Tanz der schönen Frau.

„Danke, Charles. Es ist genug für heute."

Die bestimmte Stimme Dr. Englers holte ihn in die Gegenwart zurück. Schmerzhaft wurde er aus der Hängematte und seinem schönen Leben hinweg geschleudert und landete unsanft im Behandlungszimmer.

Charles atmete langsam aus.

Dr. Engler hatte angedeutet, dass ihn die Gespräche viel Kraft kosten und es möglicherweise auch über Grenzen gehen würde, aber er hatte die enorme Anstrengung unterschätzt. Und doch gab es kein Zurück für ihn! Auf keinen Fall würde er es wieder aufgeben: Sein neues Leben!

Mit jedem Stein, der mit Dr. Englers Hilfe aus seiner inneren Mauer herausbrach, konnte er freier atmen. Und vielleicht würde er sich eines Tages sogar einen alten Traum erfüllen.

Dr. Engler war mit ihm aufgestanden. Er schüttelte ihr die Hand.

„Vielen Dank, Frau Doktor."

„Auf Wiedersehen, Charles. Wir sehen uns dann nächste Woche wieder."

Sie schenkte ihm ein aufmunterndes Lächeln, das Charles erwiderte. Doch so zuversichtlich, wie es seiner Meinung nach sein sollte, gelang es ihm nicht.

Als er die Praxis verlassen und die Haustür hinter sich zugezogen hatte, fasste er einen Entschluss.

Zu Hause stieg er auf den Dachboden und ließ die Leiter herunter, die zu dem kleinen Spitzboden führte. Er kletterte die wenigen Stufen nach oben und drückte mit den Schultern gegen die Abdeckung. Es war so niedrig, dass Charles sich nicht aufrichten konnte, aber er brauchte nicht lange. Geduckt ging er ein paar Schritte vorwärts, machte in der Dunkelheit zwei suchende Bewegungen mit seinen Händen und schon hatte er sie gefunden: Seine alte Hängematte. Staub wirbelte auf, als er sie hochhob. Vorwurfsvoll öffnete sie die Augen.

Na endlich, das hat ja ewig gedauert. Ich dachte schon, du kommst überhaupt nicht mehr!
Beleidigt rollte sie sich enger zusammen und sah ihn erwartungsvoll an. Gleich würde er sagen, wie leid es ihm täte und sich bei ihr entschuldigen. Aber sie wartete vergebens. Charles bemerkte nicht, dass sie ihn beobachtete und er käme wohl nie darauf, dass sie auf ein Wort des Bedauern wartete.
Aber dem gnädigen Herrn zur Verfügung stehen und mich benutzen lassen, wann immer er möchte, das ist selbstverständlich!
Die Hängematte machte ihrem Unmut Luft, der aber schnell wieder verflogen war.
Ob er mich in den Garten tragen wird?
Oh bitte, bitte, bitte.
Sie schloss die Augen und spürte, wie seine starken Hände sie packten und ihr über die wackligen Stufen hinunter Halt gaben, er sie mit federnden Schritten durch den Flur zur Haustür trug und bei dem alten Dielenschrank halt machte. Dessen massive Türen ächzten in den Scharnieren, als Charles eine Flasche Wein heraus nahm. Er machte den Schrank wieder zu, ging die letzten Schritte über den Flur zum Ausgang und öffnete die Haustür.
Die Äste der Buchen schaukelten im Wind und das Rauschen ihrer Blätter erfüllte die Luft. Charles Herz wurde leicht.
Das Tageslicht umfing ihn wie ein wärmender Schimmer. Als er schließlich den *Alten Kahn* erreicht hatte, blieb er in einiger Entfernung stehen und betrachtete das alte, leerstehende Gebäude, das auch schon bessere Tage gesehen hatte. Die Fensterläden hingen schief in den Angeln, von den Wänden

227

blätterte der Putz, die Regenrinnen waren durchgerostet und einige der Dachziegel verrutscht.

Es gab viel zu tun.

Charles fühlte eine lange vergessene Energie in sich aufflackern und sah plötzlich nicht mehr alles nur noch grau in grau. Staunend betrachtete er die blühende Wiese neben dem Haus. Julia würde sich bestimmt über einen Blumenstrauß freuen. Er wusste wieder, wie gerne sich seine Frau mit schönen Dingen umgab.

Schon lange hatte er sich nicht mehr für andere interessiert, sondern nur noch für sich selbst.

Noch einmal schweifte sein Blick über das üppige Blütenmeer, dann schaute er suchend zu den Bäumen, die hinten im Garten standen. Ja, die beiden dort schienen ihm geeignet zu sein. Er stellte die Flasche Wein auf den Boden und rollte die Hängematte aus, befestigte sie und zog noch einmal die Schnüre nach. Dann stürzte Charles sich wagemutig in das Abenteuer seines neuen Lebens.

Wie einfach das war!

Er blickte in das Blätterdach über sich und beobachtete die Sonne, die sich immer mehr dem Horizont näherte und schließlich hinter dem Dach des *Alten Kahns* unterging. Als sie hinter dem First verschwunden war, strahlte es hell von unten herauf.

Bestimmt war dies ein Zeichen.

Lächelnd schloss Charles die Augen.

Vielleicht könnte er aus dem *Alten Kahn* wieder einen Künstlertreffpunkt machen und sich damit einen lange gehegten Traum erfüllen.

Charles trank einen Schluck Wein und hing weiter seinen Gedanken nach.

Im oberen Stockwerk würde er eine Galerie einrichten und es bliebe noch Platz für ein Arbeitszimmer.

Sein Atelier! Bei dem Gedanken bekam Charles feuchte Augen.

Aber verschaffte ihm allein das ein erfülltes Leben?

Wogen andere Dinge nicht mehr?

Charles dachte an die Zeit zurück, als die Nähe seiner Frau ihm Geborgenheit schenkte und ihre Gegenwart das Dunkle verscheuchte, das sich in seiner Seele einnisten wollte.

Er möchte wieder Liebe für sie empfinden können! Aber das war nicht einfach.

Immerhin konnte Charles durch die Gespräche mit Dr. Engler endlich wieder sein Leben spüren und an einem neuen Fundament für die Beziehung zu seiner Frau arbeiten. Die Mauer, die sein Innerstes umschloss, hatte bereits erste, feine Risse bekommen.

Doch wie lange musste er noch kämpfen?

Wann würde er frei sein?

Aber Charles erinnerte sich.

Wie er mit seiner Frau im Bett lag und sie sich von dem erzählten, was sie in den Büchern gelesen hatten, die nun neben ihnen auf den Decken lagen. Ihm war, als könnte er den lauen Sommerwind spüren, der durch das geöffnete Fenster hereinkam, den Duft von Sommerwiesen und getrocknetem Heu riechen und die prächtigen Landschaften sehen, die in ihnen entstanden waren.

Vor allem aber sah er Julias Augen vor sich.

Sie glänzten wie die Sterne.

Von Grauen geschüttelt sprang Julia aus dem Bett. Furien hetzten sie zum Dachboden. In diesem Moment war es gleichgültig, dass ihre Hausschuhe laut auf den Dielen klapperten. Sie rannte um ihr Leben. Wer konnte schon wissen, was dieser Verrückte in ihrem Bett vorhatte!

Ihre Tränen benetzten bereits die letzten Stufen. Eine sichtbare Spur der Verzweiflung entstand, bevor sie den Ort erreicht hatte, der sie in ihrer hoffnungslosen Lage tröstete.

Julia öffnete die Tür. Die alte Holzkiste stand inmitten nutzloser, vergessener Gegenstände. Julia sank neben ihr auf die Knie und bedeckte das Gesicht mit den Händen. Ein lautloses Schluchzen schüttelte ihren Körper. Sie war am Ende ihrer Kraft angelangt.

Es kam ihr vor, als würde die Holzkiste sie hin und her wiegen, wie eine Mutter ihr trauriges Kind.

Julia spürte einen leichten Windhauch auf ihren nackten Armen und hob schluchzend das Gesicht. Sie sah den Sternenhimmel und ihr stockte der Atem. Sie wischte sich die Tränen aus dem Gesicht.

Eine Wirklichkeit umgab sie, die größer war als ihr Leid.

Langsam stand sie auf und setzte sich auf die Kiste, um staunend die stille Schönheit der Sterne zu betrachten. Sie kam zur Ruhe und ein tiefer Friede erfüllte ihr Herz.

Wie schön das war. Niemals wieder möchte sie von hier weggehen.

Aber Julia musste zu ihrem Leben zurückkehren. So wie jedes Mal, nachdem sie hier oben Zuflucht gefunden hatte und die Zeit still zu stehen schien, sie nicht mehr wusste, ob es noch Nacht war oder bereits wieder Morgen, Mittag oder Abend.

Was war Zeit?

Ein Tag, eine Woche und ein Jahr?

Oder ein Leben?

Da wurde ihr bewusst, dass auch die Angst vor Charles keine Rolle mehr für sie spielte, denn was sollte er ihr noch tun können? Julia empfand eine neue Kraft und konnte das erste Mal seit langem wieder durchatmen; sie hatte fast vergessen, wie es sich anfühlte, frei zu sein.

Sie hob die Hände zum Himmel.

Es geschah in der Firma, da war sich Julia plötzlich ganz sicher. Wie ihr Kopf pochte! Sie presste die Hände gegen die Schläfen. Sie war kurz vor dem Konferenzraum stehen geblieben, hatte sich geräuspert und dann die Tür geöffnet.

Heute war ihr großer Tag!

Sie würde das Ergebnis ihrer Arbeit vorstellen und hoffte, dass die Früchte süß waren, die zu ernten sie bereit war.

Sie hatte keine Ahnung davon, dass ihre Kollegen dem Projekt niemals zustimmen würden.

Selbstbewusst betrat Julia den Raum. Am Kopfende des ovalen Tisches saß der Geschäftsführer. Das Tageslicht, das durch die hohen Fenster herein fiel, blendete Julia und sie musste blinzeln.

Ihre Kollegen tauschten Blicke aus.

Das Ticken der Wanduhr ging Julia durch und durch. Der rote Sekundenzeiger bewegte sich wie ein erhobener, warnender Finger.

Jetzt kam die Sekretärin herein, um das Protokoll zu führen. Ob sie wirklich als Einzige bemerkte, wie sehr das einfallende Licht Julia blendete? Die Mitarbeiterin bezweifelte das. Sie senkte die Jalousien ab und Julia sah sie dankbar an. Die Sekretärin nickte ihr kaum merklich zu.

Mein Mädchen, lass Dich bloß nicht unterkriegen. Ich hab doch mitbekommen, wie viele Überstunden du gemacht hast. Beim Kopieren der Unterlagen konnte ich sehen, wie gut das Projekt ausgearbeitet ist. Das soll Dir erst einmal einer nachmachen! Wenn ich mich hier so umschaue, kann ich ruhigen Gewissens sagen, dass keiner der Anwesenden dazu fähig wäre. Also, Kopf hoch. Was kann schon schief gehen?

232

Julia ging zum Rednerpult und atmete tief durch. Ein Glas Wasser stand neben den sorgfältig geordneten Dokumenten bereit.

Sie begann mit den Ausführungen und ihre klare Stimme erfüllte den Raum. Die Kollegen starrten an die gegenüber liegende Wand, die Decke und auch auf sie. Sie saßen da wie zum Sprung bereite Raubtiere, die nur noch auf den richtigen Augenblick warteten.

Ihr Kopf schmerzte, obwohl das Pochen in ihren Schläfen aufgehört hatte.

Sie musste die Augen schließen.

Nur für einen Augenblick!

Plötzlich sah sich Julia in einer Steinwüste und floh dort vor dem Furchtbaren, das hinter ihr her war.

Es hatte sie eingeholt.

Sie wand sich aus einer Ohnmacht heraus, um gleich wieder von der nächsten verschlungen zu werden. Wie Perlen an einer langen Kette schlängelten sie sich um ihren Körper, während zwei Figuren vor ihrem Gesicht auf und ab tanzten.

Julia blinzelte angestrengt, damit sie erkennen konnte, was um sie herum vor sich ging.

Eine kleine Fee mit schimmernden Flügeln schwebte vor ihr. Sie hielt einen goldenen Zauberstab in der Hand und schenkte Julia ein bezauberndes Lächeln. Aber die kleine Fee hatte mit niemandem Erbarmen. Sie hob die Hand und ließ die schonungslose Wahrheit über Julias Leben sichtbar werden. Die kleine Fee sah aus wie ein Engelchen, während sie den Zauberstab mit leichter Hand hin und her schwang und ein leuchtendes Flimmern sie umgab.

Sie zeigte die leidvollen Situationen aus Julias Leben in einer Intensität, die kaum zu ertragen war. Julia saß im Zuschauerraum und musste zur Bühne starren, auf der verdrängte Ungeheuerlichkeiten zu neuem Leben erwachten.

Die kleine Fee schwebte dicht an ihr Ohr:

„Du hast bestimmt nicht damit gerechnet, ihnen jemals wieder zu begegnen. Habe ich recht?"

Bezaubernd lächelnd drehte sich die kleine Fee elegant in die Höhe, um dann zu Julias Ohr zurück zu kehren.

„Aber die Wahrheit ist, dass sie ständig bei dir sind; ganz egal, was du tust. Auch beim Laufen im Park kannst du ihnen nicht entkommen, so sehr du dich auch anstrengst. Du machst dir selbst etwas vor."

Da wurde die kleine Fee von hinten angerempelt, dass ihr fast der Zauberstab aus der Hand fiel und sie wurde sehr wütend.

„Schon wieder du. Musst du mich immer stören? Ich lasse dich doch auch in Ruhe."

Die kleine Fee, auf deren Gesicht nun wieder das bezaubernde Lächeln lag, hatte sich vorsichtig umgedreht und die Hand mit dem Zauberstab vorsichtshalber hinter ihrem Rücken versteckt. Man konnte ja nie wissen!

Verächtlich sprach sie den Troll an:

„Das hätte ich mir ja denken können. Wer könnte es wohl sonst sein, als du."

Anton hörte wohl die Missachtung in ihrer Stimme, doch er wusste, dass die kleine Fee damit nur ihre Hilflosigkeit verbergen wollte.

Als er langsam auf sie zukam, streckte sie ihre Hand mit dem goldenen Zauberstab in die Höhe und rief mit zitternder Stimme:

„Ich befehle dir, bleib stehen."

Sie fuchtelte vor ihm herum.

Da begann Anton zu lachen, er krümmte sich und lachte und lachte, sank auf die Knie, drehte sich auf den Rücken und hielt sich mit beiden Händen den Bauch.

Das bezaubernde Lächeln auf dem Gesicht der kleinen Fee erstarb langsam und machte einem trotzigen Ausdruck Platz. Wild schwang sie ihren Zauberstab herum.

„Hör auf zu lachen!"

Die kleine Fee stampfte mit dem Fuß auf.

„Sofort."

Der Troll lachte, dass ihm die Tränen kamen; dann schwebte er zur kleinen Fee, bis sein Gesicht ganz dicht vor dem ihren war.

„Jetzt hör mir mal genau zu! Du findest das wohl lustig, was du hier tust! Es wäre angebracht, so etwas wie Mitleid zu empfinden, meinst du nicht auch?"

Sie sahen beide zu Julia.

„Du hast ja recht, aber ich kann einfach nicht anders."

Die kleine Fee lächelte und gab dem Troll mit einem Schwung des Zauberstabes einen Stoß, der ihn in die Dunkelheit hinein schleuderte.

Es ist doch jedes Mal dasselbe. Er will es einfach nicht akzeptieren, dass ich die Stärkere bin. Dabei tue ich ihm doch so ungern weh.

Die kleine Fee kicherte und wandte sich wieder an Julia.

„Nun, jetzt bin ich wieder ganz für dich da."

Sie zwang Julias Blick erneut zur Bühne, auf der weitere Szenen ihres Lebens dargestellt wurden. Ein Schrei der kleinen Fee unterbrach die Darbietung. Anton hatte sie von hinten gepackt, hielt sie an den Flügeln fest und schüttelte sie hin und her.

„Sag, dass es dir leid tut! Sag es schon!"

„Ja, es tut mir leid, ich werde es auch nie wieder tun. Nur bitte, bitte nicht mehr schütteln."

Anton hörte damit auf, hielt sie aber immer noch an den Flügeln fest.

„Das sagst du mir jedes Mal und ich falle immer wieder auf deine Lügen herein."

„Nein, ich verspreche dir, dass ich diesmal die Wahrheit sage. Bitte, lass mich los."

Es blieb ihm wohl oder übel auch nichts anderes übrig. Der Troll zuckte mit den Schultern, ließ die kleine Fee los und schwebte ein Stück von ihr weg.

Er wusste genau, dass es sich genau so immer und immer wieder abspielen würde. Der Troll seufzte. Manchmal war es ihm schon lästig, sich um die kleine Fee zu kümmern und darauf zu achten, dass sie es nicht übertrieb.

Auch wenn Anton nicht hübsch anzuschauen war, so hatte er doch ein gutes Herz und verhielt sich zu Julia wie ein wahrer Freund. Seine Gegenwart machte ihr Mut.

Sie hatte Zuspruch nötig, denn unaufhörlich zeigte die kleine Fee die Situationen ihres Lebens, in denen sie die Verantwortung für andere auf sich nahm, die Konflikte, in die sie deswegen geriet und dass sie trotz aller Kraft, die sie darauf verschwendete, doch niemals die Gegebenheiten ändern konnte. Sie erkannte, dass alle Bemühungen sinnlos waren, denn es ging immer um fremde Leben, auf die sie keinen Einfluss hatte. Alles, was sie erreichen konnte, war eine

Entschärfung bestimmter Situationen, womit sie zufrieden war. Für den Augenblick war Frieden hergestellt, und das sah sie als ihre Aufgabe an.

Die kleine Fee und der Troll verschwammen vor Julias Augen.

„Oh nein, bitte verlasst mich nicht. Bitte!"

Doch all ihr Flehen konnte die beiden nicht zurück holen. Sie wurde erneut von dieser furchtbaren Schwärze umfangen und hörte ein schreckliches Gelächter.

Julia konnte nicht mehr zwischen Traum und Realität unterscheiden; daran änderte auch das kurze Aufflackern ihres Bewusstseins nichts. In den wenigen klaren Augenblicken stießen ihre Hände an Holz. Das Grauen machte sie hellwach, um schon in der nächsten Sekunde wieder in diesem Nebel zu versinken, unter dessen Decke alles unwirklich wurde.

In den seltenen Momenten, in denen ihr Verstand ungetrübt war, konzentrierte sie sich auf ihre Umgebung. Sie hörte durch Wände und Türen hindurch gedämpfte Musik und das Gewirr vieler Stimmen. Doch schon folgte wieder eine Minute des Vergessens und so verschwamm in ihrem Bewusstsein alles ineinander und sie konnte nicht mehr auseinander halten, was wirklich geschah und was nicht, und eigentlich spielte es ja ohnehin keine Rolle mehr, denn sie wusste ganz genau, dass sie verloren war.

Julia hörte wirklich Musik und Gelächter, denn sie war auf dem Dachboden des *Alten Kahns*, aber selbst, wenn sie aus vollem Hals schreien würde, es könnte doch niemand hören.

Sie hatte vor Augen, wie die betrunkenen Männer auf den Dachboden stürmten und sich gegenseitig schubsten und stießen. Jeder wollte als Erster die Tür zum Garten Eden erreichen.

Und dann standen sie um die Kiste herum, die vom diffusen Schein der Glühbirne, deren Lampenschirm seit langem zerbrochen war und die am Kabel von der Decke hing, mehr schlecht als recht beleuchtet wurde. Sie konnten in Erwartung des Leckerbissens, der da vor ihnen in der Kiste eingeschlossen war, kaum ihre Erregung im Zaum halten.

Der Fremde hatte bestimmt nicht zu viel versprochen, als er ihnen von der geheimnisvollen Schönen erzählte, die da oben auf sie warten würde. So sahen sie ihm gespannt zu, während er den Deckel der Kiste abnahm.

Mit einem Blick stellten sie fest, dass der Fremde nicht zu viel versprochen hatte.

Im Gegenteil!

Er hatte völlig untertrieben.

Sie betrachteten das blasse, von langen Haaren umrahmte Gesicht und den verlockenden, roten Mund.

Die Fremde sah aus wie das leibhaftige Schneewittchen aus dem Märchen, das ihnen als Kind ihre Mutter immer und immer wieder vorlesen musste. Bereits damals hatten sie den brennenden Wunsch, Schneewittchen kennenzulernen. Jetzt waren sie am Ziel ihrer kindlichen Wünsche angekommen und wollten Schneewittchen nur einmal auf den roten Mund küssen!

Die Männer traten näher an die Kiste heran.

Sie alle beschäftigte die eine Frage: Wer darf zuerst? Doch da verschloss der Fremde die Kiste wieder sicher mit dem Deckel.

Nein!

Julias Schrei verhallte ungehört.

Sie wurde besinnungslos und als sie wieder zu sich kam, drang

238

wie vorher der Lärm und die Musik zu ihr durch. Julia dämmerte vor sich hin.

Der Fremde ließ die anderen Männer vorausgehen und versperrte die Tür. Er drehte den Schlüssel um und machte sich um Charles so seine Gedanken.

Ob er wohl auch dicht hielt?

Ihm kamen plötzlich Zweifel! Von jetzt an musste er besonders gut auf ihn achten; mehr noch, er durfte ihn in Zukunft nicht mehr aus den Augen lassen. Der Fremde drückte noch einmal die Türklinke nach unten. Ja, alles war sicher versperrt, wenigstens da konnte er beruhigt sein. Zufrieden folgte er den anderen über die schmale Holzstiege nach unten. Vielleicht sah er später noch einmal nach Julia. Wenn er alleine war.

Ein gieriger Glanz kam in seine Augen.

Der Fremde ahnte nicht, wie sehr er damit recht hatte, Charles zu misstrauen. Er sollte sich wegen ihm wirklich Gedanken machen, denn Charles, der jetzt inmitten der brüllenden Meute saß, wurde von Schuldgefühlen geplagt. Durch die Gespräche mit Dr. Engler war etwas Neues in sein Leben eingezogen und als er vorhin Julia, die schön war wie im Märchen, da liegen sah, war es sein sehnlichster Wunsch gewesen, sie zu retten, wie der Prinz im Märchen.

Das Bild von Schneewittchen ging Charles nicht mehr aus dem Kopf, und so zahlte er schon bald und verließ den *Alten Kahn*.

Der Fremde sah ihm gedankenverloren nach und blies langsam den Rauch seiner Zigarette aus.

Es ging auf Mitternacht zu, als Charles aus seinem unruhigen Schlaf hochschreckte. Er hörte eine Frau rufen: *Komm und rette mich. Hilf mir!*

Wie in Trance stand er auf, zog sich an, verließ das Haus und machte sich wie selbstverständlich auf den Weg zum *Alten Kahn*. Ihn quälten Zweifel! Was tat er eigentlich? Seine Mitgesellen würden ihm das nie verzeihen, am wenigsten der Fremde. Doch er ging immer weiter. Bald schon konnte er die kupferne Dachrinne des Hauses im Mondlicht schimmern sehen. Seltsam, wie viele Sterne heute die Nacht erhellten. Charles schaute nach oben.

Er ging nicht über die freie Wiese auf das Haus zu, sondern folgte dem Weg am Rand der Fichten, die den Garten auf der hinteren Seite umgaben. Behutsam setzte er Schritt vor Schritt und näherte sich dem *Alten Kahn*. Schon musste er den schützenden Schatten der Bäume verlassen. Geduckt machte er ein paar schnelle Schritte vorwärts, dann hatte er das Haus erreicht und presste sich mit dem Rücken gegen die Wand. Er drückte seine Hände gegen das Mauerwerk und stützte sich ab. Charles fühlte sich, als müsste er sich an schwankenden Planken festklammern, die im Wasser trieben.

Es schien niemand mehr da zu sein. Charles stand still und lauschte, doch er hörte nur seinen eigenen Herzschlag. Träumte er das jetzt nur?

Aber alles war real, die Schuhe an seinen Füßen, der Boden, auf dem er stand und die Nadeln der Zweige, die ihn im Nacken gekratzt hatten.

Charles streckte sich vorsichtig, um durch einen Spalt des vernagelten Fensters in das Innere des Gebäudes blicken zu können, aber es war nichts zu sehen.

Er schlich vorsichtig um das Haus herum zur Eingangstür, blieb dort unbeweglich stehen und konzentrierte sich darauf, ob er etwas hören konnte; doch alles blieb ruhig. Er spürte nur seinen eigenen, wilden Pulsschlag und sank auf die Eingangstreppe. Seine Knie zitterten. Mit gesenktem Kopf saß er da und versuchte, sich zu beruhigen. Charles sah wieder alles klar und deutlich vor sich und erinnerte sich an die vielen Abende, die er hier in Gesellschaft des Fremden verbracht hatte.

Was hatte er nur getan?

Charles stand auf, um sein Schneewittchen zu retten und zog den Schlüssel aus der Jackentasche, den er in der Nacht zuvor in einem unbeobachteten Augenblick an sich genommen hatte. Er wusste genau, wo dieser versteckt war, denn er hatte mehrfach den Wirt dabei beobachtet, wie er an der linken Seite der Theke wie zufällig unter die Holzplatte gegriffen hatte, um dann beruhigt seine Hand wieder hervor zu ziehen. Gestern Abend war es ein Leichtes für ihn, es ihm gleich zu tun. Charles ertastete den Schlüssel, der unter der Platte verborgen war und schob ihn in seine Hosentasche. Das fiel in der gelösten Stimmung, in der sich die Männer befanden, nicht weiter auf. Denn als alle vom Dachboden zurück kamen, wo sie die Märchenfigur ihrer Kindheit gesehen hatten, wie sie schlief, schön anzuschauen, doch unerreichbar, floss das Bier in Strömen und die Männer gerieten in einen wahren Rausch.

Obwohl der Fremde ebenso angetrunken war wie die anderen, achtete er auf alles und betrachtete die betrunkenen Männer mit einem scharfen Blick. Er war zufrieden mit dem, was er sah. Wenn sie morgen früh zu Hause aufwachten und nicht wussten, wie sie ihren schmerzenden Kopf am besten halten sollten, so wäre auch das Bild von Schneewittchen wie aus einem Traum in irgendeiner Nacht bei ihnen.

Dass sie es wirklich gesehen hatten, daran würden sie sich nicht erinnern können.

Der Fremde hatte auch Charles im Blick, doch er konnte nichts Auffälliges an seinem Verhalten feststellen. Er ließ in seiner Achtsamkeit nach, bestellte sich noch ein Bier und während er es in großen Schlucken austrank, war er nur noch wie die anderen Männer:

Ein Wolf unter Wölfen.

Am Schluss war er zu betrunken, um Schneewittchen noch zu besuchen. Während der Fremde spät in der Nacht von den anderen nach Hause gebracht wurde, schwebte die Gefangene durch den Nebel seiner Gedanken.

Schlaf gut, Schneewittchen. Dein Prinz wird dich morgen besuchen.

Charles stand am Fuß der Treppe und starrte nach oben. Und wenn der Fremde die Tür zum Dachboden abgeschlossen hatte? Dann wären seine ganzen Bemühungen vergebens gewesen und die Angst, von jemandem bemerkt zu werden, umsonst erlitten. Charles war zum Weinen zumute und er wischte sich mit dem Handrücken über die Augen. Da sah er, dass die Tür einen Spalt offenstand.

Er fragte sich erneut, ob er vielleicht nur einen bedrückenden Traum hatte.

Doch es fühlte sich auch hier wieder alles echt an. Die Treppenstufe, auf der er stand und die Spinnweben, die sein Gesicht streiften.

Als Charles vorsichtig die Tür öffnete, war er sich sicher, doch nur zu träumen. Alle Mauern und mit ihnen die geschlossenen Fenster waren wie vom Erdboden verschluckt. Schneewittchen saß auf der Holzkiste und blickte in die unermessliche Weite des Himmels. Auf Julias Gesicht lag ein derart großer Glanz, wie er ihn niemals zuvor gesehen hatte.

Als er staunend ihre ausgestreckte Hand ergriff, war etwas zwischen ihnen fühlbar, das ihr gegenseitiges Verstehen genauso grenzenlos machte wie die Größe, die sich vor ihnen ausbreitete.

Da riss ein Geräusch sie auseinander. Schritte näherten sich auf der schmalen Treppe. Im Bruchteil einer Sekunde war alles wie zuvor, Charles stand wieder in der Nähe der Tür, die er vorhin aufgestoßen hatte, sah die Holzkiste, hatte vor sich die Mauern und zugenagelten Fenster.

Der Himmel war vergangen, als hätte man ein Blatt Papier zusammengerollt.

Charles drehte sich um.

Bedrohlich langsam kam der Fremde auf ihn zu, wie ein zum Sprung bereites Raubtier.

Sein Akzent zerschnitt den Raum.

„Was tust du hier?"

„Wie bist du hereingekommen?"

Charles Stimme zitterte, als er dem Fremden antwortete. Wie er sich in diesem Moment dafür hasste!

„Das alles tut mir wahnsinnig leid. Ich wollte das doch nicht wirklich!"

„Du hast wohl vergessen, dass du hier jeden Abend wie ein Häufchen Elend vor deinem Bier gesessen hast!", antwortete der Fremde.

„Und jetzt willst du es ungeschehen machen?"
„Dafür ist es leider zu spät, mein Freundchen!"
„Was ich einmal begonnen habe, das führe ich zu Ende."
Charles erkannte schmerzlich seinen Irrtum! Was hatte er sich nur dabei gedacht, alleine hierher zu kommen? Als ob er wie der Prinz im Märchen sein Schneewittchen retten könnte!
Aber hier ging es um etwas anderes!

Bedrückt setzte Charles sich an den Frühstückstisch. Die schrecklichen Ereignisse der vergangenen Nacht ließen ihn einfach nicht los. Sie saßen neben ihm, tranken aus seiner Kaffeetasse und aßen von seinem Teller.

Charles nahm die Zeitung in die Hand und dachte an seinen heutigen Termin bei Dr. Engler. Er versuchte, sich auf einen Artikel der Titelseite zu konzentrieren, doch es gelang ihm nicht so recht. Finstere Bilder drängten sich immer wieder in sein Bewusstsein.

Gut, dass Julia jetzt nicht hier war. Sie hatte heute eine wichtige Besprechung in der Firma und musste zeitig das Haus verlassen. Da entdeckte er die kurze Nachricht, die Julia mit ihrer schönen Handschrift auf dem Rand der Zeitung hinterlassen hatte.

Bis heute Abend, mein Schatz. Ich liebe Dich!

An anderen Tagen hätte er sich darüber gefreut, doch nach dem, was er in der vergangenen Nacht geträumt hatte, beschämte es ihn.

Charles musste unbedingt mit Dr. Engler darüber reden!

Er blickte auf die Küchenuhr, deren Zeiger sich träge im Kreis bewegten. Sekunden, Minuten und Stunden drehten sich unaufhörlich fort, die Zeit verweilte nicht bei schönen Stunden und beschleunigte nicht bei bitteren Momenten. *Tick, tick, tick, tick*; alles verrann unwiederbringlich.

Vom Kirchturm her schlug es zehn Uhr und Charles machte sich auf den Weg.

Die Bedrückung, die er empfand, klebte wie Kleister an ihm. Er war damit von Kopf bis Fuß eingestrichen und der Leim wurde langsam trocken.

245

Charles versuchte, sich abzulenken.

Er betrachtete die Häuser, an denen er vorbei ging, die Menschen, die ihm entgegen kamen und nahm den Sonnenschein wahr. Vielleicht würde sein Lebensweg genau so hell werden, dem Licht mehr Raum gehören als der Dunkelheit und die Finsternis nicht länger ihre grausame Herrschaft über ihn ausüben. Charles ging zuversichtlicher weiter.

Das Leben der Männer und Frauen, die achtlos an ihm vorbei gingen und die Straße überquerten, die Häuser betraten, in den Cafés saßen, Zeitung lasen, sich unterhielten oder vor sich hin starrten, erschien ihm in geordneten Bahnen zu verlaufen. Doch die Eiseskälte in manchen Herzen, die von einer lähmenden Einsamkeit umgeben waren, blieb ihm verborgen.

Plötzlich zog sich die Oberflächlichkeit der ganzen Stadt zusammen und es entstand ein Tor, das in eine große Verlassenheit führte. Ohne zu zögern gingen viele hindurch. Charles sah ihnen hinterher.

Dann setzte er seinen Weg zu Dr. Engler fort.

Er kam an einem kleinen Blumenladen vorbei und fühlte sich in das Märchen von Hänsel und Gretel versetzt. Als ob er vor dem Haus der alten Hexe stehen würde.

Er lächelte. *Altes Hexenhaus* würde schon einen passenden Namen dafür abgeben.

Charles wusste jetzt auch, dass es der betörende Duft der Auslage war, der ihn angezogen hatte, und er ging von einem Gebinde zum nächsten. Wie liebevoll jedes einzelne von ihnen angefertigt war! Das hinterste in der Reihe war mit rotem Fingerhut und prächtigen Tausendschönchen gebunden. Dann

246

folgte ein kleiner Strauß Vergißmeinnicht, aus dem zarte Organzabändchen heraus ragten. Den Abschluss bildete ein luftiger Fliederstrauß mit den schönsten Pfingstrosen, die er jemals gesehen hatte.

Und da wusste er, was ihn überhaupt erst dazu veranlasst hatte, vor diesem kleinen Laden stehen zu bleiben: Die Sinnlichkeit des Flieders war es.

Davor lag noch ein mit einem feuchten Tuch umwickelter Strauß. Charles sah in ihm wieder Flieder und Pfingstrosen, die diesmal von Efeu umrankt waren, dessen zarte Triebe bis zum Boden hinab fielen. Mittendrin steckten zarte Vergissmeinnichtblüten. Von einem leichten Windhauch getragen, schwebten die feinen Schmuckbänder in seine Richtung.

Charles musste mit geschlossenen Augen diesen unglaublichen Duft einatmen. Als ob er auf einem Rosenblatt aus feinstem Samt liegen würde.

Da wurde er mitten an diesem leuchtenden Sommertag von einer heftigen Windbö geschüttelt und öffnete überrascht die Augen.

Er stand nicht mehr vor dem kleinen Blumenladen, auch fiel sein Blick nicht länger auf farbenprächtige Schönheiten, sondern er hatte eine schäbige Metalltür und verrostete, nummerierte Knöpfe vor sich.

Er befand sich in einem Aufzug!

Da gab es einen Ruck und mit kreischenden Geräuschen setzte sich der Fahrstuhl in Bewegung. Charles schwankte hin und her und Angst beschlich ihn. Sie fand die Situation sehr erheiternd.

„Nun, was hältst du davon?", fragte sie ihn.

„Jetzt löst sich deine vermeintliche Stärke in Luft auf, habe ich recht?"

Was für ein freches Mundwerk sie hatte!

Die Furcht sprang um ihn herum und wurde immer fröhlicher.

Inzwischen nahm der Aufzug weiter an Geschwindigkeit zu, so dass die Mechanik und die Wände zitterten und krachten.

Sie lächelte ihm zu.

„Was meinst du, wohin die Fahrt geht?"

Charles wusste es nicht.

Die Angst stand vor ihm und starrte ihn aus kalten, berechnenden Augen an. Sie empfand Mitleid für Charles. So ging es ihr immer mit den besonders schweren Fällen, wenn sich die Depression mit ihr vermischte und ein Entkommen aus diesem Geflecht fast unmöglich wurde.

Panisch suchte Charles nach einem Knopf, um den Fahrstuhl zum Halten zu bringen.

Der Aufzug wurde langsamer!

Ein schwacher Lichtschein zeigte sich zwischen dem Türspalt und die Fahrt wurde mit einem lauten Knirschen beendet.

Der Ruck ließ Charles in die Knie gehen. Die Türen öffneten sich und gaben den Blick auf eine Festgesellschaft frei. Neugierig blickte Charles sich um. Noch niemals in seinem Leben hatte er etwas Ähnliches gesehen. Kreaturenhafte Wesen aßen zusammen und nahmen dabei keine Rücksicht aufeinander, sondern jedes wollte den größten Vorteil für sich erreichen.

Sie sind wie Menschen! schoss es Charles durch den Kopf.

Sein Blick blieb an Madame Ophelia hängen, doch schon im nächsten Augenblick schlossen sich die Fahrstuhltüren und die

Fahrt ging wieder nach oben.

Charles stand vor dem kleinen Blumenladen, schwankte etwas und blinzelte in die Sonne. Die Verkäuferin sah ihn durch das Fenster draußen stehen und seufzte.

Schon wieder ein Betrunkener. Hoffentlich ging er bald weiter und machte keinen Ärger.

Charles konnte im Augenblick nicht verstehen, was eigentlich mit ihm geschehen war. Dieser zutiefst berauschende Duft musste ihm die Szene vorgegaukelt haben.

Mit einem letzten Blick auf die Sonnenblumen, die in Bodenvasen standen und im Widerschein der Sonne leuchteten, ging Charles weiter.

Seltsam, obwohl es nur vier Sträuße waren, hatte vor ihm ein ganzes Blütenmeer gelegen.

Gemächlich setzte er seinen Weg fort und betrachtete ab und zu die Auslage eines Schaufensters, als würde er alles neu entdecken. Eine starke Trauer überkam Charles. Er war blind für die Bedürfnisse anderer gewesen und konnte weder sehen, wie es Julia und Lisa ging, noch wusste er, was sie brauchten. Die beiden hätten seine Liebe nötig gehabt, doch er war nur mit sich selbst beschäftigt.

Durch die Gespräche mit Dr. Engler brach Stück für Stück seiner inneren Grenze auf. Er bekam neue Hoffnung und mit ihr die Zuversicht, dass alles wieder gut werden könnte.

Die Gräser am Straßenrand streiften seine Beine. Neben dem blühenden Löwenzahn wuchsen vereinzelt Disteln, die sich frech nach oben reckten, als hätten sie ein Recht dazu, hier zu stehen.

An der nächsten Straßenecke kam er an einem herrschaftlich

anmutendem Haus mit neu gedecktem Dach und frisch gestrichenen Wänden vorbei. Perfekt sah es aus. Stolz wie eine Fotografie und zu schön, um ein Leben zu haben. Es wirkte auf ihn wie eine Fassade in einem Filmstudio, die von Kunstlicht ausgeleuchtet wurde.

Geranien säumten den Weg zum Haus, deren Blüten dieses intensiv leuchtende Rot besaßen, das die ganze Zeit über als sinnlicher Mund der Tänzerin seine Gedanken verführte.

Vor dem nächsten Gebäude stand ein kleiner Brunnen, an dessen Rand stumme Tonvögel saßen. Zwischen ihnen hatten sich frech Vögel aus Fleisch und Blut nieder gelassen und streckten ihr Gefieder der Sonne entgegen.

Wenn er das doch nur auch könnte!

Keine schweren Gedanken mehr mit sich herum tragen müssen und sich den wärmenden Sonnenstrahlen hingeben können.

Einer impulsiven Wut folgend, riss er seine Arme hoch und verscheuchte die, denen es so gut ging.

Am Ende der Straße bog Charles nach rechts ab und kam an der Stadtkirche vorbei. Vielleicht sollte er einfach die Tür öffnen und hinein gehen. Er war zwar wenig zuversichtlich, dass es ihm helfen könnte, aber einen Versuch war es immerhin wert.

Durch den Torbogen betrat er das Gebäude und ein heller Raum umgab ihn. Seine Schritte hallten durch die Einsamkeit und er setzte sich ganz hinten in eine Bank.

Schlichtheit prägte diese Kirche. Sie zog sich nicht den Prunk alter Tage an und hatte es nicht nötig, sich mit Gold zu schmücken. Heiligenfiguren standen auf kleinen Podesten an den Wänden, die ihre Blicke auf ihn gerichtet hatten. Einige schauten anklagend in seine Richtung, andere hatten einen eher mitleidigen Gesichtsausdruck.

Charles spürte seinen Widerwillen wie einen Hauch frischen Ärgers in sich hochsteigen.

Seht ihn nur an, wie er dasitzt.

Das Herz dreht sich mir im Leibe um.

Warum macht er es sich so schwer?

Er ist ein Mensch, er kann nicht anders.

Charles sah sich genötigt, den Standbildern zu antworten.

Warum klagt ihr mich an?

Stumm ruhte ihr Blick auf ihm.

Weshalb antwortet ihr nicht?

Die Gesichter schienen Charles verändert, es lag nun eine tiefe Trauer auf ihnen. Das musste von dem Licht kommen, das dumpf durch die milchigen Kirchenfenster hereinfiel.

Er riss seinen Blick von den steinernen Körpern los und schaute nach vorne in den Altarraum.

An der Seite stand ein Opfertisch, auf dem eine kleine Kerze entzündet war.

Sie sah armselig aus, so wie sein Leben; ein kleines Licht, das ohne weiteres in der nächsten Sekunde verlöschen konnte.

Nachdem die Figuren verstummt waren, umgab Charles wieder diese absolute Stille. Er dachte an die unzähligen Abende zu Hause und dass sie sich nichts zu sagen hatten. Hier in der Kirche lag die Sprachlosigkeit wohltuend über ihm, doch daheim verwandelte sie sich in seinem Kopf in ein wildes Untier.

Als es in Charles ruhig wurde, blickte er nieder auf eine große Leere. Es war nichts mehr da, was ihn ausfüllte und er war wieder das kleine Kind in seinen Träumen, das allein gelassen und verängstigt in einem Wald stand, in dem es finster blieb und kein Geräusch zu hören war.

Ängstlich rief es: „Hallo, ist da jemand?", aber niemand antwortete ihm. Seine Stimme verklang wie ein Glöckchen. Je länger es ruhig blieb, desto verwirrter wurde der Junge und es entstand eine Unsicherheit in ihm, die er sein ganzes Leben lang nicht mehr los werden würde.

Auch von außen drang kein Geräusch zu ihm herein. Als ob sein Leben ihn verlassen hatte, das immerzu laut und hektisch war und ihm die Ohren voll dröhnte.

Er wollte doch nur mit Hilfe seiner Frau dieser Leere in seinem Herzen entfliehen, sie sollte mit ihrem Leben seines ausfüllen. Doch daraus wurde nichts, im Gegenteil. Zu der Verlassenheit in seinem Inneren gesellte sich eine ohnmächtige Wut, als er sehen musste, wie farbig Julias Leben war.

Charles stand auf und tat so, als würde er beten. Er hatte das Gefühl, dass er ein Gebet schuldig wäre.

Dann verließ er die Kirche und schloss geblendet die Augen.

Er würde noch etwas über den Friedhof gehen. Charles betrat einen der Kieswege, die zwischen den Grabsteinen entlang führten und ein eigentümliches Gefühl beschlich ihn. Er war von Toten umgeben. Mit ihnen waren Hoffnung, Liebe, Zukunft und Nähe vergangen.

Die Verstorbenen berührten ihn nicht persönlich, denn er hatte keinen von ihnen gekannt. In die Grabsteine waren nur nüchterne Fakten eingraviert, der Name, das Geburtsdatum und der Todestag. Er entdeckte einen bereits verwitterten Grabstein, auf dem die Inschrift kaum noch zu entziffern war. Mit Mühe las Charles die Worte *Hier ruht in Gott Jahweh mein lieber, unvergessener Gatte und Vater*. Darunter stand noch: *Ruhe in*

Frieden.

Charles folgte den Wegen kreuz und quer über den Friedhof, der übersät war mit Verlorenheit auf poliertem Marmor.

Jetzt kam er zu einem Grab, das über den Verlust eines geliebten Menschen schrie. Die Schrift auf dem Stein wurde von der Pflanze der Sehnsucht verdeckt. Charles bückte sich und zog vorsichtig an dem Stiel. Langsam kamen die Worte zum Vorschein: *In ewiger Liebe.*

Auch er wünschte sich damals eine unvergängliche Liebe. Als er noch jung und unerfahren war. Inzwischen hatte ihn das Leben gelehrt, dass es sich dabei nur um eine Illusion handeln konnte. Vielleicht wurde bei manchen Gräbern mit Hilfe einer üppigen Bepflanzung versucht, das wieder gutzumachen, was man im Leben versäumt hatte. Oder die Hinterbliebenen brachten damit zum Ausdruck, dass sie nicht damit leben konnten, dass alles vorbei war. Es konnte doch keine so große Grausamkeit geben, die das Liebste hinweg riss!

Charles schüttelte sich. Wenn er sich noch länger hier aufhielt, würde er noch trübsinniger werden, als er es ohnehin schon war.

Auf dem Weg zum Ausgang blieb er noch einmal stehen. Die Blume vor diesem Grabstein trug unzählige lilafarbene Herzen. Davor blühten rosa Geranien und blaue Glockenblumen. Die liebevolle Bepflanzung machte aus dem kleinen Stück Erde ein Paradies zwischen allem Tod.

Auf einem weiteren Stein waren die Worte *Auf Wiedersehen* eingraviert. Das konnte er nicht verstehen. Tot war tot. Ein endgültiger Zustand, der keine Wiederkehr zuließ, so sehr man es sich auch wünschte.

Der Tod war unabänderlich und man konnte nicht hindurch blicken. Wie die Fahrt auf einer Straße, die im Nebel endete. Man sah nicht, was als nächstes kam.

Mit eiligen Schritten verließ er den Friedhof.

Aus den Augen, aus dem Sinn, das funktionierte immer.

Charles schlenderte weiter. Er spürte den Luxus, Zeit zu haben, bis ihm ein Blick auf die Armbanduhr zeigte, dass er sich nun doch etwas beeilen musste. Er wollte nicht zu spät kommen.

Charles betrachtete wieder die schönen Fassaden der Häuser. In den Gärten spielten Kinder und auf den Terrassen saßen Männer und unterhielten sich. Frauen tranken Kaffee.

Charles hatte die Werbung eines Urlaubskataloges vor sich. Fotos von langbeinigen Schönheiten, die sich mit einem großen Strohhut auf dem Kopf in Liegestühlen räkelten und mit einem Cocktail in der Hand den Sonnenuntergang erwarteten.

Er lächelte.

Das Bild einer temperamentvollen Frau mit einem verführerischen Mund stand ihm vor Augen und er verspürte die Inspiration, die dabei in ihm entstand.

Andererseits dachte Charles an den Friedhof zurück und schüttelte den Kopf.

Dass alles Leben einmal so enden musste und Schönheit dazu geschaffen war, um zu Staub zu werden.

Was für eine Verschwendung!

Nun musste er nur noch einmal abbiegen und schon stand er vor der Praxis. Charles betrachtete das Hinweisschild neben der Eingangstür.

Dr. Engler, Psychiaterin, für alle Kassen.

Er strich kurz mit seinen Fingern darüber.

Diese Ärztin war anders als die Therapeuten, die er im Laufe seines Lebens bereits kennengelernt hatte. Bei ihr hatte er nicht das Gefühl, dass sie bereits vorher wusste, was er sagen würde und vorgefertigte Antworten abspulte. Er fühlte sich von ihr verstanden und vertraute ihr.

Im Treppenhaus beschlich ihn plötzlich das gleiche unbestimmte Gefühl, dass er für einen kurzen Moment vor dem Blumenladen hatte, als ihm der Duft der Blumen vortäuschte, er würde in einem Fahrstuhl nach unten fahren.

Er klingelte und betrat die Räume, die ihm inzwischen so etwas wie Sicherheit gaben.

Die Sprechstundenhilfe bat ihn diesmal gleich zu Frau Dr. Engler in das Behandlungszimmer und Charles nahm ihr gegenüber Platz. Wie immer stand kein Tisch zwischen ihnen, der eine Barriere bedeuten könnte.

An diesem Tag wollte kein Gespräch aufkommen. Charles räusperte sich.

Die Ärztin überflog die Aufzeichnungen der letzten Woche. Es gab ihm die Gelegenheit, sie einmal genauer zu betrachten.

Wie seine Frau war auch Dr. Engler nur dezent geschminkt. Immer schön zurückhaltend bleiben, um das Gegenüber in keiner Weise zu bedrängen. Charles sah den schön geschwungenen Mund, aber auch die feinen Fältchen, die sich entlang der Mundwinkel eingegraben hatten. Er nahm die klare Form ihres Gesichtes wahr, den Bogen der Brauen und die langen Wimpern.

Wenn Dr. Engler ihn mit ihren unergründlichen Augen anblickte, die so tief zu sein schienen wie ein Gebirgssee, dann fühlte er sich davon magisch angezogen, versank in ihnen und war wieder der zwölfjährige Junge, der mit einem selbstgebastelten Bogen und von eigener Hand geschnitzten Pfeilen in den Wald zog und als großer Abenteurer unterwegs war. Manchmal mit einem Freund, aber meistens alleine. Vielleicht war er schon immer ein wenig anders als alle anderen um ihn herum. Er liebte es, durch den Wald zu streifen. Einmal fand er dabei sogar eine Höhle in die er neugierig hineinsah, und als er weiter in den Wald vordrang, entdeckte er einen kleinen See, dessen Wasser tief und unergründlich war.

Er schwamm darin und erlebte dabei eine Frische, wie sonst niemals mehr in seinem Leben.

Dr. Engler sah auf und Charles begegnete diesen Augen, die genau so waren wie der See in seiner Erinnerung.

Sie durchbrach die Stille.

„Charles, was möchten Sie mir heute erzählen?"

Doch Charles war unfähig, auch nur ein Wort zu sagen. Direkt neben Dr. Engler stand Madame Ophelia, die Kreatur, die er vorhin gesehen hatte. Gerade schob sie sich mit beiden Händen die Unterlagen, die Dr. Engler neben sich auf eine Ablage gelegt hatte, in den Mund und fing an, darauf herum zu kauen.

Charles sah Madame Ophelia entgeistert zu. Weshalb unternahm Dr. Engler nichts? Sie musste diese Kreatur doch auch sehen! Oder etwa nicht? Er sah sie fragend an.

Bestimmt bildete er sich das jetzt nur ein. Er hatte wohl zu lange in der Sonne gestanden. Ein bisschen schob er es auf den berauschenden Duft der Blumen vor dem kleinen Laden.

Charles versuchte, die Ärztin auf das hinzuweisen, was neben ihr geschah. Madame Ophelia kaute weiterhin zufrieden auf den Papieren.

Da spürte Charles neben sich einen leichten Windzug. Sein Blick ging zu den geschlossenen Fenstern. Charles fühlte sich etwas unbehaglich, denn er ahnte, wer da neben ihm stand. Vorsichtig drehte er seinen Kopf nach links, da sah er den dicken Lord Winston, der ungeniert rülpste. Zögernd schaute er nach rechts zu dem bedauernswerten Sir Henry, der bereits so sehr vergangen war, dass er sich kaum noch auf den Beinen halten konnte. Sein hagerer Körper wurde von einem heftigen Schluckauf geschüttelt. Diese Aufregungen waren Gift für ihn!

Charles Blick wanderte von links nach rechts und von rechts nach links. Dr. Engler betrachtete ihn verwundert. Er wusste ja selbst, wie verrückt sich das anhören musste!

Madame Ophelia blickte unverwandt zu dem großen Blumenstrauß auf Dr. Englers Schreibtisch.

In ihm erstrahlten Pfingstrosen von einem unschuldigen Weiß bis zu dem verführerischen Rosa. Die blühenden Zweige eines Kirschblütenbaumes ragten heraus, in denen sich zarte Margaritenblüten versteckten. Verschiedene Gräser hingen bis zur Tischplatte hinab.

Als Madame Ophelia die Weinranke betrachtete, die sich zusammen mit Efeu um den Strauß herum legte, und zuletzt die blühenden Fliederäste sah, die erneut den ganzen Raum mit ihrem berauschenden Duft erfüllten, war es um sie geschehen.

Charles wollte rufen: „Halt, tun Sie das nicht!", doch er brachte kein Wort heraus. So musste er mit ansehen, wie die Kreatur diesen prachtvollen Strauß an sich riss. Madame Ophelia war wirklich nicht mehr zu bremsen, so wohl fühlte sie sich hier. Endlich war sie von einer Schönheit umgeben, die sie da unten zwischen dem Seetang in ihrem feuchten, modrigen Reich bisher vergeblich suchte.

Zuerst biss sie die Pfingstrosenköpfe ab. An den Kirschzweigen hatte sie sehr fest zu kauen, was aber ihren Genuss noch erhöhte. Mit einem zufriedenen Gesichtsausdruck verspeiste sie eine Blume nach der anderen.

Als Madame Ophelia zuletzt das feine Zierband zerriss, fielen die einzelnen Stiele zu Boden, sie verschluckte sich an dem Gebinde und spuckte es nach einem kurzen Würgen aus. Schließlich nahm sie die Vase und trank genüsslich das Blumenwasser aus.

Es blieb Charles nichts anderes übrig, als Dr. Engler von dem zu erzählen, was hier vor sich ging und nur er sehen konnte. Sie hörte ihm schweigend zu, betrachtete ihn von Zeit zu Zeit aufmerksam und machte sich Notizen. Es war merkwürdig, aber die Zettel, die sich Madame Ophelia in den Mund gestopft hatte, lagen wieder unversehrt vor ihr.

Er wüsste gerne, was sie auf dieses Papier schrieb, das jungfräulich war wie seine Leinwände, bevor er sie mit Farbe bemalte, sie sich in gebrauchte Flächen verwandelten und etwas Neues auf ihnen entstand.

Ob auf diese Weise auch der Schöpfer aller Dinge sein Werk getan hatte?

Alles war mit Geist erfüllt und es entstand die Inspiration, die ein Kunstwerk entstehen ließ, das sich dem Betrachter auf eine ihm bisher unbekannte Art und Weise zeigte.

Seine Gemälde wirkten durch die Komposition aus Farben, Linienführung und Art des Pinselstriches und er erkannte die Fantasie, die ihn während der Arbeit an einem neuen Werk beseelte, ihm unerwartete Einfälle schenkte und dem neuen

Gemälde Leben einhauchte. Sie erweckte seine verborgenen Talente zum Leben und blieb bis zur künstlerischen Vollendung an seiner Seite. Dabei hüllte sie alles wie in ein weiches, schmeichelndes Tuch aus feinstem Mohair ein und es entstanden in ihm sprühende und funkelnde Ideen, die davon erzählten, wie das Leben war. Sooft Charles sich darauf einließ, blickte er am Ende staunend auf das fertige Gemälde.

Mit einer langsamen Bewegung legte Dr. Engler ihren Stift, der so elegant war wie sie selbst, auf die polierte Tischplatte zurück, verschränkte ihre schlanken Finger ineinander und blickte Charles nachdenklich und schweigend an. Er stand schon wieder in der Gefahr, von diesen unergründlichen Augen zum See seiner Kindheit gezogen zu werden, als Dr. Engler aufstand und ihm die Hand schüttelte.

„Geben sie nicht auf, Charles; wir sehen uns dann nächste Woche wieder."

Sie lächelte ihm zu und Charles verließ das Behandlungszimmer. Dr. Engler sah ihm nachdenklich hinterher. Mit einem Seufzer legte sie die Unterlagen auf ihrem Schreibtisch fein säuberlich aufeinander, ging damit zum Schrank und sortierte sie in das entsprechende Fach ein. Als sie sich wieder umdrehte, blieb ihr Blick an dem Strauß auf ihrem Schreibtisch hängen.

Seit sie ihn in diesem kleinen Blumenladen gekauft hatte, kam ihr alles auf eine Weise verändert vor, die sie nicht in Worte fassen konnte. Als ob etwas Neues ans Licht kam, das bisher verborgen war.

Charles dachte auf dem Nachhauseweg noch einmal über den Besuch bei Dr. Engler nach.

Weshalb konnte nur er die Kreaturen sehen?
Woher kamen sie?
Und vor allem: Was wollten sie von ihm?

Der Herbst kündigte sich an. Die Tage wurden kürzer und die Abende kühler.

Charles wechselte zwischen seinem Atelier im Obergeschoss des Hauses, der Hängematte im Garten und seinen Gesprächen mit Dr. Engler hin und her.

In mancher Nacht lag er mit Julia beieinander, die wieder einen festen Platz in seinem Herzen gefunden hatte und sie entdeckten in sich neue, wunderbare Landschaften. So wie damals! Dann strich ein kühler Herbstwind durch das immer noch geöffnete Fenster herein und sie hörten die Blätter der neben dem Haus stehenden mächtigen Eschen im Wind rauschen. Ein Geräusch, das sie durch die in ihnen neu entstandenen Gegenden trug, die jeden Tag prächtiger anzuschauen waren. Charles und Julia waren sich wie früher auf besondere Weise nahe, und auch wenn der Herbst viele regnerische und stürmische Tage mit sich brachte, so waren ihre Herzen von der Liebe erfüllt, die wie ein warmer Sommerwind über blühende Wiesen wehte.

Charles zog Julia an sich.

Er wehrte sich nicht mehr gegen die Kreaturen, die er als Teil seiner Persönlichkeit erkannt hatte und versuchte nicht länger, ihnen zu entkommen.

Wenn er durch die Stadt spazierte und ihm die vielen Menschen begegneten, stellte er sich die Frage, ob wohl auch jeder von ihnen seine Kreaturen um sich hatte.

In gewisser Weise wurde sein Leben durch sie schwerer, doch seit er ihre Wirklichkeit begriffen hatte, konnten sie freundschaftlich miteinander umgehen. Sie hatten ihn ohnehin begleitet, so dass für ihn die Nächte noch dunkler geworden waren.

Einmal, als ihn die Kreaturen so sehr quälten, dass er sich im Bett hin und her wälzte, nahm Julia seine Hand und führte ihn auf den Dachboden, wo sich über ihnen der Sternenhimmel ausspannte. Da wurden die Kreaturen, die ihn umklammert hielten und ihm die Augen verbanden, damit er blind für die Wahrheit wurde, kleiner und ihr Griff immer schwächer, bis Charles sie schließlich abschütteln konnte.

Als sie zu Boden fielen, waren sie unbedeutend wie ein Nichts und sein Herz wurde ganz weit. In diesem Augenblick fühlte er sich völlig frei und losgelöst von allen Banden und nichts hatte mehr die Macht, ihn einzuengen.

Denn zur Freiheit war er berufen, so wie jeder andere Mensch auch.

Ihn durchströmte ein Gefühl, das er schon lange nicht mehr hatte; Charles war sich nicht sicher, ob es sich dabei um Frieden handelte.

Was eng war, wurde weit.

Sein ganzes Leben hatte er mit der Suche nach Anerkennung verbracht. *Wenn er nur seine Leistung brachte und funktionierte, wie das von ihm erwartet wurde, dann würde er auch geliebt werden.* Doch durch seine Gespräche mit Dr. Engler erkannte Charles, dass es nicht so sein musste, sondern er auch auf Grund seiner Persönlichkeit geachtet werden konnte.

Er lernte auch, wie er sein Herz öffnen und Julia wieder einen Platz darin geben konnte. Das alles entwickelte sich über einen langen Zeitraum hinweg und Charles musste viel Geduld aufbringen.

Doch er konnte bereits fühlen, wie seine inneren Mauern

aufbrachen.

Charles drückte Julias Hand und als sie sich ansahen, bekamen sie die Gewissheit in ihren Herzen, dass sich alles zum Guten wenden würde.

Und wieder küsste er sie.

Auch Lisa war zu ihnen zurück gekommen. In ihrem Zimmer sah alles noch genau so aus wie damals, als sie es verlassen hatte. Lisa strich über die vergilbten Pferdefotos an der Wand und musste lächeln.

Nach langem Zögern hatte sie sich dafür entschieden, wieder zu Charles und Julia zu ziehen, obwohl es ihr wie ein Verrat an ihrer Tante vorkam. Lisa berührte das nächste Poster an der Wand.

Es war für alle eine schwierige Zeit. Für Yvonne, die von heute auf morgen die Verantwortung für eine pubertierende Teenagerin übernahm und für ihre Eltern, die zu den ohnehin großen Schwierigkeiten zwischen sich nun auch den Verlust ihrer Tochter verkraften mussten.

Mit ihren Fingern bewegte Lisa die kleinen Glöckchen an der Decke und es erklangen die sanften Töne, die sie schon damals geliebt hatte. Sie stand still und lauschte mit geschlossenen Augen auf das zarte Timbre, das sie genauso im Opernhaus bei der Aufführung der Zauberflöte gehört hatte. Dort war Papagenos Glockenspiel ein Spielzeug aus Silber, mit dem man Wunder auslösen konnte.

Die Klänge in Lisas Zimmer waren wie perlendes Wasser, das einen Abhang hinab stürzte. Die Fontänen verwandelten sich im Sonnenlicht in Schatzkisten, deren Deckel geöffnet waren und in denen unzählige Edelsteine, Perlen und Korallen um die Wette funkelten.

Lisa strich noch einmal gedankenverloren über die Glöckchen hinweg. Ja, sie alle befanden sich damals in einer schwierigen Lage, aber die Zeit heilte alle Wunden. So war es doch, oder?

Sie war zu ihren Eltern zurück gekehrt, um einen Neubeginn zu versuchen und während sie hier in ihrem ehemaligen Jugendzimmer stand, wusste Lisa, dass sie die richtige Entscheidung getroffen hatte.

Zudem freute sie sich sehr, dass Charles aus seinen Depressionen herausgefunden hatte. Ihr geliebter Papa! Endlich!

Ein Poster zeigte ein Mädchen auf einem schwarzen Pferd, das inmitten einer blühenden Wiese stand, deren Rand über und über mit blauen Kornblumen eingefasst war und orangefarbene Mohnblumen hübsche Ornamente bildeten. Lisa war bereits damals von der Schönheit dieser Farben begeistert, wie viel mehr jetzt, wo sie reifer geworden war.

Die Träume ihrer Kindheit wurden Lisa bewusst, in denen ihr Vater ein strahlender Held war, der seine kleine Prinzessin vor Riesen, Drachen und bösen Zauberern beschützte.

Sie dachte an das Indianerfest zurück. Es war ihr vierter Geburtstag. Alle ihre Freunde waren dazu eingeladen. Gemeinsam mit ihren Eltern hatte sie dafür Stirnbänder gebastelt. Obwohl es ihr sehr schwer gefallen war, die Federn zu befestigen, blieb sie mit Feuereifer bei der Sache. Anschließend stellten sie im Garten noch ein Wigwam aus Bohnenstangen und alten Decken auf.

Die Nachbarskinder hatten von einem Versteck aus alles beobachtet und als die Indianer reichlich vom Feuerwasser getrunken hatten, stürzten sie sich als Cowboys verkleidet in das Getümmel und versuchten, das Zelt zu erobern. Aber sie hatten gegen Lisa und ihre Freunde keine Chance und endeten schließlich am Marterpfahl. Doch abends saßen sie gemeinsam am Lagerfeuer und feierten Versöhnung.

Die Erinnerung zauberte ein Lächeln auf ihr Gesicht.

Lisa holte ihre Koffer herein und räumte nach und nach ihre Kleider, Röcke, Blusen und Hosen in den Schrank; doch in Wahrheit packte sie damit ihr neues Leben aus.

Als sie sich wieder zum Bett umdrehte, fiel ihr Blick auf Herrn Otto, der auf der Bettdecke saß und sie mit seinen dunklen Knopfaugen gutmütig anblickte, als würde er sagen wollen: *Herzlich willkommen daheim, Lisa. Du warst zwar lange weg, aber ich habe keine Sekunde daran gezweifelt, dass du wiederkommst. Ich habe auf dich gewartet.*

Lisa drückte Herrn Otto an sich und wirbelte mit ihm durch den Raum. In diesem Moment war sie sehr glücklich. Sie gab dem Teddy einen dicken Kuss, ließ sich nach hinten auf das Bett fallen und breitete die Arme aus.

Sie war nach Hause gekommen.

Madame Ophelia kam mit der Handtasche zurück und sah an sich herab. Sie hatte ja nur ihren Unterrock an! Also schnell zum Kleiderschrank, bevor sie noch von jemandem gesehen wurde. So etwas durfte doch einer Dame wie ihr nicht passieren. Sie nahm ein Kleid heraus und wollte es über den Kopf ziehen. Aber sie kam alleine mit dem vielen Stoff und dem Reißverschluss nicht zurecht.

„Schischa?"

Der Ton von Madame Ophelia hatte sich entscheidend verändert, so wie ihr ganzes Leben.

Heute Abend würde sie nicht hier unten zwischen dem Seetang und der andauernden Feuchtigkeit essen, sondern oben, wo es sonnig und bunt war. Madame Ophelia war überglücklich. Sie tanzte vor Freude durch ihr Zimmer und drückte die Hände auf ihr Herz.

Im Stillen zog sie den Hut vor Sir Henry und Lord Winston, denen sie das alles zu verdanken hatte. Dabei fand sie zuerst die Idee der beiden, sich Charles bei Dr. Engler zu zeigen, nicht gut und blieb bis zuletzt skeptisch, wobei ihr der Gedanke, dass sich dadurch ihrer aller Leben vermischen würden, das meiste Kopfzerbrechen bereitete.

Aber erstaunlicherweise fand sie großen Gefallen an der neuen Situation, denn sie würde nicht mehr länger nur die ungekrönte Königin des unteren Reiches sein, sondern nun auch dort oben.

Dort oben, diese Worte erschienen ihr wie Musik. Sie hatte davon gehört, dass es da Blumen gab, deren große und kleine Blüten in allen Farben schimmerten, die sie sich da unten nicht vorstellen konnte.

Bisher kannte sie nur die furchtbaren Schreie der Krähen, die unter der fahlen Sonne am Himmel hin und her flogen, aber jetzt würde sie bald das Gezwitscher vieler Vögel hören. Jeder Ton ein Kunstwerk, jede Melodie eine Komposition.

Ihr Blick war nach vorne auf eine strahlende Zukunft gerichtet und ein Ausdruck tiefster Zufriedenheit legte sich über Madame Ophelia.

„Schischa!"

Doch es war nicht Schischa, die zu ihr kam.

„Hallo, ich bin Julia."

Was für eine angenehme Person! Madame Ophelia hatte schnell vergessen, dass Schischa nicht da war, denn auch Julia ging sehr geschickt auf ihre Wünsche ein.

Julia merkte schnell, dass Madame Ophelia aufgeregt war wie ein junges Mädchen.

„Warten sie, ich helfe ihnen mit dem Kleid."

Sie richtete die vielen kostbaren Stoffbahnen, so dass Madame Ophelia bequem hinein steigen konnte und machte vorsichtig den Reißverschluss zu.

Julia lächelte Madame Ophelia zu und nahm Hut, Tasche und Handschuhe aus dem Schrank.

Madame Ophelia blickte skeptisch in den Spiegel.

„Wie sehe ich aus?"

Keine Übertreibung klang in Julias Antwort an:

„Wie eine Königin!"

Madame Ophelia standen die Tränen in den Augen. Die Sehnsucht ihres ganzen Lebens erfüllte sich in diesem einen Satz.

Julia ging vor ihr her durch die mit Seetang bewachsenen Flure. Sie blieb vor dem Fahrstuhl stehen und ließ Madame Ophelia den Vortritt. Die verrostete Metalltür schloss sich langsam und mit kreischenden Geräuschen setzte sich der Aufzug in Bewegung. Nach einer kurzen Fahrt betrat Madame Ophelia die neue Welt. Sie blinzelte im Sonnenlicht, atmete den Wohlgeruch ein, der hier allem entströmte, erkannte den unglaublichen Glanz der Dinge und war sehr glücklich. Das Leben kam zu ihr und umarmte sie.

Warum nur hatte sie so lange darauf warten müssen? Bitterkeit klopfte an ihrem Herzen an und flehte um Einlass, doch Madame Ophelia hielt den Eingang sicher verschlossen. Sie kannte diese alte Hexe gut genug. Mehrfach war sie bereits auf ihr falsches Spiel herein gefallen, denn war sie erst einmal eingezogen, wurde man sie nur schwer wieder los.

Madame Ophelia tat den ersten Schritt in ihr neues Leben und alles Kreaturenhafte fiel von ihr ab.

Hingerissen lauschte sie dem Gesang der Vögel. Jeder einzelne Ton drückte eine Vollkommenheit aus, nach der sie bisher in ihrem Leben vergeblich gesucht hatte.

Und dann dieser Duft! Das Bouquet vereinigte sich in ihr zu Bildern.

Sie zeigten einen kleinen Blumenladen. Arrangements der herrlichsten Blüten waren dort zu sehen und Madame Ophelia ging von einem zum nächsten. Sie sah die Liebe, mit der sie zusammengestellt waren, betrachtete den roten Fingerhut und die prächtigen Tausendschönchen, den kleinen Strauß Vergißmeinnicht mit den zarten Organzabändchen, den luftigen Fliederstrauß mit den Pfingstrosen und zuletzt die Efeuranken, deren zarte Triebe bis zum Boden hinab reichten und spürte den zarten Wind, der den Duft des Flieders in ihre Seele hauchte.

Sir Henry sah zu ihr herüber und ihre Blicke trafen sich. Er war schon immer der Meinung, einen vorzüglichen Geschmack zu haben, was Frauen anging, doch jetzt wusste er es ganz gewiss; Madame Ophelia erfüllte ihn mit Stolz und ihr Gemahl sein zu können, befriedigte ihn zutiefst. Schmunzelnd stand er auf, um ihr entgegen zu gehen und zu ihrem Platz zu bringen; an seiner Seite.

Als er nun so nah bei ihr stand und ihn ihr bezauberndes Lächeln umfing, da versank er in ihren Augen, die so geheimnisvoll waren wie die Tiefen eines grün schimmernden Gebirgssees, der nichts mehr von dem freigab, was er einmal verschlungen hatte.

„Kommt, meine Werteste, lasst uns gehen."

Madame Ophelia legte sanft ihre Hand auf Sir Henrys Arm.

Während sie durch den Garten gingen, fühlten sie sich zurück versetzt in die Zeit, als sie an warmen Abenden wie diesem aus dem Teezimmer ins Freie traten, Madame Ophelia ebenso zart seinen Arm berührte und sie den Weg betraten, der in den Schlosspark führte. Auch damals begleitete sie der Gesang der Vögel und sie konnten die Worte verstehen, die in dem Zirpen und Trillern lagen:

Ihr müsst euch keine Sorgen machen. Achtet auf uns! Wenn selbst wir alles bekommen, was wir zum Leben nötig haben, wie viel mehr ihr.

Sir Henry nickte wohlwollend seinem Diener zu, der neben einem der Rosenbüsche kniete und die seitlichen Triebe entfernte. Diese wunderbaren Blumen mit ihren üppigen Blüten säumten die Wege und unterteilten den Schlosspark in große und kleine Abschnitte, die ausgebreitet waren wie fein geschliffene Schmuckstücke. Die Luft wurde mit einem leichten, frischen Duft erfüllt, den die Rosen freigiebig verströmten.

Das Bild verging und sie sah wieder den Garten vor sich. Auch hier legte sich der Schmuck der Rosen wie ein Schleier über sie und zufrieden nahm Madame Ophelia auf dem Stuhl, den Sir Henry für sie zurecht rückte, Platz.

„Meine Liebe, ist es so recht?"

„Ist Ihnen der Platz angenehm?"

„Oder blendet Sie die Sonne?"

Madame Ophelia blickte zu ihm auf.

„Nein, mein Gemahl, Ihr müsst euch keine Gedanken machen. Ich sitze sehr gut."

Sir Henry küsste ihre Hand und setzte sich neben sie. Madame Ophelia blühte auf wie eine der Rosen, die sie so liebte, und tauchte mit allen Sinnen in den Abend ein.

„Mein lieber Herr Abend, ich freue mich sehr, Sie wiederzusehen."

Madame Ophelia errötete wie ein junges Mädchen, denn sie erinnerte sich an die letzte Begegnung mit ihm und wie attraktiv sie ihn damals fand. Sir Henry warf ihr einen kurzen Blick zu. Für einen Moment schien er irritiert zu sein. Aber er würde niemals seine vornehme Haltung ablegen, und so richtete er seine Augen wieder nach vorne und saß etwas aufrechter da als zuvor.

Sollte sie sich doch ruhig mit dem netten Herrn Abend unterhalten. Was war schon dabei?

Sir Henry konnte sich sicher sein, dass er in ein paar Stunden verschwunden war und Madame Ophelia dann wieder ganz ihm allein gehörte.

Nur ihm allein!

Er ließ seine Augen zu den Bäumen wandern, die hinter dem Garten standen und deren Äste im Wind schaukelten. Der süße Duft des Flieders liebkoste seine Nase.

Sir Henry betrachtete genüsslich die vor ihm ausgebreiteten Gaumenfreuden, freute sich an dem köstlichen Wein in den wertvollen Kristallkaraffen, die im Sonnenlicht funkelten, und auf einen schönen Abend.

Ja, der Abend!

Madame Ophelia unterhielt sich immer noch angeregt mit ihm.

Endlich war es soweit. Der Tag verabschiedete sich und übergab das Zepter an den Herrn Abend, der es wie immer kaum erwarten konnte, bis endlich seine Stunde schlug. Er stand auf, verbeugte sich vor Madame Ophelia und hielt ihre Hand in seiner.

„Meine Teuerste, ich muss Sie für heute leider verlassen. Aber ich freue mich bereits darauf, Sie wieder einmal begrüßen zu dürfen."

Der Abend hauchte noch einen Kuss auf ihre Hand und machte sich dann eilends auf den Weg. Madame Ophelia blickte diesem stolzen Mann hinterher, bis sie sich zu Sir Henry neigte, ihrem gütigen und herzensguten Gemahl, der für die ganze Welt Verständnis aufbrachte und jeder noch so misslichen Lage etwas Gutes abgewinnen konnte. Madame Ophelia war dankbar, dass ihr das Leben so viel Glück bescherte und der Herr Abend war nur noch eine flüchtige Erinnerung.

Mit dem Abend zog der Glanz der bunten Lichterketten ein. Er ließ auch schon etwas die Frische der Nacht zu, die sehnsüchtig

272

darauf wartete, dass der Abend sich verabschiedete. Madame Ophelia zog sich die Decke von der Stuhllehne über ihre Schultern.

Es herrschte immer noch hektische Betriebsamkeit. Julia und Lisa warfen prüfende Blicke auf den gedeckten Tisch. Sie tauschten hier noch einen Blumenstrauß mit dem Kerzenleuchter aus und stellten dort die Schale Brot neben den Salat.

Die ersten Gäste blieben zögernd vor dem Gartentor stehen. Man konnte es ihnen nicht verdenken, denn im Lauf der Zeit war der Kontakt zu Charles abgebrochen, obwohl sie hin und wieder versuchten, die einst starke Beziehung fortzusetzen. Aber keiner von ihnen kam noch an ihn heran und im Laufe der Zeit war auch die alte Vertrautheit zwischen ihnen verloren gegangen.

Völlig überraschend kam dann die Einladung zu diesem Abend, die sie ungläubig in der Hand hielten und mehrmals lesen mussten, um sie zu begreifen. In Julias geschwungener Handschrift, die sie noch von früher kannten, stand da zu lesen: *Anlässlich der Fertigstellung meines Ateliers lade ich Dich am Samstag, den 7. Juli um 20 Uhr zu einem festlichen Abendessen ein. Ich freue mich sehr auf unsere gemeinsamen Stunden.* Dann war noch die Adresse angegeben.

Julia kam zu ihnen heraus und begrüßte sie dermaßen fröhlich, dass alles Befremdliche hinweg geschleudert wurde. Erleichtert folgten sie ihr durch den Garten zum Haus und gingen hinter ihr her in das obere Stockwerk. Charles erwartete sie in seinem Atelier und umarmte jeden einzelnen von ihnen.

„Wir haben uns ja seit einer Ewigkeit nicht mehr gesehen. Wie geht es euch denn?"

Alle redeten durcheinander.

„Aber Charles, du bist ja nicht mehr wiederzuerkennen! Wie hast du das nur gemacht? Es freut uns, dass es dir wieder besser geht."

Die Gäste waren erstaunt über Charles Offenheit und seinem Interesse. Sie berichteten ihm von ihren neuen Projekten, Erfolgen und Misserfolgen.

Doch etwas lenkte sie ab.

Das Gemälde auf der Staffelei.

Die Fragen stürmten auf Charles ein; wer die Frau auf dem Bild sei, wo er sie kennengelernt habe und vor allem, wie er es zustande gebracht hatte, dass dieses Gesicht den Betrachter dermaßen in seinen Bann zog.

Schließlich übertönte Charles das Stimmengewirr:

„Meine lieben Freunde, es ist schön, dass ihr heute Abend mit mir und meiner Frau auf mein neues Leben anstoßen werdet."

„Und jetzt stelle ich euch Gäste von mir vor, die ihr noch nicht kennt."

Charles machte sie mit den Kreaturen bekannt. Er umarmte Madame Ophelia, Sir Henry und Lord Winston und hieß sie ebenfalls herzlich willkommen.

Da sah er auch seine Tochter. Lisa ging mit Brotkörbchen umher und achtete darauf, dass jeder etwas zu trinken hatte.

Lord Winston saß neben Madame Ophelia und Sir Henry und war überglücklich. Dass er das erleben durfte! Die angenehme Gesellschaft, diese guten Gerüche und die frische Luft.

Er nahm andächtig die gefaltete, blütenweiße Serviette vom Tisch und stopfte sie in den Kragen seines Hemdes. Sein Blick schweifte über die lang gestreckte Tafel, die mit dem

Köstlichsten voll gestellt war, das er jemals gesehen hatte. Seine Augen füllten sich mit Tränen.

Er hatte es nicht mehr nötig, sich wie eine Kreatur zu benehmen, denn niemand von denen, die hier saßen, würde ihm sein Essen streitig machen. Und so saß Lord Winston ruhig da und setzte sein vornehmstes Gesicht auf.

Auch Sir Henry war kaum wiederzuerkennen. Er besaß nicht mehr diese ausgemergelte Erscheinung und strahlte eine große Würde aus. Selbst die große Madame Ophelia sah irgendwie zu ihm auf; was ihm gut gefiel. Er saß am Tisch wie auf einem Thron und hielt seinen Gehstock als Zepter in der Hand.

Madame Ophelia und Sir Henry waren wie Majestäten aus einer lange vergangenen Zeit.

Sir Henry konnte sich gut an die vielen schönen Frauen erinnern, deren oberstes Ziel es war, sein Bett zu erobern. Alle konnte er sie haben. Ganz gleich, ob Dame oder Magd, sie rissen sich darum, seine Gespielin zu sein. Sir Henry beherrschte die große Kunst, jeder einzelnen von ihnen das Gefühl zu geben, dass sie die Schönste von allen wäre; ganz gleich, ob Madame mit einer Kutsche ankam und ihr beim Aussteigen die Wolke ihres Parfums voraus eilte, oder ob es die Köchin war, zu der er die schmutzigen Stufen in den Keller des Schlosses hinabstieg. Sir Henry hatte sie alle, denn er war der Mächtigste unter den Herrschern seiner Zeit. Zudem bewahrte er stets Stillschweigen über seine amourösen Abenteuer, so dass niemals eine Dame von der anderen erfuhr.

Sir Henrys Blick lag wohlgefällig auf Madame Ophelia. Sie war schon immer die Beste von allen, eine wahre Königin. Er nahm ihre Hand und sah sehr zufrieden aus.

Charles Augen folgten seiner Frau, die gerade zu Madame Ophelia und Sir Henry ging, um ihnen Wein anzubieten.

Der Schein der untergehenden Sonne brach sich in den Kristallgläsern und sie schob sich als glutroter Ball unaufhaltsam in die Heimlichkeit einer neuen Nacht. Sie ging hinter dem Wald unter, der den Garten auf der Rückseite umgab, und aus einem strahlenden Sonnenschein wurde der sanfte Schimmer des Abends.

Eine angenehme Wärme blieb zurück, auf der Charles und seine Gäste in vergnügliche Stunden hinein glitten. Die bunten Tupfer der Lichterketten tauchten den Garten in ein bezauberndes Licht und das fröhliche Lachen der Gäste vibrierte in der Luft.

Charles trug eine bequeme Jeans und dazu ein sportliches Hemd. Natürlich hätte er sich für diesen Abend stilvoller kleiden können. Aber wozu? Wem muss er noch etwas vormachen?

Er würde nicht mehr versuchen, etwas darzustellen, was er in Wirklichkeit nicht war, denn es hatte ihn nicht glücklich gemacht.

Als er zu den Atelierfenstern im Obergeschoss des Hauses hinüber blickte, dachte er an Dr. Engler, der er viel zu verdanken hatte. Sie hatte seine ersten Schritte auf dem Weg in ein neues Leben begleitet.

Vorbei waren die dunklen Stunden, Tage und Jahre, in denen ihn die Depression im Griff hatte und seine ganze Aufmerksamkeit auf sich zog. Charles erinnerte sich gut an die Zeit, als ihn weder das Lachen seiner Tochter, noch die Gespräche mit Julia berührten. Obwohl er anwesend war, blieb er doch unbeteiligt.

Doch die Liebe war zu ihm zurück gekehrt und Julia und Lisa

hatten sich wieder einen Platz in seinem Herzen erobert.

Was wäre geschehen, wenn es anders gekommen wäre? Charles war davon überzeugt, dass sich ein tiefer Abgrund vor ihm aufgetan hätte. Ihm war eine Gnade widerfahren, die ihn vor Schlimmeren bewahrt hatte.

Auch seiner Frau verdankte er viel. Sie war immer für ihn da gewesen und hatte Verständnis für ihn aufgebracht. Selbst dann, wenn er sich selbst nicht mehr verstehen konnte. Und sie hatte ihm so oft seine gehässigen Ausbrüche verziehen.

Die Liebe erträgt alles, sie glaubt alles, sie hofft alles, sie duldet alles. Die Liebe hört niemals auf.
Die Bibel 1. Korinther 13, 7 und 8 (getreu hebräischer Originalschriften)

Wo steckten eigentlich Julia und Lisa schon wieder?

Als erstes sah Charles seine Tochter, die darauf achtete, dass die Gäste gefüllte Gläser hatten. Sie sprühte dabei vor Charme und man erkannte ihr liebenswertes Wesen. Er war stolz darauf, ihr Vater zu sein.

Jetzt entdeckte er auch Julia. Sie unterhielt sich angeregt mit Madame Ophelia. Von Zeit zu Zeit drangt ihr Lachen zu ihm, das wie aufgereihte Perlen an einer Schnur war, und ihm wurde warm um sein Herz.

Da kam ihm die letzte Ausstellung in seinem Atelier in den Sinn und die vielen Veröffentlichungen darüber. Mit Erstaunen nahm er die zahlreichen Besuche der Reporter zur Kenntnis und las die Berichte in den Tageszeitungen. Er freute sich über das rege Interesse, das der Kunst plötzlich entgegen gebracht wurde, beantwortete eifrig alle Fragen, ging von Bild zu Bild, berichtete über den jeweiligen Künstler und hatte auch bei jedem Gemälde eine besondere Geschichte zu erzählen.

Die größte Aufmerksamkeit fand das Bildnis von der Frau mit dem schönen Mund, dessen Rot von der Leinwand herunter floss und den Betrachter umschmeichelte. Es war einfach magisch, als läge ein Geheimnis darin verborgen.

Viele Künstler fragten an, ob sie ihre Werke bei ihm ausstellen dürften, was Charles zu der Frage brachte, ob vielleicht nicht doch eine Art von Zauberei ihre Hand im Spiel hatte.

Auch der Vorbesitzer des *Alten Kahns* war sehr überrascht gewesen, als Charles das Haus von ihm kaufen wollte. Er hatte wohl nicht erwartet ein Angebot für dieses verlassen stehende Gebäude zu erhalten, und so kamen sie rasch ins Geschäft. Charles musste nicht einmal viel Geld für den Erwerb aufwenden. „Viel Vergnügen damit", sagte der Verkäufer mit einem säuerlichen Ausdruck auf seinem Gesicht, als Charles den Kaufvertrag unterschrieben hatte. Charles steckte den Hausschlüssel in die Tasche und war sich sicher, mit diesem Kauf einen weiteren wichtigen Baustein für sein neues Lebenshaus erworben zu haben.

Als er zum ersten Mal wieder den *Alten Kahn* betrat, der nun ihm gehörte, war es schon ein eigentümliches Gefühl. Das Türschloss knirschte, während er den Schlüssel umdrehte. Beim Eintreten zerriss er die Spinnweben, die in den Ecken des Türrahmens hingen und wischte sie mit einer raschen Handbewegung aus dem Gesicht. Sie kamen ihm vor wie Seetang, der alles überzieht.

Wie kam er denn auf diesen Gedanken?

Charles stieß ein Fenster auf und atmete die frische Luft ein.

278

Während er vorsichtig den ausgetretenen Stufen in den ersten Stock hinauf folgte, kamen ihm Ideen für das Atelier, das er sich in dem Haus einrichten wollte. Auf jeden Fall müsste er die Treppe verbreitern, damit man sich mit Vergnügen auf ihr bewegen konnte. Auch die Gästeliste für die Einweihungsfeier nahm vor seinem inneren Auge Gestalt an.

Und oben am Treppenabschluss würde das Gemälde an eine Staffelei gelehnt stehen, welches er in zahllosen, schlaflosen Nächten angefertigt hatte. Ein Bild, das wie kaum ein anderes mit Leben erfüllt war. Das Porträt der Tänzerin, deren rot geschminkter Mund die Blicke auf sich zog und das einen durch die Betrachtung an einen Ort brachte, wo man neben dem Spiel der Gitarren das Rauschen des Meeres hörte.

Schon kam sie näher und verführte den Zuschauer mit ihrem Blick. Abwechselnd hob sie ihre Arme und ließ die Kastagnettenblätter gegeneinander schnellen. Ihr schlanker Körper drehte sich nach links und dann wieder nach rechts, sie hielt den Betrachter mit ihrem Blick gefangen, das Gesicht kam immer näher und der Mund zog ihn in den Bann, so dass er sich kaum von diesem Bild lösen konnte.

Selbst Charles war von der Darstellung der Tänzerin hingerissen. Es würde das zentrale Gemälde seiner ersten Ausstellung werden.

Charles machte auch im Obergeschoss die Fenster auf. Die Sonne malte groteske Muster in den durcheinander wirbelnden Staub.

Er sah sich jeden Raum genau an und krempelte im Geiste seine Ärmel zurück. Als erstes würde er die Wände weiß streichen. An den Decken konnte er sich Blumenranken, Blätter und Früchte aus Stuck vorstellen. Charles konnte förmlich den einzigartigen Charakter der Räume vor sich sehen, den diese dadurch erhalten würden. Die Sitzgelegenheiten mussten in einem intensiven Rot erstrahlen, so wie der Mund der Tänzerin.

Er sah das Erdgeschoss und drei der vier Räume im oberen Stock für Ausstellungen vor. Doch in dem vierten, dem größten Raum, würde er sein Atelier einrichten.

Auf der Freude darüber trieb Charles wie auf einer Luftmatratze durch den Strom seines Lebens. Genau das war es, wonach er sich immer gesehnt hatte.

Genau danach!

Charles war so sehr in seinen Erinnerungen versunken, dass er fast vergessen hatte, wo er war. Doch ganz allmählich drangen die Gespräche und das Lachen seiner Gäste wieder in sein Bewusstsein vor.

Die Lichterketten hatten den Garten in ein märchenhaftes Licht getaucht.

Auch Sir Henry und Madame Ophelia konnten sich diesem Zauber nicht entziehen. Zum ersten Mal seit langer Zeit legte Sir Henry seinen Arm um sie und Madame Ophelia dachte an frühere Zeiten.

Sir Henry hatte die Augen geschlossen und atmete den wunderbaren Duft der Rosen ein, der ihn in eine andere Zeit, ein anderes Leben trug.

Dorthin, wo er ein wahrer Sir war.

Die großen Fensterflügel im Schlafgemach öffneten sich mit einem durchdringenden, quietschenden Geräusch, als würden sie schreien, und die Dienerin gestattete an diesem frühen Sommermorgen dem Sonnenlicht und dem Gesang der Vögel das Zimmer ihrer Herrin aufzusuchen.

Madame Ophelia war bereits wach, bevor das Tageslicht durch die geöffneten Fenster herein fiel. Sie betrachtete die junge Frau mit einem Anflug von Neid, denn Mischeas Erscheinung war anmutig und unverbraucht.

So wie auch sie selbst vor langer Zeit ausgesehen hatte.

Für einen Augenblick lächelte Madame Ophelia bitter.

Aber als Mischea dich umdrehte und einen Knicks vor Madame Ophelia machte, die sich inzwischen im Bett aufgesetzt hatte, war davon nichts mehr zu sehen.

„Guten Morgen, Madame. Habt ihr gut geruht?"

„Euer Gemahl hat bereits nach Euch gefragt. Er war heute Morgen schon ganz aufgeregt wegen der Jagd."

Mischea errötete und hielt die Hände vor den Mund, um ihr Kichern zu verbergen, das rund und klein wie grüne Erbsen auf ihrer Zunge tanzte und immer heftiger gegen die geschlossenen Zahnreihen sprang.

Madame Ophelia hörte es wohl und auch wenn sie wusste, warum Mischea verlegen war, hatte sie Nachsicht mit dem jungen Mädchen.

Denn Madame Ophelia erinnerte sich.

Auch sie war jung und strahlend schön gewesen. Ihr Temperament war gefürchtet bei denen, die sie kannten und sie hatte vor nichts Angst. Madame Ophelia tat alles mit Leidenschaft, und genau das war es, was sie für Sir Henry so anziehend machte. Es gefiel ihm, dass sie widerspenstig war und niemals jemandes Dienerin sein würde, denn er wusste, dass Madame Ophelia durch nichts gezwungen werden konnte, sich zu beugen. Das imponierte Sir Henry und wenn er ehrlich zu sich war, so suchte er genau das. Er brauchte keine Gespielin, deren Talent sich einzig im Liebesdienst zeigte, obwohl er das durchaus zu schätzten wusste, sondern er wollte eine Frau, mit der er sein Leben teilen konnte. Da Sir Henry wusste, wie rar Damen wie Madame Ophelia gesät waren, war es sein Bestreben, ihre Zuneigung zu gewinnen.

Das sollte ihm als Charmeur doch leichtfallen, aber Madame Ophelia schien durch nichts zu beeindrucken zu sein. Je aussichtsloser seine Bemühungen waren, umso größer wurde sein Verlangen nach ihr und der Wunsch, sie zu erobern und als Beute in sein Schlafgemach zu schleppen, in dem er seinen Sieg in einer besonders erfreulichen Art feiern würde.

Sir Henry lächelte bei dem Gedanken, was er als Nächstes für die Eroberung der Unbeugsamen vorbereitet hatte.

Er würde zur Jagd einladen.

Vor langer Zeit hatte er sich einen Wildgarten anlegen lassen, den kilometerlange Wälle, Zäune und Mauern umgaben und so das Wechseln des Wildes in fremde Jagdgebiete verhindert wurde.

Die Landschaftsgärtner teilten Sir Henrys Liebe zu seinem Garten und kümmerten sich ausschließlich um dessen Unterhaltung, richteten Alleen ein und pflanzten Bäume.

Die Jagdgesellschaft würde sehen, dass er nicht von Madame Ophelias Seite wich und wer weiß, vielleicht konnte er seiner Liebsten bei dieser Gelegenheit auch das Schießen mit der

282

Armbrust zeigen. Dabei wäre es wohl selbstverständlich, seine Arme um sie zu legen.

Sein Lächeln breitete sich durch das Fenster seines Zimmers aus, glitt über die Wand nach unten in den Schlossgarten, wo es den Weg durch die Allee wählte, vorbei an Skulpturen, die durch das vorbei spazierende Lächeln von ihren steinernen Podesten stiegen, sich an den Händen fassten und zu tanzen begannen.

Romeo reichte Julia seinen Arm, die ihre Hand darauf legte, ihn anlächelte und stolz an seiner Seite schritt. Sie war erhaben, ohne andere gering zu achten, das gefiel ihm an ihr und er ging glücklich neben ihr her. Sein feines Gespür für die Persönlichkeit seiner Mitmenschen hatte ihn auch diesmal nicht betrogen, und während sie miteinander dem Lächeln durch den Garten folgten, legte er seine Hand auf ihre und sie wandten sich die steinernen Gesichter zu. In diesem Augenblick war es sein sehnlichster Wunsch, aus Fleisch und Blut zu sein. So aber fühlte er nichts in seiner Brust, denn sie war nur aus behauenem Marmor. Auch sie empfand wie er und traurig sahen sie sich an, denn schon bald würden sie wieder unbeweglich auf den Podesten stehen. Sie erkannten die Tragödie ihres Seins, doch sie hatten keine Möglichkeit, etwas daran zu ändern, sondern mussten sich in ihr Schicksal fügen und schon bald wieder den Weg durch den Garten schmücken. Sie standen dann erneut einander zugewandt, Stein ruhte auf Stein und blickten sich aus leblosen Augen an, dazu verdammt, in unerfüllter Sehnsucht zu verharren.

Betroffen wandte sich Sir Henry vom Fenster ab und kehrte mit seinen Gedanken zu Madame Ophelia zurück. Sie war kein Wesen aus Stein, sondern voll Temperament und wie dafür

283

gemacht, ihm ein schönes Leben zu bereiten. Er wollte, nein, er musste sie für sich gewinnen.

Sir Henry durchquerte die Eingangshalle und blieb kurz vor dem Wandspiegel stehen.

Er war zufrieden mit dem, was er sah und strich sich das Haar aus der Stirn. Sir Henry war eine gute Erscheinung, sein Gesicht immer leicht gebräunt von seinen täglichen Ausritten in den Wald. Er liebte diese Streifzüge in die Einsamkeit.

Immer, wenn er mit seinem Pferd nach einem scharfen Trab den Wald erreicht hatte, klopfte er dem Tier auf den Hals und ließ die Zügel lang. Dann schnaubte es, schüttelte den Kopf und fiel in einen langsamen Schritt.

Wie still es hier war!

Auf dem Weg durch den Schlossgarten und über die Wiesen bis zum Waldrand sangen die Vögel, aber hier war selbst das wie abgeschnitten. Als hätte er eine andere Welt betreten.

Der Zauber, der ihn umfing, berührte ihn zutiefst und er hielt sein Pferd an, um in Ruhe die Magie der Dinge zu betrachten. Da sah er eine Frau. Sie hatte ihren Mund zu einem lautlosen Schrei geöffnet. Doch kaum, dass dieses Bild vor ihm auftauchte, war es schon wieder verschwunden.

Sir Henry trieb sein Pferd an und ritt weiter in den Wald hinein. Die Bäume standen hier dichter und das Blätterdach ließ kaum noch Licht durch. Plötzlich hörte er das Knistern eines Lagerfeuers und den Klang von Kastagnetten und als er dem Pfad nach links folgte, sah er die Frau tanzen. Ihr Mund zog ihn in den Bann, der immer mehr alles um ihn herum ausfüllte und näher und näher kam, bis die rote Farbe den Lippen voraus lief und über ihm zusammen schlug.

Der Mond tauchte alles in sein mildes Licht. Julia schaukelte in der Hängematte leicht hin und her, betrachtete die Sterne über sich und empfand dabei wieder eine tiefe Geborgenheit.

Sie ließ ihren Gedanken freien Lauf.

Wo war nur der ganze Schrecken ihres Lebens plötzlich hingekommen? Eine neue, tiefe Zuneigung zu Charles hatte sich in ihrem Herzen eingefunden. Die Liebe, die sie einst verlassen hatte, war nach einer langen Wanderschaft zu ihr zurück gekehrt.

Julia blinzelte in den Himmel. Ein Stern war von einem eigentümlichen Glanz umgeben. Mit seinem Aussehen erinnerte er sie an ein Kreuz.

Tränen stiegen ihr in die Augen. Bereits in ihren dunklen Stunden hatte Julia die Gewissheit, dass eine Macht sie umgab, die größer war als ihre Bedrängnis.

Und weit entfernt von Charles und Julia, dem Fest, dem *Alten Kahn*, Madame Ophelia, Sir Henry, Lord Winston und den anderen Gästen sahen Schischa und Echtno ebenfalls diesen Stern und es war, als verbeugten sich die anderen Gestirne vor ihm.

Charles blickte schweigend aus seinem Atelierfenster. Die Bäume im Garten trugen bereits ein buntes Blätterkleid und streckten stolz die Äste in den Himmel. Sie wollten dem bevorstehenden Winter auch dieses Mal trotzen und ihn daran hindern, wie in jedem Jahr ihr Kleid zu rauben und sie nackt zurück zu lassen.

Ihm war in der letzten Zeit einiges klar geworden.

Er dachte an sein Erstaunen darüber, dass der *Alte Kahn* ein seit langer Zeit verlassenes Haus war und an die tiefe Dankbarkeit, dass sich die Abende, die er dort in der Gesellschaft des Fremden zu verbringen meinte und mit ihm über seine abscheulichen Absichten gegenüber seiner Frau sprach, nur in seiner Phantasie abgespielt hatten. Als ihn seine Depression in diese furchtbaren Verwirrungen führte, stand der *Alte Kahn* bereits seit Jahren leer und das Gegröhle, die Musik und die anderen Männer hatten nur in seinem Kopf existiert.

Charles war wie aus einem schweren Traum erwacht, dessen Bilder für eine lange Zeit seine Wahrnehmung überdeckt hatten.

Auch Julia war aus einem furchtbaren Zustand heraus befreit. Die Angst, die irgendwann in ihrem Leben einzog, ihre Furcht vor Charles, dass er etwas Übles mit ihr vorhatte und dieses dumpfe Gefühl einer nicht sichtbaren Bedrohung übten keine Macht mehr auf sie aus.

Julia wusste, dass es neben der vergänglichen Schöpfung etwas gab, das ewig war.

Echtno hatte sich entschieden.

Er würde gemeinsam mit Schischa ein neues Leben beginnen. Echtno hatte lange mit sich gekämpft und war müde geworden von dem ständigen Hin und Her. Er musste alles aufgeben, was ihm bisher wichtig war.

Aber die Liebe zu Schischa war wie ein leuchtender Stern über ihm aufgegangen und gab ihm die nötige Kraft, sich mit allen Fragen auseinander zu setzen.

Sollte er wirklich seine Familie verlassen?

Sollte er sich von dem abwenden, was bisher sein Dasein ausmachte?

Aber eine neue Zeit hatte für ihn begonnen.

Sein Platz war nun an Schischas Seite.

Ein letztes Mal folgten sie dem Weg in die Eishöhle. Sie würden heute bis zum Beginn der großen Dunkelheit gehen, denn sie hatten dort an dem felsigen Ufer die Umrisse eines Floßes gesehen.

Schischa und Echtno blieben am Eingang der Eishöhle stehen und fassten sich an den Händen, um noch einmal staunend die Massen des Eises zu betrachten.

Dann begannen sie schweigend ihren Marsch bis zum sichtbaren Horizont der Höhle, hinter dem alles zu enden schien. Schischa und Echtno hatten keine Angst vor der Zukunft, denn sie waren geborgen in ihrer Liebe. Bevor sie losmarschiert waren, hatte Echtno ihr ein Gedicht vorgelesen, es hieß *Zufluchtsort.*

bei dir
kann ich zuflucht finden

bei dir
kann ich mich bergen
vor meiner angst
bei dir
kann mein herz
zur ruhe kommen
bei dir
kann ich zutiefst
geborgen sein
denn du
liebst mich

Wie still und kühl es hier war. Als wäre ihr Leben das Einzige auf diesem Planeten. Echtno blieb stehen und wandte ihr sein fragendes Gesicht zu.

Wollen wir das wirklich tun?

Bist du dir sicher?

Alles für mich?

Schischas Augen antworteten ihm:

Ja, denn ich liebe dich.

Sie kamen jetzt in den unbekannten Teil der Höhle, in dem auf allem ein geheimnisvoller Schimmer lag. Das Funkeln der Eiskristalle wurde intensiver. Zarte Töne stiegen an die Decke und die Klänge reihten sich aneinander wie Perlen an einer Kette.

Schischa und Echtno empfanden in diesen Momenten ihre Gefühle in einer Tiefe, wie es Worte alleine niemals ermöglicht hätten.

Plötzlich trat vor ihnen aus dem feinen Nebel eine Wasserfee heraus. Ein schillerndes Meer aus Farben umgab die strahlende Gestalt und eine ewige Ruhe und Würde umkleideten sie. Mit hoheitsvollen Bewegungen wandte sie Schischa und Echtno ihr Gesicht zu.

Es glänzte wie grünes Porzellan.

Sie zeigte die Herrlichkeit eines jeden Meeres auf Erden und die Blau- und Grüntöne der Ozeane bündelten sich zu einem schimmernden Licht. Sie stand auf einem Grund aus Smaragd und breitete die Arme aus. Ihr leuchtendes Kleid umspielte die Wasserfee wie die Flügel eines Schmetterlings und sie begann zu singen.

Als der erste Ton ihren Mund verließ und zu einem vibrierenden und den Atem nehmenden Geschenk wurde, hoch und sphärisch, für menschliche Ohren kaum wahrnehmbar, verband sich die Schönheit der Wasserfee mit der Kunst ihres Gesanges, der über alle Dinge erhaben war und über eine Mystik verfügte, die Schischa und Echtno an einen fernen Ort zu entrücken schien, an dem es nichts Hässliches mehr gab.

Die Wasserfee sang von Verlangen und Erfüllung, Liebe und Tod und die Musik gab Schischa und Echtno die Gewissheit, dass all das jenseits der Dunkelheit auf sie warten würde.

Als der letzte Ton des wunderbaren Gesanges verklungen war, fielen Eiskristalle auf Schischa herab. Sie breitete die Arme aus und führte die erhabene Melodie fort.

Echtno blickte sie unverwandt an.

Langsam begann er die Liebe zu begreifen.

Die Wasserfee war verschwunden.

Echtno und Schischa gingen vorsichtig weiter.

Der Durchgang wurde immer niedriger, es konnte nicht mehr weit sein.

Waren sie nicht schon ihr ganzes Leben auf einer Wanderschaft?

Schischa sah ihre Vergangenheit vor sich liegen wie ein aufgeschlagenes Buch. Sie blickte auf anstrengende Wege über hohe Berge, die sich mit Strecken abwechselten, die spielend leicht zu bewältigen waren. Wie ein Spaziergang am Strand, wo sie ihre Schuhe in der Hand tragen konnte und die Füße vom Wasser umspielt wurden. In diesen Augenblicken wünschte sie sich, dass es immer so unbeschwert weitergehen würde, doch vielleicht lag bereits nach der nächsten Biegung eine schwere Steigung vor ihr.

Was würde ihnen auf ihrem neuen Weg begegnen?

Inzwischen hatten sie den Beginn der großen Dunkelheit erreicht und Echtno streckte ihr die Hand entgegen, um ihr bei dem steilen, steinigen Abstieg zu helfen.

Sie standen jetzt in einem Abschnitt der Höhle, der nicht mehr von dem kühlen Leuchten der Eiswelt erreicht wurde. Wellen schlugen an Eis. Ein monotoner Ton reihte sich an den nächsten; als ob dieses Wasser seit Ewigkeiten nichts anderes tat. In der Ferne vernahmen sie ein Rauschen und Wispern. Es schien weiter hinten keine Begrenzung zu geben.

„Wir müssen das Floß finden!"

Wie von weit her vernahm sie Echtnos Stimme.

Vorsichtig bewegten sie sich am Ufer entlang und achteten darauf, sich nicht zu weit voneinander zu entfernen.

Was taten sie hier eigentlich?

Wozu waren sie hierher gekommen?

290

Weshalb stahlen sie sich aus ihrem Leben fort?

Die Antwort war eindeutig: Die Liebe, die sie füreinander empfanden, war die Triebfeder für ihr Handeln.

Dass auch Echtno zu dieser Empfindung fähig war, hatte Schischa bereits vor langer Zeit bei dem Blick in seine Augen erkannt, als er ihr noch tausend Lichtjahre entfernt schien.

Unerreichbar für sie.

Er eine Kreatur und sie nur ein Mensch.

Und nun war sie mit ihm zusammen.

Ihr Herz wurde weit, als sie hinter Echtno herging. Er war ihr Held, der sie beschützte und liebte, und das machte sie sehr glücklich.

Plötzlich blieb er stehen.

„Ich sehe etwas, vielleicht haben wir das Floß entdeckt.“

So schnell sie konnten, legten sie das letzte Stück zum Ufer zurück. Echtno ging in die Knie und tastete sich mit den Händen voran, zuerst über Steine, rund geschliffen von der immerwährenden Liebkosung des Wassers, dann entdeckte er einen Weg. Er stand auf und folgte ihm vorsichtig. Als seine Füße an etwas Hartes stießen, bückte er sich wieder. Er hatte sich so sehr gewünscht, das Floß zu finden, aber nun konnte er es kaum glauben. Echtno drehte sich zu Schischa um. Sie erkannte die verzweifelte Sehnsucht in seinen Augen. Schischa legte sanft die Hand auf seinen Arm und ihre Augen leuchteten wie die Sterne.

Sie hatten es geschafft!

Sie hatten es wirklich geschafft!

Echtno riss Schischa an sich und küsste sie leidenschaftlich.

Jetzt gab es kein Zurück mehr. Echtno watete durch das

knietiefe Wasser, stützte sich an der Einfassung ab und landete auf dem glitschigen Holz.

Er stand auf.

Das Floß schwankte unter seinem Gewicht. Ächzend drehte es sich um die eigene Achse.

„Schischa, gib mir deine Hand, ich helfe dir herauf."

Das Wasser gurgelte um sie herum, als wäre es wütend, dass sie im Begriff waren, hinaus in die Freiheit zu fahren.

„Schischa, setz dich hin. Hier liegt eine Stange, mit der ich uns vom Ufer abstoßen kann."

Das Floß bewegte sich langsam auf den See hinaus.

Als das Wasser tiefer wurde und Echtno keinen Grund mehr fand, umarmte er Schischa und gab ihr mit einem Kuss das Versprechen, dass sie zusammen gehörten, was auch geschehen mochte. Und so saßen sie ruhig nebeneinander und erwarteten das Kommende; denn was immer es auch sein mochte, es konnte nicht schlimmer sein als das, was sie verlassen hatten.

Echtno konzentrierte sich auf die Bewegungen des Floßes. Es schien schneller zu werden. Als wären sie von einem Sog gepackt, der sie mit sich riss. Die Gischt schäumte und das Wasser spritzte über sie hinweg. Sie rangen nach Luft. Wie konnte es möglich sein, dass dieses kleine, stille Gewässer solche Wellen hervorbrachte?

Ob ihnen das Leben in Freiheit nicht vergönnt war?

Hatten sie zu viel verlangt?

War ihnen ein anderes Schicksal bestimmt?

Sie umarmten sich und schlossen die Augen.

Erst als das Tosen des Wassers leiser und die Bewegungen des

Floßes ruhiger wurden, öffnete Schischa vorsichtig die Augen.

„Echtno, sieh nur!"

Ein Schrei des Erstaunens kam über seine Lippen. Bestimmt waren sie tot und nun am Ende ihrer Reise angekommen. Echtno drückte Schischas Hand, der alles merkwürdig vertraut vorkam. Sie erinnerte sich!

Echtno sprang in das hüfthohe Wasser, hob Schischa vom Floß herunter und brachte sie ans Ufer. Das Licht der neuen Welt brach sich auf der Wasseroberfläche und das Glitzern und Funkeln umkleidete sie. Sie waren frei!

„Echtno, wir haben es geschafft! Wir haben unser Ziel erreicht."

Schischa empfand eine tiefe Dankbarkeit und dachte in Liebe an ihre Urgroßmutter. Sie hieß Amalia und hatte immer davon erzählt, wie schön das Leben war.

Die Nacht brach an und sie setzten sich in die Dünen. Zum ersten Mal sahen sie den Mond und die Sterne und erkannten, dass die Liebe dieselbe Erhabenheit in sich trug.

Echtno und Schischa lagen in einem Bett aus Sand und atmeten den warmen Duft der Nacht. Das leise Rauschen des Meeres schwebte um sie herum. Sie waren sich völlig nahe und blickten schweigend nach oben in den Himmel.

Nach diesem Leben wartete eine ewige Stadt auf sie, in der die Liebe regieren würde.

Dann sah ich einen neuen Himmel und eine neue Erde, in der Gott Jahweh alle Tränen trocknen wird und der Tod keine Macht mehr hat. Leid, Klage und Schmerzen wird es nie wieder geben, denn was einmal war, ist für immer vorbei.

Die neue Stadt Gott Jahwehs erstrahlte im Glanz seiner Herrlichkeit. Sie leuchtete wie ein Edelstein, wie ein kristallklarer Jaspis und war aus reinem Gold erbaut, klar und durchsichtig wie Glas.

Die Bibel: Offenbarung 21, 1 ff

Es war früh am Morgen. Julia bog in den von Linden gesäumten Schotterweg ein.

Sie hatte es besonders eilig. Julia wollte ihrer Mutter die gute Nachricht überbringen und betrat den Teppich voller Edelsteine, der sich vor ihr in dem hohen Gras ausbreitete.

Während Julia sich bückte, um das heruntergefallene Laub vom Grab zu zupfen und rote Nelken in die Vase zu stellen, tropften ihre Tränen auf die Erde und mit ihnen die Hilflosigkeit und Trauer, das Gefühl der Einsamkeit, die Wut und der Zorn.

Und dann erzählte sie ihrer Mutter alles. Davon, dass sie Charles nicht helfen konnte, obwohl sie es so sehr wollte, sie in ihrer Ehe immer unglücklicher wurde und alles über ihrem Kopf zusammen schlug.

Julia wischte sich die Tränen aus dem Gesicht.

Sie berichtete von der ersten Begegnung mit dem Sternenhimmel und dieser unermesslichen Größe und Macht, die sie in die Arme nahm und tröstete. Sie wurde Schritt für Schritt aus der Verlorenheit ihrer Seele heraus geführt und die Liebe zu Charles hatte sich wieder in ihrem Herzen eingefunden.

Es lag noch ein schwieriger Weg vor ihnen, doch gemeinsam würden sie lernen, ihn zu gehen.

Marie Noel hat einmal gesagt:
„Wenn ich mich heute umwende, um zurück zu schauen, so sehe ich, wie ich durch meine traurigen Jahre, meine geduldigen Finsternisse, bis zum Ende immer, oh mein Gott, von deinen Händen wie eine Gelähmte getragen wurde auf göttlicher Straße."

Die Gedichte *sternenhimmel* und *zufluchtsort* sind dem Buch von Monika Endres „Nur die Liebe zählt – von der schönsten Nebensache der Welt" entnommen (ISBN 978-3-8391-5764-0).

Monika Endres lebt auf einem Bauernhof in Hallershof, einem kleinen, idyllischen Ort in der Nähe von Nürnberg. Sie überlebte wie durch ein Wunder einen schweren Autounfall und ist heute bei einem Versicherungsunternehmen tätig. In der Freizeit beschäftigt sie sich mit ihren Tieren, melkt Kühe und tränkt Kälbchen. Sie ist sehr naturverbunden.
Die Leidenschaft zu schreiben traf Monika Endres wie ein Blitz aus heiterem Himmel.